焔《ほむら》と雪《ゆき》

京都探偵物語

伊吹亜門

早川書房

焔《ほむら》と雪《ゆき》　京都探偵物語

目次

第一話　うわん……5
第二話　火中の蓮華……55
第三話　西陣の暗い夜……109
第四話　いとしい人へ……165
第五話　青空の行方……217

第一話　うわん

電気扇風機からは軋むような音が絶えず鳴っていた。

二年ほど前に東寺《とうじ》の弘法市で見つけた品だが、買った当初からモーターの振動が激しく、スイッチを入れると常に悲鳴を上げていた。四枚の羽根にもすっかり錆びが浮かんでいるのだが、風力だけは矢鱈《やたら》と強いので、事務所の隅に据えて今日まで騙し騙し使っていた。

首がこちらを向き、強い風を送ってくる。

正面に座った小石川市蔵《こいしかわいちぞう》の袖がはためいて、指先の煙草から灰が吹き飛んだ。おれは立ち上がり、風力を弱めてからソファに戻った。

「失礼、それで御宅《おたく》の塵溜《ごみだ》めに火を点けたのは横木《よこぎ》商会の見崎《みざき》という男で、千本《せんぼん》の材木市場で例のビラを撒いたのは阿比留《あびる》薪炭《しんたん》の雇人でした。名前は鈴原《すずはら》と大須賀《おおすが》と森《もり》。ご存知の名前はありますか」

「知らんな」

市蔵は口を窄《すぼ》めて煙草をひと喫《す》いし、肉の盛り上がった鼻から紫煙を吹き出した。分厚い唇は不服そうに歪んでいた。

市蔵は未だ長さのある煙草をもうひと喫いしてから、灰皿の底で乱暴に押し潰した。

「それはあれか、横木と阿比留がやれゆうたんか」

「そのようです。問い詰めたところ、全員が主人の指示だったことを認めました。一応証文を書かせましたのでご確認下さい」

控えてあった大判封筒から二枚の紙を取り出し、湯呑を退かして灰皿の横に並べた。自らの犯行を認めさせた上で爪印を押させた念書だった。

鼻を鳴らしてそれらを取り上げた市蔵の口元に、酷薄な笑みが浮かんだ。

「ええやないか。儂《わし》はこういうのが欲しかったんや」

おれは黙って頭を下げた。本来ならばここまでする義理もないのだが、今後馴染みの客になって貰うにはサーヴィスも必要なのだ。

市蔵は懐から摘まみ出した鼻眼鏡を掛けて、紙面の文言に素早く目を走らせる。熊のように毛深いその手では、金色の指環が鈍く光っていた。

小石川市蔵は、丹波《たんば》薪の荷揚げで財を成した材木商である。

市蔵が一代で築き上げた「小石川木材」は洛西の梅津《うめづ》村に店舗を構え、今では府下有数の売上を誇っていた。

肉の厚い顔に濃い口髭を蓄えた五十絡みの男で、二十五貫はありそうな巨軀を向かいのソファに沈めている。青藍の着物に湊鼠《みなとねずみ》の絽羽織《ろばおり》を合わせ、迫り出した太鼓腹の下に黒柿色の帯を締めた出立《いでたち》は四条界隈の旦那衆に倣ったものだろう。両手の指環だけでなく、帯から伸びた懐中時計の鎖も目を引くような金色で、昨今流行《はや》りの材木成金という言葉を地で行くような男だった。

この鯉城《りじょう》探偵事務所を市蔵が初めて訪れたのは、今からひと月程前のことだ。持ち込まれたのは、「京都材木商組合」なる団体の悪事を暴けという仕事だった。

材木商組合は嵯峨《さが》、梅津、桂《かつら》の材木商人たちが有志を募り設立した業界団体で、かつては小石川木材も加盟していた。

しかし、会費などの方針について運営陣と対立した市蔵は、意見を同じくする組合員たちと徒党を組んで脱退し、新たに「京都木材問屋組合連合会」なる団体を立ち上げた。周囲の製材業者や薪炭商人の抱き込みを図る市蔵たちに組合は激しく反発し、二つの団体の間では種々の応酬が続いた。

相手業者の店舗に塗料を打ち撒《ぶま》けたり犬猫の屍骸を投げ込むことは日常茶飯事で、材木市場での中傷ビラの散布や果ては雇人同士の抗争事件まで、表沙汰にこそなっていないが、組合員の店舗で頻発した不審火などもその一環だろうというのが専らの噂だった。

このままでは埒が明かないと考えた市蔵は、憎い組合の喉元に刃を突き付けられるような手立てを密かに練り始めた。その途上で、おれの許へ話が廻ってきたのである。おれは三週間ばかりかけて小石川木材やその他連合会所属の店に悪事を働いた犯人を調べ上げ、こうして市蔵の望むような証拠を揃えて手渡したという訳だった。尤《もっと》も、その間に連合会の雇人が集団で組合の雇人を襲い、遂に死者が出るという事件も起こっていた。良心の呵責を感じるほど初心《うぶ》ではないが、愉快な仕事ではなかった。

返された報告資料の一式を大型封筒に仕舞い、市蔵に差し出す。市蔵はそれを風呂敷で包み直した。

「報告は以上となりますが、何かありますか」

新しい煙草を咥えながら、市蔵は悠然とソファに凭《もた》れ掛かった。

「いや、それにしても流石露木《さすがつゆき》伯のご紹介やな。最初はまァ不安が無いゆうこともなかったけど、ええ仕事ぶりや」

「畏れ入ります。今後とも是非御贔屓《ごひいき》に」

「聞いたで、元は刑事してたんやろ？」

ぱちりと音を立てて、市蔵はライターを開けた。おれは曖昧に笑って、卓上の湯呑に手を伸ばす。

「請求書は追って送付いたします。梅津のお店にお送りすればよろしいですか」

「ああ、一寸《ちょっと》待ちや」

市蔵は紫煙を吹き出しながら、思い出したように身を乗り出した。

「そう急ぎなや。実はな、追加で頼みたいことがあんねん」

「今回の件に関してですか？」

いやと云いかけて、市蔵は首を捻った。

「分からん。そうかも知れん。いやァ、多分そうなんやろうけどな」

自分に云い聞かせるようにそう呟いて、市蔵は灰皿に灰を落とした。

「こないだな、鹿ヶ谷《ししがたに》に別荘を買うたんや。この話はしたかいな」

「別荘を買われたというお話は以前にも。しかし、鹿ヶ谷というのは初めて伺いました」

「琵琶湖の疏水《そすい》から東に行ったら霊鑑寺《れいかんじ》ゆうお寺さんがあんねんけど、その脇の坂をずっと登った先や。如意ヶ岳《にょいがたけ》の中腹で、もう山んなかやな。名ァは云えんのやけど、或るお公家はんが売りに出されたはるんを買わせて貰《もろ》たんや。何や、随分とお金に困ったはったみたいでなァ」

市蔵はうふふと小さく笑う。興味を持って欲しそうな顔だったが、長くなりそうだったのでおれはそうですかと軽く流した。市蔵は鼻白んだ顔になった。

「それで？　その別荘がどうかしたんですか」

「ひと晩でええから、そこで寝ずの番して欲しいんや」

寝ずの番とおれは口のなかで繰り返した。

「それは、夜盗対策のようなものとしてでしょうか」

「どうなんやろな。儂はそう思てんねんけど」

どうも話が見えてこない。もう少し詳しく訊き出そうとした矢先、市蔵の方から口を開いた。

「何やその山荘、化け物が出んねんて。だからあんたに確かめて欲しいんや。それが本当なんかをなァ」

＊

眩しいほどの月夜だった。

月齢にして十一ほどの、望月から薄皮を削いだような卵型の月は、静閑とした屋敷町を冴《さ》え冴《ざ》えと照らしていた。

陽が出ている頃に比べれば幾分かは涼しくなったが、路《みち》ばかり広い横町にはそれでも粘り付くような夜気が充ちていた。昼の内に吸い込まれた熱気が、地面から滲み出しているのだろう。

脱いだ上着を肩に掛け直し、おれは腰に提げた手拭で額の汗を拭った。

応天門を横目に人気《ひとけ》のない岡崎《おかざき》運動場の脇を通り、凸凹とした冷泉《れいぜい》通から屋敷町に入る。罅《ひび》割れた油土塀越しに顔を覗かせる満願寺《まんがんじ》の御堂の角で北に折れ、一本目の辻をもう一度東に入った突き当りが、目指す露木の屋敷だった。

白茶けた漆喰塀に挟まれた路地を暫く進んでいると、行く手に頑丈そうな赤煉瓦の塀が見え始めた。槍穂型の忍び返しが並ぶ塀の向こうでは、薄明りの灯《とも》る蒼白色の西洋館が青い夜に影を顕《あらわ》していた。

手拭の端を腰のベルトに突っ込み、正面の門まで足を進める。

こちらは固く閉ざされていたので、身を屈めて脇の通用門を押し開けると、丹一《たんいち》という玄関番の少年が提灯を手に駆けてきた。

「鯉城《りじょう》様、今晩は」

「よう、暑くて厭になるな」

丹一は提灯を八分に掲げながら、全くでございますと笑顔を綻《ほころ》ばせた。

「露木は」

「御庭にいらっしゃいます。ご案内しましょう」

「いや、勝手に行くから大丈夫だ」

手土産の饅頭と一緒に上着を丹一に預け、おれは正面の車寄せから青芝生を廻って裏の庭を目指した。

天然の粘板岩《スレート》に覆われた洋館の外壁は、月明りを浴びて濡れたように輝いていた。

いったい、古色蒼然とした士族屋敷が多く建ち並ぶこの岡崎で、イオニア式の玄関を表に誇る露木家の洋館は一寸特異《ちょっと》だった。調和を貴ぶ隣近所の都人《たっと》《みやこびと》たちは視界に入る度に眉を顰《ひそ》めているのだろうが、それが貴族院主流派たる茶話会《さわかい》の領袖、露木種臣《たねおみ》伯爵の別荘とあっては表立って文句も云えまい。

背後からの声に振り返ると、家令の溝呂木《みぞろぎ》が駆け寄ってきた。律儀に挨拶をしに来たらしい。飲み物を用意するというので、珈琲を頼んでおいた。

突き出たサンルームを迂回して庭へ出た。

何度訪ねても、眼前に広がる光景には毎回感嘆の息が漏れる。七代目植治《うえじ》の手によるこの庭園は、手前に植栽された低木の刈込から、奥へゆくに従って紅葉や赤松など背丈の高い樹木へ徐々に移り変わり、果ては借景とした東山連峰の山林に溶け込んでいく造りになっていた。そのため、遠目にはどこまでが庭なのか分からない。

母屋から続く広大な青芝生では、それを横切るように琵琶湖疏水から引き込んだ人工の小川が縷々《るる》と流れている。白々しい夜景に響くのは、そよそよという細流《せせらぎ》と虫の声だけだった。

そんな小川が流れ込む池泉の洲浜で、露木は木製の椅子に腰掛けていた。

ようと声を掛けると、露木は脇の小卓に腕を掛け、猫のような仕草で振り返った。

「やあ鯉城、よく来たね」

こちらを向いて莞爾《にっこり》と笑うその顔は、月明りのせいか普段よりも蒼褪めて見えた。

溝呂木が椅子を運んで来たので、小卓を挟んでおれも腰を下ろす。

「珍しいな、お前が外に出るなんて」

「そうかな？　少しは涼しくなったし、それに月も綺麗だったから」

露木は後ろに凭れ掛かり、ほうと息を吐きながら夜空を望む。紹織の浴衣の袖口から覗くその腕は、相変わらず蠟細工のように白く細かった。

「また痩せたんじゃないのか」

「失礼な、そんなことないよ」

艶々とした夜の芝生を撫でるように、一陣の風が吹いた。露木は翻る髪を片手で抑え、肘掛に腕を乗せて身を乗り出した。

「だって、今日の晩御飯はお代わりもしたんだぜ？」

青い血管が浮いて見えるほどに色白で細面な、その癖目だけは矢鱈と大きいその顔がぐっと近付く。

焚き染めた香の軽やかな匂いが、微かにおれの鼻を擽《くすぐ》った。

露木可留良《かるら》は探偵事務所の共同経営者であると同時に、おれの所謂幼友達でもあった。知り合ったのは、確か五つの時分だったと記憶している。高倉六角《たかくらろっかく》にある実家の斜向《はす》かいが種臣伯の妾宅で、庶出《しょしゅつ》である露木は当時からそこに預けられていたのだ。

近所の悪餓鬼連中に度胸を示すため単身忍び込んだおれは、坪庭で夕涼みする露木に見つかってしまった。それがきっかけだ。

年で数えれば、それからもう三十年近くになるだろうか。当時から新進気鋭の貴族院伯爵議員だった種臣伯のご落胤たる露木と、しがない豆腐屋の倅《せがれ》でしかないおれの人生が交わっただけでも不思議なものだが、知己《ちき》を得てこうも長く付き合いが続くとは、世のなか何が起こるか分からないものだ。

元々京都府警察部に勤めていたおれは、然《さ》る事情から職を辞し、露木の助言もあって寺町二条の雑居ビル二階に自宅を兼ねた探偵事務所を開いた。その際、おれの方から頼み込んで経営に加わって貰ったのは、偏《ひとえ》に露木の類い稀な観察眼と洞察力を恃《たの》みとするためだった。

いったいおれは、露木ほど頭の良い人間を他に知らない。

事実、おれが未だ刑事だった時分には、新聞から見知った情報のみを基に露木が組み立てた幾つかの推論が、完全に行き詰まっていた事件を解決に導いたことも少なくはなかった。

元来露木は身体が丈夫でなく、外出も殆ど出来ずにいた。

外界との接点がなく世相の匂いを渇望する露木は、見舞いに訪れたおれに対し、手掛ける事件の話などをよく乞うてきた。部外者である露木に捜査の進捗をそう易々と零すことは出来なかったが、関係者ならば問題はない。そういう訳で、官憲を辞し探偵として再出発する際、おれは露木と共同経営の形を取ることに決めたのだ。幸い露木からは快諾が得られ、今日まで至っている。

露木の知恵を借りることは勿論、名うての貴族院議員を父に持つその縁故もおれにとっては大変有難いものだった。市蔵の一件も、実際には露木の仲介から成る依頼だった。

下婢《メイド》の三季《みき》が、露木のためのソーダ水とおれの珈琲、それに土産の饅頭を大皿に盛って運んできた。

薄く曇ったグラスに手を伸ばしながら、ところでと露木が云った。

「小石川の所の仕事は終わったの？」

「一応な。ただ、追加で仕事を頼まれた」

「へえ、何だい」

手に取った饅頭を半分ほど頬張ってから、おれは肝試しだと答えた。

「何だって？」

「肝試し。最近買った鹿ヶ谷の山荘に、正体不明の化け物が出るんだとさ。だからそこで寝ずの番をするように云われた」

露木は目を瞬《しばたた》かせる。

「変わった仕事だねえ。鹿ヶ谷のどこら辺？」

「霊鑑寺とかいう麓の寺からずっと登った、如意ヶ岳の中腹辺りだそうだ」

「ああそう、あそこら辺は廃寺とかも多いからなあ」

ソーダ水を少し含んで、露木は月下の東山連峰を漫然と見遣った。カップを取り上げて珈琲を啜る。ねっとりとした白餡の甘さを、酸い苦みが塗り潰していく。

「で、どんな化け物が出るの？」

「山荘のなかで誰かが喚いているから入ってみたら、誰もいない。でも、確かに誰かが何かを喋り続けている。ただ、どの部屋を見ても人の姿はない」

「すごいな、王道じゃないか」

露木はくすくすと笑い出す。おれは肩を竦めた。

初めてそれに遭遇したのは、小石川木材の雇人たちだった。

二週間ほど前のことである。市蔵の命を受けた三人の雇人が、昼過ぎから件《くだん》の山荘を訪れた。長らく使用されていなかったため、先ずは人が過ごせるように屋内を掃除し、庭も手入れする必要があったのだ。

ひと通りの清掃を終えた後、陽も翳ってきたので伸びきった庭の草を三人で刈っていると、不意に山荘の方角から何者かの喚くような声が聞こえてきた。

声がしたのは間違いなかった。大勢で議論をしているような、若しくは複数人で怒鳴り合っているような音声で、何と云っているのかは分からなかったが、兎に角、酷く怒色を帯びた声だった。

三人は思わず顔を見合わせた。

全員が耳にしているのだから、聞き間違いということはない。では闖入者《ちんにゅうしゃ》でもいるのかと思ったその時、開け放たれたヴェランダの向こうから、先刻と変わらぬ怒声が再び響き渡った。間違いなく、声は山荘のなかから聞こえていた。

三人は草刈り用の鎌や箒などを武器に、慌てて屋内へ駆け込んだ。

ヴェランダに面した喫茶室を除けば、山荘内には残り五つの部屋があった。応接室に書斎と洗面所、そして客室が二つである。

三人は恐々と部屋を確認して廻ったが、果たして、いずれの部屋にも人の姿は無かった。寝台の下や衣装戸棚のなかまで確認したものの、矢張り何人の姿も認めることは出来なかった。その間は、例の声も止んでいた。

汗に塗《まみ》れながら全ての部屋の確認を終え、蟬の声が重なってそう聞こえたのだろうかなどと話し合っていた矢先、扉の向こうで再び怒声が上がった。

三人はすわと廊下に飛び出した。

薄暗い廊下に人影は無い――しかし、人の姿はないのにも拘わらず、誰かを面罵するような、怒り狂っている叫び声は、その間も廊下中に響き渡っていた。

三人は棒立ちになった。

決して幻聴や聞き間違いなどではない。六つの耳のいずれにも、その声は確かに届いていた。

言葉を失くす雇人たちの胸中に湧いた恐怖は、瞬く間に心を呑み込んだ。彼らは取る物も取り敢えず、這《ほ》う這《ほ》うの体で山荘から逃げ出したのである。


「面白いね。いやあ面白い」

おれの説明をひと通り聞き終えた露木は、すっかり昂奮していた。

「声はすれども姿は見えず。うん、まさに怪異だ。『うわん』だね」

「なに？」

「うわん。そういう妖怪がいるんだよ」

露木が手を上げると、屋敷の方から溝呂木が飛んできた。

「書庫の三の棚に鳥山石燕《とりやませきえん》の『画図百鬼夜行』がある。取って来てくれるか」

溝呂木は一礼して、疾風のように立ち去った。

「何だそのうわんってのは」

「人の住まなくなった古いお屋敷とかお寺で、うわんって叫び声を上げる妖怪さ」

「それだけか？」

「うん、それだけ」

露木は饅頭に手を伸ばし、少しだけ齧った。

「その叫び声を聞いたら鼓膜が破れるとか、二回続けて耳にしたら命がないとか色々噂はあるけれど、どこまで本当なんだか」

「それを云ったら、存在自体が曖昧だろうが」

「はは、それもそうか」

溝呂木が火の入った洋燈《ランプ》と一緒に、和綴じの青い冊子を運んできた。露木はそれをぱらぱらと捲り、或る箇所を開いて卓上に広げた。

橙《だいだい》の光に照らされたその頁を覗き込む。

昼なのか夜なのかは分からない。ただ、大きく崩れた築地塀の向こうから、長い柳の枝を纏った異形の者が上半身を覗かせている——そんな絵だった。

禿頭の大男だと云えばそれ迄だが、目をかっと見開き、乱杭歯を剝き出しにしたその表情はどうも尋常ではない。目といい口といい、針のような黒い毛が顔中にびっしりと生えているのも中々どうして異様である。塀のこちら側にいる誰かを威嚇するかのように両腕を振り上げているのだが、爪の伸びた指が三本しかない所を見ると、これは所謂鬼の類いなのかも知れない。絵の右上には、水茎の跡も麗しい筆致で「うわん」と認《したた》められていた。

「お前は、こいつが山荘に棲んでいると？」

「どうだろうね。でも、鯉城の話を聞いて真っ先に思い浮かんだのはこれだよ」

露木は冊子から手を放し、再びソーダ水を含んだ。頁が動き、冊子は小さく音を立てて閉じた。

「その山荘、何か曰くとかがあったりすることはないのかい」

「訊いてみたが、市蔵は何も知らなかった。名前は教えて貰えなかったが、或る華族から借金の形《かた》に引き取った物なんだ。長らく使われていなくて、まあ、建てられたのも日清戦役の時分らしいから、年季が入っているのは間違いない」

「でも、それで鯉城に寝ずの番を頼むっていうのはよく分からないな。神主か坊さんを呼んでお祓いでもして貰った方がしっくりくるんじゃないのかい」

「市蔵自身はそんな怪異を信じてないんだ」

市蔵は未だ山荘に足を踏み入れたことがなく、従ってその謎の怒声を耳にしたこともなかった。

当初市蔵は雇人たちの訴えにもまるで耳を貸さず、むしろ逃げ帰ったことを酷く詰《なじ》っていた。しかし、別の者を行かせても半数以上が怪異に遭遇して恐れ戦《おのの》き、もう一度行けというのなら辞めると云い出す始末だった。

そんなことが幾度も繰り返され、流石に放っておくことも出来なくなった市蔵の胸中に、或る考えが浮かんだ。

「ああ、成る程ね」

露木が得心いった顔で呟いた。

「要は、それも材木商組合の仕業じゃないかってことか」

「どうも八割方そう信じ込んでいる様子だったな」

「残りの二割は？」

「本当に化け物がいるんじゃないか、と。自分で行って確かめないってことは、矢っ張り一寸《ちょっと》は怖いんだろうさ」

「ふふ。でもどうするんだい。本当に引き受けるの？」

「お前に紹介して貰った手前、無下に断る訳にもいかんからな」

気を遣うことはないよと云う露木の眼差しが、少しだけ醒めたものになった。

「どうせ只の材木成金に過ぎないんだから。鯉城のしたいようにすればいい」

「まあ、そうは云ってもひと晩明かすだけで金が入るなら安いもんだ。明日か明後日にでも行ってみるさ」

「そうかい。だけど気を付けなよ。いくら鯉城が強いったって、相手は化け物なんだから」

「せいぜい喰われないようにする」

露木はふふんと笑い、ソーダ水を飲み干す。そして唇から滴る水滴を拭い、気を付けてねと小さく呟いた。

*

蝉の声はおれたちを包み込むように四方八方から響いていた。

ざらざらとした赤土の路である。枝葉を広げる楢《なら》や橡《くぬぎ》が陽を遮るため、緩やかな山道はひっそりとして暗く、また涼しかった。思い出したように吹く風は頭上の葉末を揺らして、凸凹の路に浮かんだ白い影を伸び縮みさせていた。

艶々とした藪椿の茂みを曲がると、木立の向こうに小ぶりな冠木門が姿を現した。

「漸く着きました。あそこです」

丸めた布団を背負う梶有馬《かじありま》が、ぜいぜいと喘ぎながら振り返った。汗を拭った手巾《ハンカチ》をポケットにねじ込んで、おれは軽く頷いた。

鹿ヶ谷の霊鑑寺門前で落ち合い、油土塀に挟まれた坂道が落葉の積もる山路に変わっても歩き続けることおよそ三十分。生い茂る羊歯《しだ》を踏み分け、飛び交う蜂や這い廻る蛇を避けながら進んだその先に、件の山荘は建っていた。

梶は小石川家の書生である。市蔵の妻、理津《りつ》の縁戚に当たる青年で、小石川家の雑務や市蔵の秘書業務などを熟《こな》す傍ら、聖護院《しょうごいん》の薬学校に通っているらしい。

肩幅のがっしりとした背の高い青年で、今年で十九になるという。山荘でひと晩明かすおれのために布団やら灯りやらを運ぶのに併せ、亀岡《かめおか》出張中の市蔵に代わって道案内も引き受けてくれていた。本当は山荘周辺を散策する時間も見込んでもう少し早く訪ねる積もりでいたのだが、急用が入ったため遅くなるという梶からの断りが直前になって事務所に入ったので、結局こんな夕刻間際になってしまったのだ。

冠木門を潜り、所々タイルの浮いた石畳の細道を少し進むと、木立の中から粘板岩《スレート》屋根に長い煙突を生やしたバンガロウ風の建物が現われた。

「思っていたよりも綺麗だな」

「畏れ入ります。最初は荒れていましたが、壁の色も塗り直したりと致しましたもので」

袖口で額の汗を拭いながら、梶は一寸《ちょっと》含羞《はにか》んだ。

鍵を開けて玄関から入る。むっとするような熱気と共に、真新しい塗料の臭いが鼻を突いた。

突き当りの喫茶室に荷物を置いて、梶の案内で屋内を見て廻った。

山荘は洋式の平屋造りで、玄関から見て右手に応接室と書斎が、左手に同じ造りの客室が二つ並んでいた。板張りの廊下の突き当りに食堂を兼ねた喫茶室があり、そこを左に折れた先が洗面所だった。廊下が狭いためか、扉はどれも内開きの構造だった。

喫茶室には簡単な炊事場も備えついていた。水は近くの渓流から鉄管を通して引っ張ってきているらしい。流石にこんな山奥までは電線も引けないため、灯りとなるのは洋燈が中心だった。

喫茶室に戻り、荷解きに取り掛かる。

「君は例の声を聞いたことがあるのか」

鞄を机の上に置きながら、おれは梶に問うてみた。部屋の隅で布団の紐を解いていた梶は、驚いた顔で立ち上がった。

「いや、それが私は未だでして」

「ここに来たことはあるんだろう？」

「ええ二度ばかり。ですが生憎と未だなんです」

「小石川氏は、これも材木商組合の仕業だと考えているようだが、君はどう思う」

梶はたと口を噤《つぐ》み、暫く目を泳がせてから、躊躇《ためら》いがちに分かりませんと答えた。

「しかし、店の者が申しますようなことは、流石にないやろうと思うのです」

「化け物の仕業ってことか？　ああそうか、君は薬学校の学生だったな」

理化学を修める者からすれば、うわんなど持ち出すのは噴飯ものなのだろう。梶は困ったような笑みを口元に浮かべ、曖昧に頷いていた。

予備の蠟燭や食料の保存場所についての説明をひと通りした後で、それではお気をつけてという言葉を残して梶は独り山を下りていった。

煙草を取り出して、一本咥える。尻のポケットに入れていたせいで紙箱はすっかりひしゃげ、汗で湿っていた。擦った燐寸《マッチ》で先端を炙るが、矢鱈と煙が出るばかりで火の点きも悪かった。

引き寄せた椅子に腰を下ろす。紫煙を吹き上げた一枚板の天井では、所々に雨漏りのような染みが滲んでいた。張り替えたらいいのにと思ったが、支障を来さないのなら余分な金は使わないのは確かに市蔵らしかった。

蚊取り線香を取り出し、火を点ける。直ぐに夏の香りが漂い始めた。

窓から差し込む蜜柑色の陽は、うっすらと青味を帯び始めていた。天井や部屋の隅にも、薄い夕闇が漂い始めている。おれは陶製の小皿に灰を落として、持ち込んだ大型洋燈を卓上に載せた。

腕時計を見ると六時半を少し回ったところだった。晩飯を摂るにはまだ少し早い。おれは煙草を咥えたまま、玄関からヴェランダに廻ってみた。

草の刈りこまれた欧風の庭だった。

奥の方には、よく分からない南国の樹木が三本ばかり植えてある。庭を囲むのは唐風の竹垣だ。竹は未だ青く、それらを結び束ねる棕櫚《しゅろ》縄も艶々としていた。

壁に沿って山荘を一周してみる。夜盗対策なのか、浴室を除いて窓はどれも嵌め殺しのようだった。外から出入りが出来るのも、玄関を除けばヴェランダに面した喫茶室の硝子戸だけである。浴室の窓は、子どもでも頭を通すのがやっとな大きさだった。

石畳を踏んで、冠木門から外に出た。

見渡す限りの木立である。かなかなという蜩《ひぐらし》の声が、却って黄昏の静寂《しじま》を際立たせていた。周囲を散策してみようかとも思ったが、黄昏の向こうには紗を下ろしたような夜の気配が迫っていた。

冠木門を潜り、石畳の路を戻る。

不意に、聞き覚えのない音が耳朶を打った。

立ち止まって辺りを見廻す。

潮騒のような蜩の声、風に戦《そよ》ぐ葉末の騒めき、夕闇の静寂を裂く甲高い大瑠璃《おおるり》の囀《さえず》り——そのいずれでもなかった。しかもその奇妙な音声は、明らかに山荘の方から聞こえていた。

おれは足早に戻り、玄関の扉を開けた。

耳を澄ますまでもなかった。その音声は、確かに山荘のどこかから響いていた。

何と云っているのかは、ここでもよく分からない。遠くの方で喚いている声を壁越しに聞いているような、若しくは巨大な獣が唸っているような、酷くくぐもった声だった。

おれは靴を脱ぎ、足音を忍ばせて廊下を進んだ。塗料の刺激臭に混じって、蚊取り線香の匂いもここまで漂っていた。

応接室の扉を小さく開ける。

誰の姿も無い、六畳ばかりの部屋だった。小さなテーブルを三脚の肘掛け椅子が囲んでおり、左右の壁際には硝子扉の戸棚と大きな柱時計が並んでいた。椅子の生地は緋色であり、薔薇を配《あしら》った壁紙も相まって全体的に赤く映える内装だった。奥の壁には、厚い硝子の嵌め込まれた窓があった。

洋燈の下がる天井には、市松模様のタイルが貼り詰められていた。天井の右隅に金網の張られた穴が開いているのは、換気用の通風孔だろう。未だ補修中なのか、穴は薄緑のテープで塞がれていた。

例の声は、今も途切れることなく続いている。念のため戸棚の陰やテーブルの下も確かめてみたが、何者かが隠れているようなことはなかった。

隣の書斎に移る。左右の壁一面に本棚が並んでいるせいか、応接室より狭く感じられた。並べられているのは、赤い背表紙の洋書ばかりだった。市蔵の趣味とは思えない。飽くまで装飾品のようだ。

奥の壁には応接室と同じく嵌め殺しの窓があり、その下に袖付の書き物机が置かれていた。こちらの天井も応接室と同じ市松模様のタイル張りで、左隅の通風孔がテープで塞がれていた。

矢張り人影はない。また、声も別の場所からしているように感じられた。

扉を閉めようとして、おれは書斎の戸には鍵が付いていることに気が付いた。応接室には無かったのである。摘まみの付いた金属の棒を横に滑らせる、簡素なスライド錠だった。

廊下に出て、真向いにある客室を順々に検める。

闖入者の姿はここにも無かった。客室はクリーム色の壁紙が貼られた、六畳ほどの絨毯敷きだった。ベッドと簡単な書き物机の他には、蔓葛《つたかずら》の文様が彫られた衣装戸棚が左右の壁際に置かれているだけだ。テープで塞がれた通風孔の位置も、左右で対称だった。この扉にも、鍵は付いていなかった。

続けて喫茶室と洗面所を廻ったが、矢張り声の主を見つけることは出来なかった。喫茶室は八畳ほどの広さで、右手に簡単な炊事場があり、四人掛けのテーブルと壁際の大きな暖炉の他には、缶詰や瓶詰の備蓄された食糧用戸棚が二つ並んでいるだけだった。一方の洗面所も、青いタイル張りの浴室や便所は人ひとり入るのがやっとなほどの広さだった。双方共に、人が隠れられるような場所はない。

例の声は喫茶室を調べ始めた辺りから止んでいた。幻聴だったのかとも思ったが、そんな筈はない。確かにおれの耳はあの声を捉えていた。

蜩の声も次第に遠ざかり、森閑とした宵闇の気配が直ぐ近くにまで迫っていた。

腕時計を確認すると、夜光塗料の塗られた針は七時半を指していた。おれは喫茶室に戻り、燐寸を擦って洋燈に火を入れた。同じ火で点した煙草を咥えて、遠目に廊下を眺めた。

胸の裡に湧き起こるのは、恐怖よりも驚きだった。

おれ自身、妖魔亡霊の類いに出会《でくわ》したことは一度もない。しかし、だからといってそういった類いのものを全く信じていない訳でもなかった。むしろ、死者と言葉を交わすことが出来るのならば、是非とも試してみたい相手がいる程だ。

煙草を燻《くゆ》らしながら硝子戸を開けて、ヴェランダに臨む。木立の合間に沈む末期の夕陽を眺めていると、幾分か気持ちも落ち着いてきた。

屋内に戻り、竹皮に包んだ握り飯を食べた。汗を流したせいか、梅干しの塩気が大層美味かった。三つ目を平らげた頃には、すっかり夜の闇が辺りを塗り潰していた。洋燈の灯のなかで、蚊取り線香の煙が蜘蛛の糸のように細長く立ち上っている。何も見えない暗がりの奥からは、虫と守宮《やもり》の鳴き声だけが響いていた。

おれは椅子に腰掛けたまま、黙然と煙草を喫った。

耳を澄ませ、何か異音がしたら直ぐにでも飛び出していく積もりだったが、生憎と期待したような展開は起こらない。時折床板の軋むような音が聞こえ、おれはその都度洋燈を提げて全ての部屋を見て廻ったが、単なる家鳴りだったのか、何の異変もなかった。そんな軋みも、日付が変わる頃にはすっかり絶えていた。

それからどれほど経っただろうか。不意に廊下の方で音がした。

もう何本目かも分からない煙草を喫ったままうつらうつらとしていたおれは、一気に目を覚ました。

明らかに、今までの家鳴りとは異なる音だった。反射的に時計を確認すると、時刻は二時十分を少し廻った所だった。

洋燈を提げて廊下に出る。

闇の奥から再び音がした。拳で壁を叩くような音だった。音は、左手の書斎から聞こえていた。

廊下を進むのに併せて洋燈が揺れ、白い光が楕円形に伸び縮みする。おれは息を溜めて撮手《ノブ》を握り、一息に書斎の扉を開けた。

真っ先に視界に飛び込んできたのは、奥の窓に浮かぶ人影だった。大きさはおれと同じぐらいで、黒い上半身しか見えない。おれの脳裏を、柳の陰から身を乗り出す妖《あやかし》の異相が過《よぎ》った。

駆け込むと同時に洋燈の光が窓硝子に反射して、おれの目を刺した。思わず目を薄くした視界の端で、黒い人影は滑るように移動して見えなくなった。

人影は、反射する光の向こう側にいた。室内ではない。外から窓越しにこちらを窺っていたのだ。

洋燈の灯で室内を照らして見るが、矢張りそこには誰の姿もなかった。

書斎から飛び出して玄関まで走り、靴下のまま外に出た。

凹凸した冷たい土の感覚を足裏に感じながら、書斎の窓際まで駆ける。

人の姿はなかったが、壁際の茂みには踏み荒らされたような跡が残されていた。何者かが覗き込んでいたのは、間違いないようだった。

採掘機のような螻蛄《けら》の鳴き声が、闇のなかで低く響いている。忘れていた汗がどっと吹き出した。洋燈を高く掲げてみる。

辺りは黒一色だった。二、三歩先までは辛うじて灯りも届いているのだが、その向こうは一面を墨で塗り潰したように何も見えない。

一歩踏み出した途端、足の裏を鈍い痛みが刺した。尖った小石を踏んだようだ。おれは玄関に戻って靴を履き、再び庭へ出た。

肌に纏わりつく夜気はねっとりと濃く、全身は瞬く間に汗で塗れた。

それから一時間余り、おれは庭のみならず敷地から出た山荘の周辺まで闖入者の痕跡を捜して廻った。しかし、得られた物は何も無かった。

草臥《くたび》れた身体を引き摺って山荘に戻ったのは、既に三時を過ぎた頃だった。枝先で引っ掻いた顔や手の生傷に汗が沁みる。シャツも身体に張り付いて酷く不快だった。

大きく息を吐いて、喫茶室の椅子に腰を下ろす。気を張り続けていたせいか、妙に硬く感じられた。

じっとしていると、忽《たちま》ち靄《もや》のような眠気が眼の奥で漂い始めた。二十代の頃はひと晩中駆け続けていても平気だったが、今ではこの有様だ。おれは摘まみだした煙草に火を点け、種々の思いを煙に混ぜて吐き出した。

喫茶室の隅には梶が用意してくれた布団もあるが、汚れた身体を横たえるのも何だか悪いような気がした。おれは椅子に背を預けたまま、黒から紺、そして白藍《しらあい》色へ薄らいでゆく庭の様子を眺めていた。

脳裏を巡るのは、矢張り今夜の出来事についてだった。

果たして、あの人影は何だったのか。人か、それとも妖か。窓際の茂みには踏み荒らしたような跡があったのだから、仮令《たとえ》妖魔の類いだとしても、実在したことに間違いはない。

そして、夕刻に聞いた例の声である。

声はすれども姿は見えない。確かに噂通りだった。人影が声の正体だとすれば、何故おれはその姿を捉えられなかったのか。

いつの間にか、鳥の囀りが直ぐそこに響いていた。竹垣の向こうの木立は一瞬だけ赤く染まり、次の瞬間には白々とした陽光がその合間から差し込み始めた。

硝子戸を開けて庭に出る。山の冷気はひやりとして、肌を刺すようだった。

大きく伸びをすると、身体中で骨や筋がみしみしと鳴るのが分かった。

靴下のまま庭に下り、桶に溜めてある水で顔を洗う。二、三度繰り返すと、漸く眠気も消え去った。

陽が上るにつれて、蝉の声が響き始めた。おれは陽の下でそれぞれの部屋を見て廻ったが、昨日と変わったような箇所は見つけられなかった。

一個だけ残しておいた握り飯を喰っていると、玄関の扉が開く音がした。梶だった。

「お早うございます。何もありませんでしたか」

「例の声、おれも聞いたよ。君が帰って直ぐだった」

梶の顔が強張った。

「本当ですか」

「外に出ていたんだが、そうしたらこっちの方から声が聞こえた。直ぐに全部の部屋を確認したんだが、確かに誰もいなかった」

「それでどうされたんです」

「どうもしない、いや、出来ないだろう。取っ摑まえようにも姿が見えないんだから。それから暫くは何も起きなかったが、夜も更けた二時過ぎになって、また別の奴が現われた。窓硝子を叩くような音が聞こえたから書斎に向かったんだが、誰かが外から覗き込んでいた」

「人ですか」

「書斎の窓の下には小さな茂みがあるんだが、そこには踏み荒らしたような跡があった。だから、幽霊じゃないことだけは確かだ。足があるんだから」

梶は困惑気味にはあと零す。

「では、例の声もその何者かの仕業だったということになりましょうか」

「断言は出来ない。ただ、おれが声を聞いた時にそんな奴の姿はどこにも無かった。隠れて動き回っていたのか、いや、そんな風にも感じなかったんだがな」

「成る程……。逃げられたのは残念ですが、正体が知れただけでも僥倖《ぎょうこう》です。相手が只の人間ならば手の打ちようもありましょう」

「それはまあ、その通りだな」

梶は居住まいを正し、深々と頭を下げた。

「これで旦那様も安心される筈です。ありがとうございました。私は未だやることがありますので残りますが、もう鯉城様はお帰り頂いて結構です」

「有難い、身体中がばきばきなんだ。小石川氏への報告はまた改めて書面でさせて貰う」

「畏まりました。私の方からも凡《おおよ》そのことは伝えておきますので」

山荘を出ると、控えめだった蟬の声は耳を劈《つんざ》くばかりになっていた。朝方の冷気はとうの昔に払われ、雑木の茂みからはむっとするような草いきれが陽炎のように立ち上っていた。

込み上げる欠伸を嚙み殺し、咥えた煙草の先に火を点ける。煙は辛く、苦味ばかりが舌を刺した。

仰ぎ見た空は青く澄んで、薄い雲が棚引いていた。

今日もまた暑くなりそうだった。

＊

翌日、事務所で報告書を纏めていたおれの許へ一本の電話が入った。

受話器を取り上げるや否や、耳元で市蔵の胴間声が響いた。

「儂や、小石川や」

おれの挨拶は、ああっと痰を切るような市蔵の咳払いに遮られた。

「梶から聞いたで。何や、変な奴が覗いとったらしいな」

「捕まえられなかったのは失態でした。申し訳ありません」

「構《かめ》へんわ。な、矢ッ張り儂のゆうた通りやったろ？　組合の連中もしょうもないことしよるでほんまに」

「今後はどうしましょう。見張りを続ければ、捕らえることも可能だとは思いますが」

「ええわええわ。そんなん、わざわざ金払《はろ》てあんたに頼むかいな。店の者《もん》にでもさせるわ」

「そうですか。それならば一応これで仕事は終了ということで。改めて報告書に纏めてお送りします」

「それなんやけどな、儂、今からあそこ行くねや。一寸《ちょっと》来てくれんか」

「あそこと仰いますと」

「そらあんた、鹿ヶ谷の山荘に決まっとるがな」

受話器を耳に当てたまま、おれは窓の外に目を向けた。

緩やかに吹き込む風が、レースのカーテンを揺らしている。窓枠に四角く切り取られた空には雲ひとつなく、白い陽が燦々《さんさん》と照りつけていた。

「何や黙って。用事でもあるんか」

「いえ、そういう訳ではないのですが」

そう口走ってから、おれは胸の裡で舌打ちした。そして、咄嗟に嘘が吐けない己の性格を呪った。

「ならええな。儂、いま河原町《かわらまち》の蕪木《かぶらぎ》ホテルから掛けてんねや。乗合の自動車でもう出るから、あんたも来なはれ」

蕪木ホテルならば事務所から歩いて五分の距離だが、市蔵の声に同乗させてくれそうな様子は無かった。おれは溜息を押し殺し、分かりましたと答えた。

「山荘へ伺うのは構いませんが、ご用件は何でしょう」

「何云うてんねや、あんたが見たとかいう男の話に決まっとるがな。そこ行って話聞いた方が、場所やら何やらも分かり易いやろ？　ほな頼むで」

がちゃんと音を立てて電話が切れた。おれは短く息を吐き、受話器を戻した。


引っ張り出した自転車の荷台に鞄と上着を括りつけ、京電の線路に沿って二条通を東へ向かう。寺町二条の事務所から例の山荘までは自転車で三十分、山路を歩いて更に三十分の道のりだった。霊鑑寺脇の坂下に自転車を駐め、鞄を提げてひたすらに足を進める。山路に入ると陽も遮られ、幾許《いくばく》か涼しくなった。

路が木立に入って二十分ほど登っただろうか。汗を拭っていると、不意に前方から激しい足音が聞こえてきた。

血相を変えた少年が、足を縺《もつ》れさせながら山路を駆け下り来る。少年はあっという顔になって止まろうとしたが、勢いは止まずそのままおれにぶつかった。

「おい大丈夫か」

思いきり後ろに倒れた少年を抱え起こす。日に焼けたその顔を見るに、歳の程は十五、六といったところか。縞の着物に帯を締め、被っていた青い鳥打帽が飛んでしまった。着物の襟には小石川木材の文字が白く縫われていた。

「坊主、小石川さんとこの子か」

火にでも触れたかのような勢いで、少年はおれから跳び退いた。よく見ると顔からはすっかり血の気が失せ、頬を引き攣らせている。

「おれは鯉城って云うんだが、小石川さんから連絡があって、この先にある山荘を訪ねる所なんだ。何かあったのか」

少年はがくがくと頷いた。

「だん、梶、が」

「なに？」

「大変なんです、旦那様と梶さんが」

少年は喘ぐように云った。

「落ち着け、何があったんだ」

「大怪我です。大怪我したはるんです。梶さんが窓硝子に突っ込んで、血も仰山《ぎょうさん》流れてて、呼んでも返事が無くて、それに旦那様も書斎で男に襲われて、呼んでも答えてくれはらへんくて、だから、急いで店に、番頭さんに連絡しないといかんから」

少年は蒼褪めた顔のままその場にへたり込んだ。周囲の蟬時雨がひと際大きくなったような気がした。

「坊主、名前は」

「利吉《りきち》です。岡部《おかべ》利吉」

「よし利吉、もう一回訊くが、山荘では梶君が怪我をしていて、小石川さんも意識がないんだな？それで、小石川さんを襲ったとかいうその男は」

「もういません。どっかに逃げてきました。でも、いや、ううん、分かりません、分からないんです」

利吉は激しく首を横に振った。

変事があったのは間違いなさそうだった。おれは利吉を立たせ、腰を屈めて真正面からその顔を見る。

「大丈夫だ。梶君たちの所にはおれが急いで向かうから、お前はこのまま山を下りて、先ず警察に連絡してくれ。店に連絡するのはその後だ。いいな、出来るか？」

利吉は少し躊躇っていたが、それでも小さく頷いた。

「よし、なら行け」

おれに背を押され、利吉は弾丸のように山路を駆け下りていった。その背を見送って、おれも山荘へ急いだ。

五分ほどで冠木門に辿り着き、そのまま石畳の路を進む。重なり響き合う蟬の声が、おれを焦らせた。

翳り始めた陽の下で、山荘は相変わらずに粛然と建っていた。

玄関へ向かおうとして、おれは思わず棒立ちになった。書斎の窓から、血塗れの腕が一本伸びていた。

梶だ。

嵌め殺しの窓硝子は大きく割れ、その隙間から梶の頭と右腕が飛び出していた。

口を開きかけて、おれは息を呑んだ。

割れた窓硝子の一部が梶の首筋に深々と突き刺さり、その身体と辺り一面を蘇芳色《すおういろ》に染めていた。

虚ろな目は瞬《またた》くこともなく、半開きの口からは鶏頭のような舌が覗いていた。その名を呼んでみたが、何も応えてはくれなかった。

肚の底に力を溜め、梶の屍体に歩み寄る。自ずと、罅割れた窓硝子越しに書斎の様子が目に入った。

誰かが倒れている。体軀から、おれは直ぐにそれが市蔵であると理解した。

「小石川さん、大丈夫ですか」

こちらも反応はない。おれは急いで玄関に戻り、扉を開けた。

忽ち、息の詰まるような煙に襲われ、おれは咄嗟に身を引いた。

廊下中にうっすらとした煙が充ちていた。奥の喫茶室で、火の手が上がっているようだった。

手巾を口に当て、おれは靴のまま廊下に上がった。

書斎の扉は少しだけ開いていた。どういう訳かその把手は外れ、少し離れた場所に転がっていた。近くには別の金具も転がっている。目を巡らすと、向かいの客室の把手が今にも転がり落ちそうな具合でぶらぶらと揺れていた。

書斎の扉を強く蹴り開ける。

右手の本棚の陰に、大柄な男が仰向けに倒れていた。

駆け寄ろうとしたおれは、その凄惨な姿に固まった。

濃い口髭や生え際の後退した髪などから、市蔵であることは間違いなかった。しかし、少し横を向いたその顔は、おれの知る市蔵からは激しく変貌していた。一面が赤紫に染まり、目も鼻も口も分からないほど醜く腫れ上がっていたのである。

おれの脳裏を、刑事時代に見た或るやくざ者の屍体が過《よぎ》った。それは私刑《リンチ》に遭い嬲《なぶ》り殺された男で、目は潰れ、頬の骨も砕かれ、その顔は内出血ではち切れそうなほど膨れ上がっていた。いま目の前にあるのは、まさにその時と同じ顔だった。

おれは市蔵の傍に膝を突き、首筋に手を当てた。矢張り未だ生温かさを残す皮膚から、命の鼓動は感じられなかった。肚の底が抜けたような気持ちだった。

そうしている間にも、煙は廊下から少しずつ侵入していた。悠長に構えている暇は無い。おれは頭を強く振って、意識を切り替えた。

少しだけ身を引き、市蔵の屍体を素早く検める。

一瞥した所、刺創や銃創の類いはなさそうだった。近くの床にも、血で汚れているような箇所は見当たらない。ふと、組合と連合会の抗争が脳裏を過る。市蔵もあのやくざ者と同様、私刑に遭ったのだろうか。

おれは立ち上がり、梶の屍体がある窓辺に駆け寄った。

途中で何かを踏んだ。靴底を見ると、丸まった緑のテープがくっついていた。通風孔を封じていた物だ。おれは指先で引き剝がし、部屋の隅にそれを投げ棄てた。

改めて梶の屍体を確かめる。

頭部と右肩だけ外に出て、身体の大部分は屋内に残っていた。頭から突っ込んだのだろうか。兎に角、屍体を取り出さなくてはと思ったのだが、窓枠に残った硝子片が首や肩に突き刺さり、簡単には引き出せそうもなかった。硝子を割ろうにも、屍体が邪魔で手が届かない。

煙はどんどん濃くなっていく。

梶は外から引っ張り出すこととして、市蔵の屍体だけでも抱えて出ようとした。手巾を仕舞い、肩に腕を廻して立ち上がらせる。その感触から、市蔵の屍体は腕も膨れ上がっていることに気が付いた。

煙を直に吸い込み、おれは激しく噎《む》せた。左腕の古傷が疼いて、市蔵の重量に負けたおれはその場に倒れた。

額から床にぶつかる。視界が白と黒に明滅した。

もう一度市蔵を抱え直そうとしたその時、開け放たれた扉の向こうから、唐突に大勢の騒めくような声が聞こえ始めた。

口元を覆ったまま、廊下に飛び出す。

忽ち凄まじい熱気が、おれの全身を包み込んだ。廊下の奥の喫茶室は、今や殆どが紅蓮の焔に包まれていた。

雑踏のような喧噪は止まない。しかし、火の手が迫り煙の立ち込める廊下には、何人の姿も見当たらなかった。おれは絶句した。

思考は停止していながらも、やるべきことは分かっていた。市蔵の屍体だけでも外に出すのだ。

再び書斎に踏み込もうとした刹那、部屋全体が軋んだような音を立て始めた。

咄嗟に跳び退けたのは奇跡に近かった。目の前で、天井を一気に焔が走った。火の粉と共に、焼け破れた天井板が市蔵の屍体に覆い被さった。

こうなってはもうどうすることも出来ない。おれは心のなかで市蔵に詫び、踵《きびす》を返した。

腰を屈め、煙のなかを玄関に向かって只管《ひたすら》駆ける。鳴り止まない騒めきが、読経のように聞こえ始めた。

不意に視界が渦巻くように歪んだ。おれは肩ごと玄関扉にぶつかり、そのまま地面に倒れ込んだ。左腕に再び激痛が走った。

冷たい外気を顔に感じる。助かったのだろうか。

目の前では、木立が斜めに映っている。肺一杯に新鮮な空気を吸い込もうとして、おれは再び噎せた。

それでも何とか立ち上がろうとして、おれはそのまま意識を失った。

*

利吉の通報で駆け付けた警官や、麓で煙を観測した消防団たちの尽力で、何とか火は延焼する前に消し止められた。

玄関脇で倒れていたおれも彼らによって運び出され、気が付いた時には八坂《やさか》の東山病院の寝台の上だった。特に大きな怪我もなく、軽い打ち身と火傷で済んだようだ。頑丈な身体であると、医師や看護婦も感心しながらどこか呆れている様子だった。

山荘は大半が焼失し、市蔵や梶の屍体は焼け落ちた梁の下から半ば炭化した状態で見つかった。

後日、二人に同伴していた丁稚の証言として、利吉の話が新聞に載っていた。詳細は暈《ぼか》されていたが、市蔵と梶は暴漢に襲われあのようなことになったらしい。

警察では殺人事件として調査を進めているという一文で、記事は締め括られていた。

香炉の炭に抹香を焼《く》べてから顔を上げると、市蔵と目が合った。

艶々とした白布の祭壇で、遺影の市蔵はぐっと顎を引き、口をへの字に結んだままこちらを睨み据えていた。

その顰《しか》め面に手を合わせてから、おれは傍に並ぶ親族と思しき面々に頭を下げる。なかほどにいた白装束の若い女が、超然とした顔で機械的に頭を下げた。犇《ひし》めく弔問客の間を抜けて廊下を目指しながら、今のが理津だろうと思った。

焼香を終えた客は別の座敷へ移ることになっているらしく、廊下は案内役の丁稚や、膳を運ぶ女中などでごった返していた。おれはその流れに逆らって玄関へ出向き、下足番の男から雪駄を受け取った。その間も、客たちは引っ切り無しに奥へ吸い込まれていった。

＊

洛西は梅津村の小石川邸だった。おれは市蔵の葬儀に参列していた。

月も無い夜だが、正門から母屋まで並ぶ篝火《かがりび》のお蔭で辺りは真昼のような明るさだった。土手を挟んだ屋敷の直ぐ南が桂川の砂洲になっているせいか、頬を撫でる夜風もどこか水っぽかった。

入りきらない弔問客で、玄関前も黒山の人集《ひとだか》りだった。少し離れた躑躅《つつじ》の陰で煙草を喫っていると、色々な噂話が耳に入った。五十五の市蔵に対し、理津は今年で二十八だということ。夫婦間で親と子ほどに歳が離れているのは、理津を見染めた市蔵が、金策の代償として要求したからだということ。理津は、洛北の然《さ》る由緒正しい社家《しゃけ》の娘であるということ。その理津の甥が、死んだ梶であるということ。

煙草を棄てて、再度玄関に向かう。人混みを掻き分けて近付くと、捜していた顔が廊下を横切った。

「利吉」

俯きがちだった顔がこちらを向く。おれの姿を捉えた利吉の目が、一瞬だけ激しく左右に動いた。

「鯉城様、その節はありがとうございました」

歩み寄った利吉が、鯱張《しゃちこば》った顔で頭を下げた。

「いや、おれの方こそお前が早く警察を呼んでくれたから助かった。あと少し遅かったら、火に巻き込まれてお陀仏だ」

曖昧な笑みを浮かべる利吉を促して、おれたちは玄関の脇に寄る。

「新聞を読んだんだが、二人は暴漢に襲われたのか？」

「ええ、そうですけど……」

「材木商組合の連中か」

利吉の顔が強張った。

「どうしてそれを気にしたはるんですか」

「聞いてないのか？　おれは小石川さんから組合に関する調査を依頼されたんだ」

「ああ、そうやったんですね」

利吉は安堵したような顔で頷いた。

「確認したいんだが、あの日、梶君とお前を連れて小石川さんは鹿ヶ谷の山荘に向かった。その目的は何だったんだ」

「特に無かったんです。掃除も済んだから一寸行ってみよかゆうくらいでした」

「おれの所には、蕪木ホテルから電話があったんだが」

「途中で寄ったんです。乗合の自動車で梅津の店を出たんですけど、京都に来たはる岐阜のお得意さんが丁度蕪木ホテルに泊まってはって、挨拶しとこかゆうことで。そこから麓まで車で行って、後は歩いて行きました」

「成る程。それで？」

「旦那様は書斎でお仕事を、梶さんと僕は庭木の手入れをしてました。それで、どれぐらいやったかな、気付いたら梶さんがおれへんくて、なかに戻ったんかな思てたら、急に云い合うような声が聞こえてきたんです」

「それは小石川さんと誰かがか」

「そうやったと思います。それで何事やって思て行こうとしたら、今度はがちゃんって硝子の割れる音がして、裏の方からやったんで慌ててそっち行ったら、梶さんが血塗れで窓から首突き出してはったんです。僕、吃驚《びっくり》してしもて、大丈夫ですかって声を掛けたんですけど何も答えてくれはらへんくて。怖くなって、でも旦那様のこと思い出して、直ぐに玄関から上がったんです。そしたら、丁度書斎の扉が開いて、なかから黒い覆面を着けた男が飛び出して来たんです」

「じゃあ顔は見えなかったんだな。体格は？」

「背は鯉城様と同じくらいやったと思います。肩幅もがっしりとした、大柄な男でした。そいつは僕を突き飛ばして、玄関から出て行きました。僕は、もうすっかり怖なってもうて、動けへんくて、でも何とか書斎覗いたら、倒れたはる旦那様が見えたんです。それで駆け寄ったら、顔が思い切り殴られたみたいになってて、返事も無くて。兎に角人を呼ばな思《おも》て外に飛び出して行ったら、鯉城様と会いました。後はもう、ご存知の通りです」

利吉は手の甲で額の汗を拭い、大きく息を吐いた。

「お前がいた時は、未だ火事は起きてなかったのか？　新聞によると、火元は喫茶室で、油も撒かれていたみたいだが」

「ありませんでした。僕が出て行った後で、あの男が戻って火を点けたんでしょう。あの、すみませんけど」

利吉はちらちらと後ろを確認し始める。

「まだ仕事がありますもので。もうええでしょうか」

「ああ済まない。参考になった」

利吉は頭を下げ、足早に奥へ戻ろうとした。

「待った、もうひとつだけ訊きたいことがある」

利吉は倦《う》んだ顔で振り返る。

「おれが駆け付けた時、書斎の扉からは搁手が取れていた。あれは元々外れていたのか？」

「いえ、それは、例の覆面の男が飛び出して来た時に落ちたんです。壁にでも強く当たったんかな」

「そうか。でも、搁手は書斎だけじゃなくて、向かいの客室の扉でも取れていたんだ。あれも男の仕業か？」

利吉はあからさまに狼狽《うろた》えていた。目を泳がせたままよく分かりませんと呟き、さっさとおれに背を向ける。

逃げるような後ろ姿を見送って、おれは小石川邸を辞した。

*

薄い雲が幾層も重なって、やけに蒸し蒸しとした日だった。

陽も翳り始めた頃、おれは依頼人の遺族たる理津に一連の報告書を手渡すため、予《あらかじ》め来訪を告げてから梅津村の小石川木材を訪れた。

桂川に臨む南町《みなみまち》の小石川邸から村役場の前を通って三町ほど北に進み、寂れた長福寺《ちょうふくじ》の角を通り過ぎた先が小石川木材の店舗だった。

事務所を訪ねると、理津は前の来客が未だ終わっていなかった。なかで待つよう云われたが、数名の事務員は探偵と名乗ったおれに奇異の目を向けており、そこで待たされるのは中々どうして苦痛だった。おれは丁重に断り、時間を潰すため、横に並ぶ平屋建ての工場を覗いてみることにした。

今日の作業はもう終わったのか、柱状の木材が山を為す屋内に人影はない。石床を打つ靴音が、高い亜鉛鋼《トタン》屋根に反響して隅の方に吸い込まれていく。辺りには、鼻に抜けるような生木の匂いが漂っていた。

工場の真ん中では、丸鋸が付いた三台の機械が、出航を待つ潜水艦のような姿で並んでいた。丸鋸は子どもが両手を広げたほどの大きさで、薄暗がりのなかでも油を塗った後のようにぴかぴかと光って見えた。いずれの刃も、触れただけで指先が裂けてしまいそうだった。

床の上には、掃き集められた大鋸屑《おがくず》が所々で白い山を作っていた。それらを避けながら奥に進んでいると、不意に後ろから名を呼ばれた。

光の差す入口には、二つの人影があった。理津と、その後ろに控える利吉だった。

「お待たせをして申し訳ございませんでした。小石川の家内でございます」

理津は切れ長の目を薄め、ゆっくりと頭を下げた。薄物は青白磁の上布で、落ち着いた色の博多帯を締めている。薄く粧《よそお》われた顔では、紅の色だけが鮮やかに感じられた。利吉は薄汚れた白シャツに捩じり鉢巻きを締めており、おれから目を逸らすように顔を伏せていた。

「はじめまして、お電話差し上げました鯉城でございます。小石川氏とは何度かお仕事をご一緒させて頂きましたが、この度は本当に急なことで、お悔やみ申し上げます」

理津は小さく微笑んだ。

確かに若い。市蔵と並んだら、とても夫婦には見えないだろう。整った顔立ちではあるものの、吊り目気味の眼眸が意思の強さを表していた。

「それで、小石川がお願いしておりました依頼の件とのことでしたが」

理津は当たり前の顔でそのまま続けた。てっきり事務所に戻るのだと思っていたおれは少し驚いた。

「ええ。京都材木商組合の件と例の山荘の件です。報告書には纏めてありますが、直接口頭でご説明することも出来ます」

「結構ですわ。私、そちらの方はよく存じ上げませんの。何かありましたら、番頭の方から連絡をさせます。お金のことも、畏れ入りますがそちらで対応させて頂きます」

「そうですか、了解しました」

乾いた風が、工場を吹き抜けた。

「ところで、お店の方は大丈夫ですか」

「お陰様で。番頭中心に何とか廻しております。休んでばかりいる訳にもいきませんものねえ」

「捜査の進捗具合については、何か連絡でもありましたか」

理津は首を傾げた。

「いいえ、だいぶ難航しているようですわ。そうだったわよね、利吉？」

「はい奥様」

利吉は慇懃に答え、おれの方へ向き直った。

「警察でも暴漢の行方を追っているようですが、何せあれだけ山奥なので目撃者もおらへんようでして」

「それは仕方ないな。ところで奥さん、併せてもうひとつお訊きしたいのですが」

「何でしょう？」

「梶氏の葬儀はもう済まされたのですか。出来ればお線香を上げさせて頂きたいんです」

理津は少し驚いたような顔になった。

「ありがとうございます。そう云って頂けるとあの子も浮かばれましょう。ですが、あの子の骨はもう綾部《あやべ》に送ってしまいました。在所があちらですの」

「確か奥様の縁者だったとか」

「ええ、姉の子ですわ。それでは鯉城様、また何かありましたら」

話を断ち切るように身を引いて、理津は頭を垂れた。おれも帽子を取り、挨拶を述べてから工場を後にした。

細い畦道を南へ戻りつつ、今一度事件について考えてみた。幾つかの筋道を頭のなかで辿ってみたが、結局どれも途中で断ち切れてしまう。

暫く進むと土手に突き当たった。

堤に沿って東に歩いていると、濁ったような空が割れ、雲間から赤みを帯びた陽が射し始めた。

土手の腹を斜めに上がって天端に立つ。

のっぺりとした桂川が眼下に広がっていた。葦の戦《そよ》ぐだだっ広い砂洲の向こうでは、だらだらと流れる河面が薄緑色に光って見えた。

河合《かわあい》を渡る風が、額の汗を冷やした。帽子を取って、前髪を搔き上げる。脂染みた汗が、指先にねっとりと纏わりついた。

時計を見ると、丁度六時になる所だった。北東の西院《さいいん》村までは、歩いて一時間程度だろう。そこで夕食を済ませて嵐山《あらしやま》電鉄に乗り、大宮で市電に乗り継げば岡崎に着くのは九時頃だろうか。

その時間ならば、未だ露木も起きている筈だ。

＊

卍型の格子文様が彫られた中華趣味《シノワズリ》の扉の向こうは、広く立派な西洋間だった。

中央の丸テーブルを囲むように豪奢な談話椅子が三脚置かれ、その向こうには煉瓦造りの暖炉がぽっかりと口を開けている。暖炉の左右にはフロア・ライトが並び、天井の吊り照明と共に皓々と室内を照らしていた。壁際の大きな窓は夜に向かって開け放たれて、今も緩やかな風が流れ込んでいた。

左右の壁は、どちらも梯子の備え付けられた背の高い本棚で埋め尽くされていた。いずれの棚にも、赤や黄など色取り取りの書籍が隙間無く並んでいた。

露木はそんな談話椅子に腰を下ろし、革張りの本を開いていた。ゆるりとした薄水色の部屋着に、縦縞のズボンを併せている。

溝呂木の案内でおれが室内に足を踏み入れると、露木は本から顔を上げ、やあと朗らかな声を上げた。

「済まんな、連絡もなしに突然」

「構わないよ。丁度暇してたとこさ」

露木は静かに本を閉じ、隣の椅子を示す。目が覚めるような床の赤絨毯は靴底が吸い付くようで、おれは若干爪先立ちになりながら足を進め、腰を下ろした。

「化け物退治は無事済んだ？」

「まさにその件だ。市蔵が死んだのは知ってるか？」

「へえ、初耳だよ」

指先で下唇を撫でながら、露木はふうんと呟いた。

「そうか、死んだんだ」

三季が運んできた紅茶を啜りながら、おれは事件の一部始終を話して聞かせた。露木は肘掛に軽く頬杖を突き、途中で質問を挟むこともなく黙って耳を傾けていた。

「火事のなかに飛び込むなんて相変わらず無茶をするなあ。若し何かあったらどうするんだい」

ひと通り聞き終えた後で、露木は咎めるようにおれを見た。

「だからって、真逆《まさか》そのまま放っておく訳にもいかんだろ」

「どうせ死んでるんだから放っておけばいいって思うけど、そこで責任感じるのが鯉城なんだよな。分かったよ。それで、鯉城はこの事件をどう思ってるの」

おれは少し考えてから口を開いた。

「犯人が利吉の見たひとりなのか、複数人なのかは分からないが、兎に角山荘に忍び込んで、市蔵と梶を殺してから証拠隠滅に火を放った」

「犯人の素性は」

「組合に所属する店の雇人が、連合会の連中に嬲り殺された事件があった。未だ断言は出来ないが、市蔵の屍体にあった激しい暴行の痕を見るに、その報復だったんじゃないかとおれは考える」

「成る程ね。それじゃあ、鯉城も耳にしたあの謎の声の正体も材木商組合だったことになるの？」

「その通りだ」

「それは苦しくないかな。だって、鯉城が火事に巻き込まれかけた時にも複数人の声が聞こえてたんだろ？　いったい何の目的で？　それに、それまでだって声はしてたんだから、連中は態々《わざわざ》そんな山奥まで出向いてたことになる。一寸《ちょっと》滑稽だよ」

おれは言葉に詰まった。

「難しく考えるからいけないんだ。いいかい鯉城、全ての物事には必ず理由があるんだ。だから市蔵の死に顔が私刑に遭ったみたいだったことにも、梶が窓硝子に突っ込んでいたことにも、姿が見えないのに声だけ聞こえたことにも、当然理由がある訳だ」

露木は立ち上がり、本棚から赤く分厚い装丁の本を一冊持って来た。

「鯉城が聞いた謎の声だけど、市蔵の死《し》に様《ざま》を聞いてやっと正体を摑めたよ」

三季の置いていったティーポットを退かし、露木は卓上で頁を開いた。

「うわんの正体は、これなんじゃないかな」

そこには、黒い線で緻密に描かれた雀蜂《すずめばち》の解剖図が描かれていた。

「蜂？」

「山荘は如意ヶ岳の山奥にあって、長らく使われていなかった。それなら、天井裏に雀蜂が大きな巣を作っていても可《お》怪《か》しくはない筈だ。市蔵が購入した時に改築や増築工事をしたんだったら気付けたかも知れないけど、それが無かったんじゃあ見逃されていても無理はない」

「だったらあの声は」

「山荘に入って来た人間の臭いや音に反応して、巣から出て警戒していた雀蜂の羽音が、天井裏に反響したものだ。だからそれは、山荘内のどこで聞いても、壁越しに響いている低くくぐもった音だった」

図鑑を開いたまま、露木は再び椅子に腰を下ろす。おれは椅子に凭れ掛かり、その図柄を見た。

「うわんの正体が雀蜂だったとすると、凄惨な市蔵の屍体もまた別の見方が出来る。鯉城、君はそれを私刑に依るものと考えたが、身体中が赤紫に腫れていたのは内出血じゃない、蜂の毒が原因なんだ。所謂アナフィラキシー・ショックって奴さ」

「アナフィ……何だって？」

「一九〇〇年代初頭に、シャルル・ロベール・リシェっていうフランスの生理学者が発見した免疫反応の一つだよ。一度或る抗原に感作した生物が同じ抗原に接した時、極めて短時間の内にショック症状を現すことがあるっていうものでね。蜂とか水母《くらげ》、あとは磯巾着《いそぎんちゃく》の毒でもそうだったかな。全然致死量には至らない量でも、毒のことを覚えている身体が強く拒絶して、下痢や嘔吐、それに血圧の低下とか全身の蕁麻疹《じんましん》みたいな症状を呼び起こすんだ。酷い場合は血圧が下がり過ぎて心臓が止まったり、喉の内側が腫れて窒息死することだってある。物理的に気道を塞がれちゃってね」

　おれは、書斎で踏んだ緑のテープを思い出した。

「そうか。天井裏に巣があったのなら、蜂は通風孔の金網を抜けて書斎に入り、市蔵と梶を襲える」

「若しくは、梶が市蔵を殺したかだね」

　露木はあっさりと云ってのけた。おれは顔を上げた。

「おい、どういう意味だ」

「梶は、蜂に襲われた事故に見せかけて市蔵を殺す積もりだったんじゃないのかな。そう考えた方が辻褄の合うこともあるんだよ」

　長い脚を組み直し、露木は卓上の図鑑を一瞥する。

「でも、市蔵の屍体に現れた症状は、蜂の毒が原因なんだろ」

「蜂の毒は大きく分けて三種類から成る。ヒスタミンなんかの神経毒、それにアミノ酸と蛋白質《たんぱくしつ》だ。

まさに毒のカクテルだね。これらを適当に配合した液剤と注射器さえあればことは足りる。彼は薬学校に通っているんでしょう？　それぐらい、研究室の薬品庫から幾らでも盗んで来られるだろうさ。予《あらかじ》めお茶にでも睡眠薬を混ぜておけばより簡単になる。兎に角、蜂の毒を注射された市蔵は、ショック症状を起こして昏倒し、君が見たような凄惨な姿になって死んだ。梶は早速偽装工作に取り掛かった訳だけど、そこで予想外の出来事が起こった」

「蜂か」

「御名答。蜂の侵入経路を作るために通風孔のテープを剝がしたら、梶の想定より早く蜂が飛び出してきた。恐慌状態に陥った梶は、足を滑らせたか何かで窓に頭を突っ込み、後は君の見た通りだ」

「しかし、そうすると利吉が見たとかいう暴漢は」

「そんなのいなかったんだよ」

「だったら利吉は」

「梶の共犯さ。火を放ったのも利吉なんじゃないかな。梶から市蔵殺害を持ち掛けられて乗ったのはいいものの、肝心の梶が死んじゃったから、怖くなって全部燃やそうとした」

思わず唸り声が漏れた。露木は時間をかけて紅茶を飲み干し、ポットに手を伸ばす。

「じゃあ、おれが山荘でひと晩明かした時に聞いた声も、天井裏にいた蜂の羽音だったのか」

「だろうね。だから梶は、夕方になってから鯉城を案内したんだと思うよ。丁度蜂が活動を終える時間帯だから」

「書斎の窓から覗き込んでいたのは」

「多分梶だよ。市蔵が死んだ時、周囲に蜂に襲われたからだって思わせるためには、絶対に蜂の存在を隠しておく必要があった。だって、露見したら巣が撤去されちゃう訳だから。だから梶には、声の正体は別に存在すると思わせる必要があった。そのために、敢えて怪しい人影を現場でちらつかせたんだ」

これで御仕舞《おしまい》と露木は手を広げて見せた。おれは溜息を吐いた。

「警察に云っとくべきだと思うか。飽くまで可能性のひとつとしてだが」

「どうだろう。別にそこまでする必要もないんじゃないかな。利吉だって、いつまでも黙っていられるほど肝っ玉は太くなさそうだしね」

「そうか。でも、梶の目的は何だったんだろう」

「梶は小石川夫人の甥っ子なんでしょ。そこら辺が絡んでいるような気もするけれど。まあ放っておけばいいさ。明らかな証拠が残っているとも思えないし、態々《わざわざ》鯉城が調べるほどのことじゃないよ」

「そういう訳にもいかんだろうが」

おれは機械的にカップを持ち上げる。

口を着けた紅茶は、すっかり冷めていた。

＊

その後、おれは飽くまで事務的に小石川木材へ請求書を送った。数日経ってから金額ぴったりの小切手が送り返されて、それで終《しま》いだった。馴染みの刑事にはそれとなく露木の推理を報せてはおいたが、目立った進展があったという話も聞かなかった。

風の噂に依ると、頭目格だった市蔵がいなくなったことで木材問屋組合連合会からは次々と材木商組合に復籍する業者が現われ、二団体の対立は済《な》し崩し的に消滅したそうだ。小石川木材は番頭が急遽代理の社長に収まったが、今までの勢いはなく、先行きも危ぶまれているらしい。それに伴い、理津も洛北の実家に戻ったようだった。

それからまた幾許か過ぎ、事件のことも殆ど忘れかけていたある日の午前、おれは事務所の机に向かい、その日の新聞に目を通していた。

その片隅には、桂川下流で若い男の屍体が見つかったという小さな記事が載っていた。

読み飛ばそうとして、おれは目を戻した。文中に見知った名前を見つけたのだ。屍体の身元は岡部利吉とあった。

好奇心ともまた違う感情が、胸の奥でむくむくと頭を擡《もた》げた。新聞を持ち直し、改めて記事を読み直そうとしたその時、壁際の電話機が甲高い音で鳴り始めた。

おれは新聞を持ったまま椅子から立つ。受話器を取り上げると、交換手の声に続けておれが名乗るよりも先に、向こうから鯉城探偵事務所ですかと問い掛けて来た。

切羽詰まったような若い女の声――事件の始まりによく耳にする調子の声だった。

おれは新聞を折り畳み、内ポケットのペンを取りながら、促すまでもなく縷々《るる》と語り始める女の話に耳を傾けた。

第二話　火中の蓮華

男たちの声は益々大きくなっていった。

新しい煙草に火を点けながら、おれは正面の硝子棚に目を移す。測ったような等間隔で並ぶカップの手前には、茫とした奴らの影が映っていた。

瘦せて背が高い四十絡みの男と大柄な髭面の男、それに頭を丸めた小男の三人連れだ。厭でも耳に入ってくる話の内容から察するに、所謂タカリ屋のようだった。四十絡みが親分格で、髭面と坊主頭がその舎弟らしい。三人とも既に大分《だいぶ》と酒杯を空けていて、四十絡みが何かを云う度に、二人は手を叩いて笑声を爆発させている。耳障りなその声は客のいないボックス席に反響し、余計五月蠅《うるさ》かった。

おい女給と坊主頭の声が飛ぶ。銀の盆を携えた花枝《はなえ》が、憤然とした顔でカウンターのなかから出て行った。店の奥に目を遣ると、店主は狼狽《うろた》えた顔で花枝の背を見詰めていた。どうやら、おれの目線には気付いていないようだ。勝手に動くことも躊躇《ためら》われた。おれは温くなった珈琲を一口含み、硝子棚に映る花枝の薄い影を目で追った。

酒の追加を云いつける坊主頭の声が、直ぐに背後から聞こえた。花枝は一拍空けてから、もうお酒はありませんと叩きつけるように答えた。

「無いンなら買うてこりゃええやないか」

「もういい加減にして下さい。ウチは酒場と違います」

玩《がん》とした花枝の声は、硝子が割れる音に掻き消された。

肩越しに様子を覗《うかが》うと、花枝の足元にはグラスの破片が飛び散っていた。坊主頭が投げつけたようだ。

もう一度店主の方に顔を向ける。今度は目が合った。血の気の失せたその顔は、おれを見て小刻みに頷いていた。

未だ長さのある煙草を灰皿に棄て、水の入ったグラスを手に席を立つ。

奥のボックス席では、立ちあがった髭面が花枝の腕を摑んでいた。

何すんのよと上擦《うわず》った声で叫びながら、花枝は必死に藻掻《もが》いていた。四十絡みは琥珀色の液体が入ったグラスを傾け、にやにやとその様を眺めていた。おれは大股でそちらに歩み寄った。気が付いた坊主頭が腰を浮かしかける。おれは構わずにグラスの水を髭面の顔に浴びせた。

飛び散った水滴が、花枝の女給服にも幾らかかかった。髭面は、何が起きたのか分かっていないような顔だった。おれはそのまま身体を捻り、啞然とした顔で横に立つ坊主頭の喉元を、空いている右の拳で一撃した。

思ったよりも軽かった。坊主頭は大きく仰け反り、呻き声を漏らしながらその場に蹲《うずくま》った。

目の前で、髭面の顔が紙を握り潰したように歪んだ。

花枝を押し退けて摑み掛ろうとしてきた右脚を思い切り払う。相手が体勢を崩した隙に半歩下がり、革靴の爪先で思い切り股間を蹴り上げた。蹌踉《よろ》めきながら壁際まで下がる花枝の脇で、髭面は息を呑んで前屈みになった。

しかし、流石《さすが》にそれでは終わらない。髭面は唸り声を上げ、おれの腰にぶつかろうとした。股間を蹴った足の裏で、今度はその顔面を蹴り飛ばす。髭面は苦鳴を上げながら倒れ、大きな音を立ててテーブルにぶつかった。

「おい、なんや貴様は」

四十絡みは、そこで漸く立ち上がった。目を向けると、怯懦《きょうだ》が痙攣のようにその顔を走った。どうやら、直接向かってくる度胸はないらしい。おれは直ぐに目を外し、髭面の右足首を摑んだ。見た目通りの重量だった。踏ん張っている姿を見せるのも癪なので、平然とした態を装いながらも満身の力を手と脚に込めて、髭面の巨体を店の玄関口まで引き摺っていく。髭面は潰れた鼻から血を迸《ほとばし》らせて何かを喚き始めたが、腹を蹴ると呻き声を上げて大人しくなった。

扉を開けて、白い陽の射す前の通りに髭面を放り出す。路《みち》を行き交う人々が、吃驚《びっくり》した顔で跳び退いた。おれはそんな彼ら彼女らに目礼し店内に戻った。

ボックス席では、坊主頭がソファに寄りかかりながら恨めし気にこちらを睨んでいた。おれは足早に歩み寄り、四十絡みが口を開くより先にそのネクタイを摑んだ。

「ここは静かに茶を飲む場所だ。騒ぐんなら他所《よそ》でやれ」

「貴様は、私が誰か分かって」

熟柿臭い息が顔にぶつかった。おれは手元のネクタイを引き、その顔に頭突きを喰らわせる。同時に手を離すと、相手は鼻を押さえながらソファに倒れ、転がるようにして入口へ向かった。坊主頭も喉元を押さえた格好で、ふらふらとその後を追う。

おれはその背に向かって、久々に出す濁った声を飛ばした。

「おれは寺町の鯉城《りじょう》だ。文句あるなら事務所に来い。次ここで見かけたら只じゃ済まさんからな」

扉に手を掛けながら悪態を吐いていた四十絡みの顔に、さっと後悔の色が浮かんだ。

尤も、このまま引き下がったのでは面子が立たないのだろう、喉元まで出掛かった悪罵のやり所を捜すように、男は口をもごもごとさせている。おれはソファの背凭《せもた》れに軽く腰を乗せ、最後のひと押しをしてやることにした。

「聞こえなかったのか。とっとと失せろ」

その一言を待っていたのか、男はこんなことはよくあるのだとでも云いたげな顔で辺りを見廻し、鼻を鳴らしてから坊主頭と共に出て行った。

店主が小走りにやって来て、口早に礼を述べてきた。おれは片手にグラスを持ったままだったことに気付き、それを渡した。

カウンターの席に戻ると、向かいに花枝の姿があった。淹れ直してくれたのか、湯気の立つカップの横には、白いケーキの載った小皿が置かれている。

「頼んでないぞ」

花枝はカウンターに両肘を突いて、覗き込むようにおれの顔を見た。

「あたしからのお礼。甘いの嫌いだった？」

咥《くわ》え掛けの煙草を箱に戻し、おれは椅子を引いた。

カフェ「ダミ⺶」の店主から、最近店に入り浸っている破落戸《ごろつき》についての相談を受けたのは先週のことだった。

破落戸は三人連れで、真っ昼間から酒を飲み大声で騒ぐのだという。昨今流行りのエログロ趣向でなく、飽くまで穏やかなカフェを標榜するダミ⺶の店主は何度か注意を試みたそうだが、その度に破落戸は暴れ、馴染みの客も一人また一人と姿を消していった。困り果てた店主は、寺町商店街組合長の紹介状を手に、おれの事務所を訪れたという訳だ。

店主から頭を下げられたおれは、どうして警察に届けないのかと尋ねた。この界隈では兎角白眼視され勝ちなおれを雇うよりも、余程そちらの方が良策だろう。

「ところがそういう訳にもいきませんのでして。と申しますのも、官憲は我々のようなカッフェーを目の敵にしておりましてな。近頃は女給に淫らなサービスさせてるような店も増えてますさかい、お上《かみ》の取り締まりも厳しゅうなってるんです。ウチは勿論そないな商売してませんけど、なに云われるか分かったもんやあらしませんよって」

そんなことも知らないのかという嘲りを目元に滲ませながら、店主は飽くまで下手に、自らの窮状を縷々《るる》と述べた。要はカフェの店主が官憲を頼るのは、雉《きじ》が狐から護ってくれと猟師を頼ることに近いという訳だ。

「鯉城はんやったら何とかしてくれはるて組合長はんもゆうたはりましたさかい、お願い出来ませんやろか。お代は勿論払わせて貰いますので」

おれは鹿爪らしい顔で顎を撫でながら、胸中の算盤を弾いてみた。

ダミキは寺町姉小路《あねやこうじ》を少し下がった所に店舗を開いており、寺町二条の事務所からは歩いて五分もかからない距離だ。昼飯のために入ったことも何度かはあって、看板商品と推されているサンドイッチはそれほど美味くなかったが、珈琲だけはなかなかの味だった。それに、破落戸を叩きのめすぐらいなら手間も掛からないだろう。何よりここで依頼を断ったら、ただでさえ胡散臭い商売と疎まれている寺町商店街の連中から何と云われるか分かったものではない。

おれは十分に間を持たせ、半年分の珈琲代を無料とすることを条件に依頼を引き受けたのだった。

フォークの縁でスフレケーキを切り取り、口に運ぶ。歯の溶けるような甘さが口中に広がった。思えば、ケーキなど口にするのは随分とご無沙汰な気もする。ふた欠片めを切り分けながら、最後はいつだったのかについてぼんやりと思いを巡らせた。

花枝は両肘を突いたまま、白い歯を零した。

「美味しいでしょ」

「随分と甘いな」

「それがいいのよ。でも吃驚したな、鯉城さんて強いのね」

「相手が素人だっただけだ」

「同じよ。ねえ、あたし全然知らなかったんだけど、鯉城さんて探偵なの？」

クリームの甘ったるさを、珈琲の酸い苦味で上塗りする。おれはそうだと頷いた。

「よく分かんないんだけど、探偵ってどんな仕事してるの」

「何でそんなことを訊く」

「お願いしたいことがあるから」

おれは思わず顔を上げた。真正面からおれを見るその顔は、いつの間にか真剣なものに変わっていた。随分大人びた表情をするようになったと、妙な感心が胸中に浮かんだ。

「ね、聞いてるの」

「聞いている。だが、お前のお遊びに附き合ってやれるほど暇じゃない」

花枝は憤然とした顔で腕を組んだ。

「酷いな。あたしは本気なんだよ？」

「本気って云ってもな、おれだって仕事でやってるんだ。金が要るんだぞ」

「分かってるよ。私だってもう子どもじゃないんだから、無料《ただ》で働いてくれなんて云う訳ないでしょ。でも、本当に困ってるんだ」

「変な男に引っ掛かったとかじゃないだろうな」

身を乗り出しておれの腕を摑もうとした花枝が、ぎょっとしたような顔で固まった。予想外の反応に、おれも多少慌てた。

「おい、急に黙るなよ。本当にそうなのか」

「すごいな、何で分かったの」

「何でってお前」

花枝は身を引き、己の片肘を抱くようにして溜息を吐いた。

「でも、あたしじゃなくて友だちなんだよ。変な男につき纏われて困ってるんだ」

＊

花枝が、蓮沼夕子《はすぬまゆうこ》を連れて事務所を訪れたのは、それから二日後のことだった。

二人は尋常小学時代からの付き合いで、卒業後、花枝が働きに出たのに対し、夕子は高等女学校に進み、今は「京都石鹼化学」という西院村の石鹼会社で事務員として働いていた。緊張しているのか夕子は口数も少なく、そこまでの説明は専ら付き添いの花枝が行っていた。

「夕子につき纏ってるのはその会社の男なの」

「素性も分かってるんだな」

「もちろん。何て云ったっけ、そいつ？」

滑川《なめかわ》さんですと夕子は躊躇いがちに口を開いた。

「年齢は」

「私より八つか九つは歳上やったと思います。二十五、六でしょうか」

自分に訊かれていると思ったからか、夕子は続けてそう答えた。おれもそちらを向いて、直接尋ねることにした。

「その滑川という男は独り身ですか」

「そうやったと思います」

「彼からは何と」

「その、お付き合いをして欲しいと云われまして。でも、私には未だそんな、お仕事もありますし」

「兎に角、断った訳ですね」

夕子は顔を伏せ、微かに顎を引く。おれはソファに背を預け、地味な銘仙の装《よそお》いを改めて見た。色白で華奢な娘だ。その奥床《おくゆか》しげな雰囲気は、確かに男好きしそうだった。相手の男も、真逆《まさか》断られるとは思わなかったのだろうか。否、そういう類いの輩ならば、つき纏ったりはしない筈だ。いずれにせよよくある、そして扱いにくい話だとおれは思った。

「貴女が断った時、相手は何と云ったんです」

「そうですかと一言だけ。その時は直ぐに引き下がってくださったので良かったと思ったのですが」

「その後も滑川は貴女につき纏ったと。何かしてきますか、奴は」

「いえ特には。でも」

「帰り道とか休みの日にもずっと家まで付いて来るんだよ。それだけでもイヤでしょ」

云い淀んだ夕子の後を継いで、花枝がきっぱりと云った。

「貴女から滑川に、止めて欲しいとかは云いましたか」

「それは、まだです」

「何故」

「その、何か云って怒らせるのが怖くて。お断りしたのは私の方ですから」

引け目を感じる必要は無いだろうが、夕子の気持ちも分からないではなかった。おれは少し口調を緩め、質問を切り替えた。

「貴女の目から見て、滑川はどんな男ですか」

夕子は口を噤《つぐ》んだ。何と答えるべきか、慎重に言葉を選んでいるような顔だった。おれは膝の上で釣鐘帽子を揉みしだく花枝に目を移した。

「お前はその滑川って奴を見たことがあるのか」

「無いよ。あたしが行って引っ叩いてやろうと思ったんだけど、夕子が止めてくれって云うから」

「蓮沼さんの判断が正しいな」

「何でさ！」

小鼻を膨らませる花枝の隣で、夕子が躊躇いがちに口を開いた。

「滑川さんは真面目な方です。工場でも一番難しい釜焚きの工程を一人で任されていて、上役の方からも信頼されています。ただ、あまり自分からお話しされるような方やありません。会社の忘年会とかでも、隅の方に独りでいらっしゃるような……。私もお話ししたことは一度か二度ぐらいしかなくて、だからこそ、急に呼び出されてああいう風に云われた時は驚いたんです。あの、分かって頂けるでしょうか」

角が立たないよう言葉は選んでいるが、その分、滑川に対する明らかな拒絶が感じられる内容だった。おれは勿論と頷いた。

「事情はよく分かりました。それで、貴女はどうしたいんです」

「もう私のことは諦めて頂きたいんです」

「それなら、貴女の口から彼にそう云えばいいんじゃありませんか」

だからァと花枝が身を乗り出す。

「それが出来たら苦労しないよ。夕子が無理だって云うから、鯉城さんにお願いしてるんじゃないのさ」

「蓮沼さん、貴女もこいつと同じ考えですか？」

夕子はちらりと花枝の顔を見てから、小さく頷いた。

「云わんとすることは分かりますが、部外者のおれが出て行ってもややこしくなるだけですよ。躊躇う気持ちも分かりますが、せめてご兄弟か親御さんに頼まれたらどうです」

「鯉城様の仰る通りです。本来なら私から滑川さんにお話しすべきやということは重々承知の上なのですが、やっぱり怖くて……。それに、父と母は私が十の時に亡くなりました。兄弟もおりません。唯一頼れる親族といえば伯父ぐらいですが、台湾で税吏をしておりますから、そう簡単にお願いすることも出来なくて」

「それは失礼をしました。ですが、そうなると今はお独りで？」

「いえ、祖母と二人で暮らしております」

「滑川も同じ会社に勤めてるんだから、上司とか同僚に頼む訳にもいかないでしょ。噂が広まったら夕子だって居辛くなるんだから。だから鯉城さんしかいないの」

「おれに何をしろって云うんだ」

「夕子のね、恋人を演じて欲しいの。ね、そうなんでしょ？」

花枝に促されるようにして、夕子は上目遣いにおれを見た。予想外の注文に、おれは少なからず驚いた。

「一寸《ちょっと》待て。仮令《たとえ》引き受けるにしても、叔父とかでいい筈だろう」

「それじゃあ相手も諦めないでしょ。おれの恋人に近寄るなってハッキリ見せつけてやって欲しいの。ウチの店で啖呵《たんか》切ってくれたみたいにね」

「冗談じゃない。おい蓮沼さん、貴女までそんなことを考えている訳じゃないでしょうね」

「花枝とも相談しましたが、そうすれば滑川さんも諦めてくれるんやないかと思うんです」

「莫迦な。おれと貴女じゃ幾つ離れてると思うんです。出来る訳がないでしょう」

「あら、鯉城さん知らないの？　今は自由恋愛主義の時代なのよ。歳の差が何だって云うの」

花枝は当然だという顔で強気の笑みを飛ばした。

おれは唖然とした思いで、二人の顔を交互に見た。到底受け容れられないと思う一方、一回り以上歳の離れた娘子からそう云われると、自分の考えが古いのではないかという思いも拭い切れなかった。

本当にそれでいいのかと、おれは再度夕子に念を押した。

「はい。お手数をお掛けしますが、宜しくお願いします」

今度ははっきりとおれの顔を見て、夕子は頭を下げた。

＊

「鯉城が恋人役か。そりゃ面白い」

白衣の老医師に脈を取られながら、露木はからからと笑った。

「探偵というより、いよいよ何でも屋みたいになってきたねえ。でも鯉城向きの仕事なんじゃないかな。精一杯エスコートしておやりよ」

おれは丼鉢から顔を上げ、露木を睨む。

「莫迦、どこがおれ向きの仕事なんだ」

「悩めるうら若き乙女の護衛役なんだぜ、鯉城にぴったりじゃあないか」

露木はふふんと笑い、細帯を解いて浴衣の前を開《はだ》けた。老医師は早速首から下げていた聴診器を耳に装着し、露木の白い胸に膜面を当てた。

先月分の経費について報告するため岡崎の屋敷に電話を入れたおれは、家令の溝呂木《みぞろぎ》から露木が夏風邪を拗《こじ》らせて寝込んでいることを告げられた。

いったい露木は幼い時分から蒲柳《ほりゅう》の質で、一寸した怪我や病気でもそれが呼び水となって直ぐに重篤化するような具合だった。今度も危険な状態で、丁度報せようとしていた所だったと、いつになく息の詰まった声で訴える溝呂木に、おれも慌てて事務所を飛び出した。

ところが、取る物も取り敢えず駆け付けたおれを待っていたのは、豪奢な寝台で半身を起こしたまま、美味そうにアイスクリームを舐める露木の姿だった。訳が分からずに立ち尽くすおれに、露木はバツの悪そうな顔をしながら、溝呂木が大袈裟なんだと肩を竦めてみせた。

聞けば今朝方まで四十度代の熱があったことは事実らしく、おれが電話をした辺りから徐々に快復へ向かった所だったのだそうだ。肩透かしを食らった気持ちではあるものの、普段あまり感情を表に出さない溝呂木がはらはらと安堵の涙を零すのを前にしては、口を噤む他なかった。

肝心の経費に関する資料は持ってきていなかったが、このまま戻るのも業腹なので、昼飯だけでも占《せし》めて帰ろうと思った。出前のカツ丼を頬張りつつ世間話の一環として話題に挙げたのが、夕子から頼まれた例の一件だった。

「だけど、そんなに気負うことはないじゃないか。ただ一緒にいて、その滑川って男が何か云ってきたら追っ払えばいいだけなんだろう？　楽な仕事だよ」

「それはそうかも知れんのだが」

露木は涼しげな顔で浴衣を下ろし、背中を曝け出す。老医師は寝台をぐるりと回って、今度は背中に聴診器を当てた。

顔の肉が落ちているとは思ったが、改めて裸体を見ると殆ど骨と皮ばかりだった。背骨や肋骨に貼り付いた皮膚は朝鮮磁器のように青白く、骨格の凸凹を顕わにしていた。

「そうじろじろ見なくたっていいじゃないか」

おれの視線に気が付いた露木が、咎めるような口調でさっさと浴衣をたくし上げた。おれはうむと唸り、目を逸らして飯の塊を口に運んだ。

「しかし、まあなんだ、確かにお前の云う通り、滑川を追い払うだけなら簡単かも知れんが、それで根本的な解決になるとは思えんのだ」

露木が細帯を結び終えるのを待ってから、おれは再び口を開いた。

結局おれは滑川の撃退――というのも間違っている気がするが――を引き受けていた。逆効果になるのではないかという懸念は当然伝えたのだが、花枝は考え過ぎだと一蹴し、夕子も他に手はないと思い込んでいるのか、首を縦には振らなかった。いつまでも恋人の真似を続ける訳にもいかないだろうと食い下がったものの、先ずやってみてそれから決めればよいという花枝の正論の前には、おれも矛を収めざるを得なかった。

問題は、どうやって滑川に諦めさせるかだ。

一発ぐらい殴ってやればいいという花枝の意見は論外として、それを純愛だと思い込んでいる男の気持ちを変えることほど難しいものはない。夕子も、あまりことを荒立てたくはない様子だった。

三人で話し合った結果、一先ず次の日曜日におれと夕子は一緒に出掛けることになった。発案者は夕子で、二人が恋人のように並んで歩く姿を見れば、滑川も諦めるだろうという心積もりらしい。そう簡単にいくのかは甚だ懐疑的だったが、様子見ぐらいにはなるかも知れない。おれは渋々了承した。

「でも、それが依頼人であるお嬢さんの望みなんだろう？　だったら鯉城がそこまで気にすることはないさ」

「そりゃ建前はそうだが」

老医師は聴診器や他の器具を診察鞄に仕舞うと、伯爵閣下にも宜しくお伝え下さいと頭を下げてから退出した。露木は何も答えず、嫌悪の表情でそちらを一瞥した。部屋の隅で彫像のように控えていた溝呂木は、見送るためか医師と共に出ていった。

「おい、大丈夫か」

「ああ、うん、ごめんね」

頭の後ろに手を廻し、露木はごろりと寝台に横たわる。

「兎に角、鯉城は考え過ぎるんだよ。依頼人がそうしてくれって云ってるんだから、それだけしてればいい」

「だけど、お前だってこれが良い方に転ばないことは分かってるだろう？」

「さて、どうだろうね」

「おい頼むよ。何か良い智慧はないか」

「難しいことを云うなあ。だって、僕はその蓮沼ってお嬢さんのこともよく知らないんだぜ？　鯉城だって分かってるだろう、一人の女に夢中になってる男ほど始末の悪いものはないんだ。外から掻き廻してどうにかなるんだったら、端から放っておいても問題はない」

「しかし、そうは云ってもだな」

「全く。そんなんだったら、何で引き受けたんだよ」

露木は呆れたように笑った。返す言葉もない。

「でもまあ、先ずはその滑川って奴がどういう反応するのかを見定めてからだね。話はそこからだ」

「分かった。……ちなみに、お前にはもうひとつ教えて欲しいことがある」

「なに？」

「十八の娘と外歩く時、おれは何を話せばいいんだ」

露木は目を瞬《しばた》かせ、やがて吹き出した。

＊

薄い雲越しに射す透き通った陽が、白く乾いた千本通《せんぼんどおり》を照らし上げていた。

時折思い出したように風が吹き、額の汗を冷ましていく。鍋底で煎られるような夏の盛りも漸く峠を越して、朝晩には秋の訪れも感じるような気候になりつつあった。

午前十一時。千本丸太町《まるたまち》で市電を下りたおれは、衛生試験所の白い建屋を横目に聚楽廻《じゅらくまわり》界隈に足を踏み入れた。

二条通から少し上がった、山陰本線近くの古味古味《ごみごみ》とした横町である。

この辺り一帯は主に零細生活者の長屋町で、何処の家も、暗い軒下からは僅かな三和土《たたき》に三畳程度の上がり間が覗いていた。往来では半裸の子どもたちが駆け回り、三和土に椅子を出した老人たちが茫とした表情でそれを眺めている。大人の姿が少ないのは、出稼ぎ者が多いからだろう。

夕子の家は、そんな町並みを抜けた商店街の一角にあった。

駄菓子屋をやっていると予め聞いていたので、直ぐに見つけることが出来た。古びた厨子《つし》二階《かい》の造りで、虫籠《むしこ》窓《まど》の前では、斜めに傾いた鍾馗《しょうき》様が往来を睨んでいた。

表に平置きされた菓子箱には、みやこ飴や串カステラ、南京豆の包みに双六などが所狭しと並べられていた。三和土の椅子に腰かけた小柄な老婆が、共に住まう夕子の祖母なのだろう。

帽子の縁から辺りを確認したが不審な人影は見当たらず、おれはそのまま店の前を通り過ぎた。

水打ちされた店先の泥濘《ぬかるみ》が、少しずつ乾き始めていた。おれは水溜まりを避けて進み、次の角で右に折れた。

時刻を確認すると、針は十一時十二分を指していた。夕子との約束は、十二時頃に岡崎の平安神宮で落ち合うというものだった。しかし、それに違っておれはここにいる。おれにはおれの考えがあったのだ。

近くの電信柱に寄り、煙草の箱を取り出した。棚引く雲を眺めながら紫煙を吹き上げていると、やがて一人の男が西の方角から姿を現した。おれは板塀に凭れ掛かったまま、その姿を目で追った。

鳥の巣のような蓬髪に度の強そうな眼鏡を掛けた、二十代半ばの男だった。背はそれほど高くなく、擦り切れた袴に朴歯《ほおば》の下駄を履いて、やや猫背気味にこちらへやってくる。

男は脇目もふらずに、近くの郵便ポストの陰に入った。そして、腰から下げたタオルで首元を拭いながら、往来に顔を向けた。

こいつが滑川なのだろう。夕子から聞いていた容貌そのままの姿だった。

ポストの陰から表を窺う滑川の顔には、何の表情も浮かんでいなかった。タオルを手に下げたまま、気が抜けたような顔で件《くだん》の駄菓子屋を遠目に眺めていた。

おれは電信柱から離れ、滑川に向かって足を進めた。

夕子が出てくる前に話をつける積もりだった。それが諭すことになるのか、それとも釘を刺すことになるのかは分からないが、兎に角、夕子抜きで話をする必要があると思ったのだ。

歩み寄ろうとした視線の先で、不意に滑川が身動《みじろ》ぎした。素早く目を動かすと、店の奥から夕子が出てくるところだった。

しまったと思ったがもう遅い。往来を向いた夕子は直ぐに顔を強張らせた。ポストの陰に滑川の姿を認めたのだ。

そして、そんな夕子とおれは目が合った。

「鯉城さん」

夕子が小走りにおれの傍まで来た。

滑川も弾かれたようにこちらを向く。薄い唇は少しだけ開かれ、分厚いレンズの奥では、垂れ下がった双眸が大きく見開かれていた。

滑川が蹌踉めくように数歩踏み出した。おれは咄嗟に手を伸ばし、夕子の肩を自分の方に抱き寄せる。夕子は拒むように身動ぎしたが、直ぐに力を抜いておれに身を任せた。薄い絽《ろ》の生地越しに触れた夕子の肩は小さく、未だ幼さを残した硬さだった。掌中に雛鳥を収めたような感覚に囚われ、おれは思わず手の力を抜いた。

滑川は少し離れたその場所で棒立ちになっていた。目を逸らすこともなく、唖然とした顔のままおれたちの姿を見詰めている。

往来の人々も立ち止まり、奇異の目をこちらに向けていた。

おれは腹を括《くく》った。深く息を吐き、険を含んだ目線を滑川に向ける。

「なんだ、お前は」

滑川は何も答えない。おれは顔を夕子に向けた。

「こいつは知り合いか」

「え、ああ、はい、同じ会社の方です」

おれの口調に驚いたようだったが、それでも夕子は話を合わせた。おれは再び滑川と向き合う。

「夕子に何か用か」

滑川は口元を震わせながら、貴方は誰ですかと掠れた声で云った。

「貴方は、蓮沼さんの、その」

「お前には関係ないだろ」

滑川は身を竦ませたかと思うと、途端に足を縺《もつ》れさせながら夕子に縋《すが》り付こうとした。

「蓮沼さん教えて下さい、貴女は――」

夕子は小さく叫び声を上げ、抱き着いてきた。おれは腕を突き出して、滑川の身体を強く押し返した。その身体は軽かった。

滑川は道路の真ん中に尻餅を突いた。苦痛を堪えるようだったその顔からは、いつの間にか表情が消えていた。止めろと怒鳴りつけたおれの声も、最早届いていないようだった。

のろのろと立ち上がる滑川に、夕子は蚊の鳴くような声でもう止めて下さいと云った。

「本当に、これ以上は困るんです」

滑川は両手をだらりと下げたまま、伏し目がちにおれたちを見た。その昏い目付きに思わず身構えるが、滑川は項垂れるように頭を下げると、そのまま小走りに遁げ去った。

遠ざかる背を見送って、おれは夕子の名を呼んだ。

「もう大丈夫です。いなくなりました」

夕子は幽かな声ではいと答えると、漸くおれの身体から離れた。好奇の目を向けていた周囲の人々も、騒々《ざわざわ》と再び動き始めた。物珍しそうな数人は未だ残っていたが、おれがそちらを睨むと皆こそこそと立ち去っていった。

「大丈夫ですか」

「……はい、ありがとうございました」

おれは、夕子を蓮沼家の軒下まで連れて帰った。店の奥に下がったのか、先ほどの老婆の姿はなかった。

ふと思い出したように夕子が振り返った。

「でも、どうして鯉城さんがここに？　待ち合わせ場所は平安神宮だった筈では」

「色々ありましてね。それは措《お》いておいて、問題は奴がこの後でどうしてくるかです。暫く会社を休むのがいいんでしょうが、如何です」

夕子の表情を見るに、それは無理な相談のようだった。ならば仕方がない。

「分かりました、それならおれの方で見張りを続けましょう。今日はなるべく家に居て下さい。どうしても外出する場合はおれが付き添います。会社への行き来も、目立たない形でおれが附いて行きます」

「しかし、そこまでして頂くのは」

「引き受けた以上ここでお終いという訳にもいきませんので」

だから云ったじゃないかという思いはあったが、それでも引き受けたのはおれだ。露木にはまた呆れられるだろうだが、ここで投げ出すことは到底出来なかった。

ありがとうございますと夕子は深く頭を垂れた。

「職場のなかにまでは附いて行けませんが、流石に奴もそこで下手な真似はしないでしょう。でも、極力独りにはならないで下さい。今後どうするかは、奴の動きを見て決めたいと思います。さあ、もうなかにお入りなさい。後はおれの方で何とかしますから」

何度も頭を下げて家のなかへ入る夕子を見送って、おれは往来に戻った。

滑川が密かに戻っているのではないかと思い周辺を探ってみたが、そんなことはなかった。その後も三時間ばかり近所をぐるぐると歩き廻ってみたものの、考え過ぎのようだった。

近くの簡易食堂で遅めの昼飯を摂りながら、今後をどうすべきか考えた。

今日の一件で、滑川が夕子を諦めたとは思えなかった。立ち去り際に滑川が見せたあの眼差しは、何を思ってのものなのか。奴の在所を抑えておく必要もあるだろう。明日夕子の出勤に付き添いつつ、滑川の様子を確かめることはおれのなかで既定路線になっていた。

日没まで蓮沼家の看視を続けたおれは、夕子と祖母が表の戸を閉じるのを見届けてからその場を離れた。

面倒事に巻き込まれるのは慣れているつもりだったが、色恋沙汰は願い下げだった。丸太町の停車場に足を向けながら、おれは改めて、可能な限り早く事態が収束することを願った。

そんなおれの思いは、意外な形で成就することとなる。

滑川が死んだのだ。

＊

翌日、おれは夕子の出勤に間に合うよう、早めに事務所を出て自転車で聚楽廻へ向かった。

長屋町に足を踏み入れた途端、妙な焦げ臭さが鼻を突いた。

焼けた木と油の臭いだ。まだ涼やかな通りを進むに連れて、異臭は確実に濃くなっていく。

厭な予感がした。自ずと速まる歩調の先に見つけたのは、半分だけ板戸が外された蓮沼家だった。

両隣は既に戸を取り払い、店の用意を始めていた。

往来には、二、三人の小さな人集《ひとだか》りが幾つか出来ていた。何れ《いず》も蓮沼家を眺めながら、何かを囁き合っている。

おれは近くにいた半纏姿の男を摑まえ、何かあったのかを訊いてみた。古びた板戸を目で示しながら、男は声を潜めた。

「何って旦那、火事ですがな」

肚の底が冷たくなるのを感じた。男は辺りを憚《はばか》るように、しかし話したくて仕方ないという表情でおれに顔を近付けた。

「しかもね、それが付け火やったんですわ。茂木《もてき》ンとこの倅《せがれ》が見たそうなんですけども。昨日の晩に、男が蓮沼はん家《ち》の路地から出て来るのを見た云《ゆ》うてね。そしたら塵溜《ごみだ》めから火ィが出てたって。いやえらいこってすわ」

男は顔を顰《しか》めてみせた。妙な男という単語は、厭が応でもおれに滑川の昏い眼差しを思い起こさせた。

「それで蓮沼さんはどうなったんです」

男ははたと口を噤み、今更ながら怪訝そうな目でおれを見た。

「ところで、旦那はどちらさんで？」

「失敬、私は蓮沼夕子さんが勤める会社の者です」

おれは取り出した自分の名刺を一瞬だけ示す。男はそれで納得したようだった。

「すぐに気ィ付いたから大事なかったンやけど、お祖母《ばあ》さんが煙吸わはったみたいでね。西陣かどこか知らんけど病院に運ばれたみたいです。夕子はんも付いていかはりましたよ」

「付け火した男は捕まったんですか」

「いやァそれはどうやろ。分かりませんわ」

「ちなみにその茂木というのは」

「この先にある下駄屋ですがな」

首筋を撫でる男に礼を述べ、おれはその場から離れた。

動悸が速まり、厭な汗が胸の辺りを伝っていった。大事なかったということだけが唯一の救いだが、夕子がどのような状態なのかは未だ分からない。

逸る気持ちを抑え、おれは火が出たという蓮沼家の路地裏に廻った。軒下で密々《ひそひそ》と話し合う年増女たちの好奇の目が、おれの横顔に遠慮なく突き刺さった。

消火時の名残か、板塀に挟まれた路地は至る所が泥濘になっていた。粘り付くような泥を足裏に感じながら、おれは足早に進む。焼け焦げた臭いが一気に濃くなった。

蓮沼家の裏木戸は、路地の突き当りにあった。その脇にある水浸しの残骸が、火元になったという塵溜めだろう。

すっかり焼け焦げた裏木戸は、少し開いたままの状態で黒く固まっていた。隙間からなかを覗くと、坪庭のような露地があって直ぐ裏口になっている。路地や家には火の跡も見られない。薄い板塀だが、これが火を防いだようだ。

塵溜めに目を移す。裏木戸は炭化しつつも形は留めていたが、こちらは完全に焼け落ちて黒い枠を残すだけだった。なかの塵も殆どが焼け固まり、一塊の炭になっていた。振り返ると、往来までは大分と距離もあった。確かにここならば人目にも付きにくい。

帽子を取り、額の汗を拭った。両脇から迫り出した庇《ひさし》が、蒼い空を四角く切り取っていた。

路地を出て通りを西に進む。半纏の男が云っていた「茂木履物店」は、夕子の家から二筋向こうにあった。

幾つもの杉下駄が軒下に吊り下がった店の奥では、体格のいい五十絡みの男が古下駄の歯を鉋《かんな》で削っていた。

「いらっしゃいまし、何かお探しで」

おれの姿を認めると、男は首から下げたタオルで顔を拭いながら腰を浮かした。おれは帽子を取って軽く頭を下げた。

「どうも。私は、蓮沼夕子さんの勤め先の者なんですが、昨夜の火事のことで一寸《ちょっと》伺いたいことがありまして」

客でないと分かったからか、男は若干失望したような顔になった。しかし、髭の濃いその面貌には直ぐに別の表情が滲んだ。好奇の色だ。

「こちらの方が、一番初めに火を見つけて下さったとお聞きしました。ありがとうございます。いや実は、火事といってもどんな塩梅だったのかを教えて頂ければと思いましてね」

「何か調べたはるんですか」

「保険との兼ね合いで、社員が事故に遭った時は詳細の記録を残しておかないといけないんですよ。私はそういう部署の者でしてね。お手数ですが」

「そらべつに構いませんけど、少し待って下さいよ」

男は店の奥の方を向くと、おい藤吉《とうきち》と呼び掛けた。

「早う下りてこい。昨日の火事のことで話聞きたいゆう人が来たはるんや」

暫くしてから現れたのは、痩せぎすの青年だった。歳は夕子や花枝と同じぐらいだろうか。青年はおれを見て一寸驚いたような顔になったが、直ぐに元の無表情に戻った。

おれもまた、最近どこかで見たことのある顔だと感じた。記憶を辿ると答えは直ぐに出てきた。昨日、滑川を追い返した時に往来から奇異の目を向けていた内の一人だ。

「倅の藤吉です。夕子ちゃんの会社の人や。火事のこと調べて会社に報告せんといかんのやと」

藤吉は上目遣いにおれの顔を見ると、藤吉ですと頭を垂れた。

「鯉城という者だ。君が、火事を見つけてくれたそうだね」

「そうですけど」

「お手柄じゃないか、ありがとう。それは何時頃だったんだい」

藤吉は直ぐに答えず、首を傾げた。

「十時を過ぎた辺りやったんと違うか」

彼の父が横から口を挟んだ。藤吉はそうやったっけと首を撫でた。

「そこらへんやったと思いますよ、旦那。あたしはまだ仕事してたんですがね。こいつがふらっと出てって、暫くしたら火事だァって声が外から聞こえてきたんですよ。ええ、確かに十時頃でしたわ」

「蒸し蒸しして寝られへんから散歩でもしよかって思たんです。そしたらあの路地裏から男が飛び出てきて。それがあいつやったんで」

「あいつっていうのは」

「そのう、昨日旦那さんと云い争ってた男ですわ」

藤吉はちらちらとおれの様子を窺いながら、口早に云った。

おれは黙って頷いた。これでもう間違いがなかった。肚の底を、また冷たい風が吹き抜けていった。

「君は、奴がどういう男なのか知っているのか」

「夕子に付き纏ってる男でしょう。ここらへんじゃ有名ですよ」

藤吉は、その色白な顔に嫌悪の色をありありと浮かべた。彼の父も隣で頷いている。

「お父さんもご存知ですか」

「ええそりゃもう。夕子ちゃんも迷惑してるみたいで、近所の連中も噂してましたわ。あたしも何遍か云うたったんですけど、懲りよらんみたいでね。気色の悪い奴ですわ」

「成る程。それで藤吉君、昨日の奴はどんな様子だったんだい」

「なんか焦ってるようで変な感じでした。ばって飛び出してきて、僕とぶつかりそうになったんです。何や思たらそのまま走ってどこか行きよって。ああ、それに大きな洋燈《ランプ》提げてたんですよ、あいつ。昨日はあんな月出てたのに。だから変やな思《おも》てあの路地裏覗いて見たら、塵溜めが燃えてたんです」

藤吉は慌てて近所の家の戸を叩き、彼らと一緒に消火に当たった。火が燃え移る前に表から入って二人を連れ出したのも藤吉だったそうだ。その箇所を語る時、藤吉は初めて誇らしげな顔を覗かせた。

話が一区切りしたところで、おれは話の筋を戻した。

「じゃあ、あの男がどこに行ったかは分からないんだね。警察には？」

「勿論話しました。あいつ、会社の人間なんでしょう？」

藤吉は探るような目をおれに向けた。おれは曖昧に頷く他なかった。

一通り話は聞けたので、おれは礼を述べて店を出た。

既に陽も高くなりつつあった。帽子を被り直し、新しい煙草の先に燐寸《マッチ》で火を点ける。滑川が夕子の家に火を放ったのなら、最悪の形で予想が的中したことになる。吸い込んだ煙の味は苦みもなく、どこまでも空疎だった。

向かいにあった煙草屋の硝子窓を叩く。チェリーの箱を二つ買いながら、昨夜の火事について店番の老婆にそれとなく水を向けてみた。

嬉々として話し始めた老婆によると、付け火の犯人が夕子に付き纏っていた男だということは、既に周知の事実のようだった。滑川が昨夜も蓮沼家の周囲を彷徨《うろつ》いていた姿は、藤吉以外にも何人か目撃していたらしい。当の老婆も、九時頃に二筋先の通りをふらふらと歩く姿を見たのだそうだ。

その男は夕子に袖にされたので、腹癒《はらい》せに火を放ったのだろうというのが住民間での結論のようだった。しかし一方で、老婆も夕子には同情的なことを口にはしていたが、言葉の端々に突き放すような刺々《とげとげ》しさが感じ取れた。仮令《たとえ》夕子に非はなくとも、痴情の縺れから、庇も引っ付きそうな具合で家々の建ち並ぶこの界隈に火事を呼んだのだ。非難の眼差しが向けられるのは避けられない。他人事には感じられず、おれは暗澹たる気持ちで煙草屋から離れた。

もう一度火元となった路地裏を確かめてから、自転車が駐めてある大極殿跡《だいごくでんあと》の角まで戻った。滑川の許へは、既に警察が向かっている筈だ。それならば先ず夕子と話をしなくてはならない。

煙草屋の老婆は、二人は西陣病院に運ばれたと云っていた。おれは自転車に跨り、人の増え始めた千本通を北に向けてペダルを踏み込んだ。

＊

消毒液の臭いが染みついた薄暗い廊下で待っていると、取次を頼んだ看護婦と共に夕子が病室から出てきた。ここでも会社の上役だと偽って取次を頼んだので、おれの顔を見た夕子は酷く驚いていた。

「話は聞きました。無事で何よりです」

看護婦が立ち去ったのを確認してから、おれはそう云った。夕子は黙って頭を下げた。

「お祖母様のご容態は」

「お陰様で大事はございません。逃げる際に足を捻ったのと、少し煙を吸ったぐらいで。明日には家にも戻れそうです」

夕子は憔悴しきっていた。血の気の失せた顔には生気がなく、若草色の洋服からは今も煤けた臭いが微かに漂っていた。

「一先ず、無事が確認出来て安心しました。話は落ち着かれてからの方がいいでしょう。貴女も休んだ方がいい。何か手伝えることがあったら云って下さい」

「待って下さい」

立ち去ろうとしたおれの腕を、夕子が摑んだ。

「火事のこと、ご存じなんですよね」

青黒い隈の目立つその瞳は、必死な光を湛えていた。おれは已むなく頷いた。

「付け火だったそうですね。しかも犯人は滑川だと」

「……ええ。でも、本当なんですかそれは」

　おれは脇の長椅子を示し、夕子を座らせた。

「貴女はどこでそのことを」

「今朝になって、刑事さんから滑川さんのことを訊かれたんです。どうしてなのかお尋ねしたら、火を点けたのがあの人かも知れないからだと」

　夕子は思い出したように辺りを見回した。

「大丈夫、今頃滑川の許には警察が向かっている筈です。もう何もありませんよ」

　そうは口にしたものの、近くに警官の姿が見当たらないのは気がかりだった。夕子は狙われているのだから、警官の一人や二人、護衛として付けて然るべきだろう。それがないのはどういう訳なのか。

「昨日の件も含めて、滑川のことは警察に話したんですね」

「はい。でも、もう殆どご存じでした。多分、近所の方がお話しになったのでしょう」

「担当の刑事は何という名前でしたか」

「木曾《きそ》さんという方でした。ご存じなんですか」

「ええ少しだけ。分かりました、滑川の件含め、私の方でも確認してみます。貴女はゆっくり養生していて下さい」

　おれは帽子を被り直し、目礼してから階段に足を向ける。

　西陣署の木曾ならば、刑事時代に部下だった男だ。全ては無理でも、少しならば訊き出せることもあるだろう。

ふと思いついたことがあって、おれは踵《きびす》を返した。

「すみません、もう一つだけ。伯父様は台湾にいらっしゃるそうですが、御歳は幾つですか」

「伯父ですか？　確か今年で四十だったと思いますが」

「お名前は」

「來島《きじま》です。來島冴二郎《さえじろう》」

結構と頷き、意図を摑みかねている夕子を残しておれは再び階段に向かった。

＊

昼過ぎの時間帯を狙って、紙屋川町《かみやがわちょう》にある定食屋「雨月屋《うげつ》」の暖簾を潜る。案の定、木曾は一番奥の席で背を丸めながらうどんを啜っていた。

真向いに腰を下ろすと木曾は威嚇するような目を向けたが、相手がおれだと分かり噎《む》せ出した。

「鯉城さん、どうしたんです」

「仕事だ。お前に訊きたいことがある」

女中が湯呑を持ってきたので、ついでに天そばを注文した。木曾は卓上に腕を乗せ、身を乗り出した。

「何のことか分かりませんけど、勘弁して下さいよ」

「お前に迷惑はかけないよ」

「そうは云ってもね」

「昨日の晩、聚楽廻で小火《ぼや》があっただろ。蓮沼って家だ。赤猫《アカネコ》らしいな」

赤猫とは付け火のことだ。木曾の顔に困惑の色が広がった。

「あんたはもう刑事やない。俺からじゃ何も零せへんことぐらい分かってるでしょう。勘弁して下さい」

「蓮沼夕子はおれの依頼人だ。会社の男につき纏われて困ってるから助けてくれと頼まれた」

木曾の目付きが変わった。

「近所の連中から聞いたんだが、現場から逃げた奴の人相が、おれの知ってる男によく似てるんだ。同じ会社の男で滑川というんだが」

木曾は椅子に凭れ掛かり、息を吐いた。

「世間は狭いな。あのお嬢さん、知り合いの探偵にお願いしたとは云うてましたけど、鯉城さんやったんですか」

「おれだよ」

天そばが運ばれてきた。箸を取り、海老天を出汁に浸す。木曾も再びうどんを啜り始めた。

「でもな木曾、それが分かってるならなんで彼女に護衛の一人も付けてないんだ。もう提曳《しょっぴ》いたのか」

直ぐに答えは返ってこなかった。暫くの間、互いに黙って麺を啜る。

やがて、木曾はまあええかと呟いた。

「明日には分かることや。最初は付けてましたよ。でも必要がのうなったんです」

「何故」

「滑川は死にました。自殺です」

おれは思わず顔を上げた。木曾はうどんを噛み切りながら、目だけで頷いた。

「本当か」

「直ぐ太秦署《うずまさしょ》に連絡して、西陣署《ウチ》からも若いの行かせたんですけど手遅れでした。晩の内に自分家《ち》の庭で油被って火ィ点けたみたいですわ」

おれは箸を握ったまま、暫く呆然としていた。姿を晦ます可能性は考えていたが、真逆自ら命を絶つとは。

意識は当然その理由に向かう。滑川は、どうして夕子の家に火を放ったのか、そして自ら命を絶ったのか。

考える迄もない。一昨日のおれと夕子の芝居を真に受けたからだ。

機械的に手を動かして海老天を齧る。何の味もしなかった。ふやけた衣のなかの海老は、人の指を噛んでいるような感触だった。

おれは財布から飯代を出し——いつもの癖で木曾の分も出していたが、それは戻して——席を立つ。

「ありがとう。参考になった」

「そんなことは構いませんけど」

木曾は箸を持ったまま、躊躇い勝ちに口を開く。

「ほんまにもう戻って来やはらへんのですか」

あの頃と変わらぬ木曾の目線が、真っ直ぐに向けられる。

おれは何も答えずに、そのまま店を出た。

＊

自転車を駐めていた北野天満宮の脇道に向かう。

滑川が自ら命を絶った――衝撃的なその事実を、どこか他人事のような気分で眺めている自分がいた。呆然というのが正しいだろう。未だ現実として受け入れられていないのか、頭のなかで上滑りを続けているような感覚だった。

遅かれ早かれ、その事実は夕子にも伝わる筈だ。彼女はそれをどう受け止めるのか。それだけが心配だった。

強い風が、往来の砂塵を吹き上げていく。おれは自転車に跨り、北野の停留所から御前通《おんまえどおり》を南に下がった。

目指す先は、西院村の京都石鹼化学だった。警察に奉職していた者として、木曾から滑川の在所を訊き出すことは流石に躊躇われた。そこで幾つか手段を考えたのだが、矢張り勤め先を訪ねるのが一番手っ取り早いように思われた。

無心であることに努め、おれはひたすらペダルを漕ぎ続けた。

京都石鹼化学は、西院村から四条通を西へ進んだ御室川《おむろがわ》の手前に社屋を構えていた。

自転車を駐めて煉瓦造りの門を潜り、陶製の看板が掛かった建屋の戸を開ける。屋内では、事務員風の男女が机を並べていた。

近くにいた女の事務員が、怪訝そうな顔で腰を上げた。おれは受付に近寄り、苛々した声を作った。

「蓮沼夕子の縁者だが」

効果は覿面《てきめん》だった。一瞬の内に、その場にいた全員の視線がおれに集まった。

一番奥の席にいた初老の男が、慌てた顔で受付までやって来た。

「これはどうも畏れ入ります。さあどうぞこちらへ」

おれは促されるまま、脇の小部屋に通された。応接室のようだった。

煙草を吹かしながら暫く待っていると、先程の男が黒い帳面を携えて現れた。おれは横柄な態度を崩さず、脚を組みなおした。

「この度はとんだことで。私は総務部長の大河内《おおこうち》と申します。蓮沼さんのご親戚とのことですが、そのう、お名前をお伺いしても宜しいですか」

大河内は帳面を捲り、開いた頁とおれの顔を瞥見した。帳面の表には「社員台帳」と貼ってあった。

おれは煙草を離した。

「夕子の伯父で、來島牙二郎という。台北《たいほく》の税務署に勤めているんだが、偶々《たまたま》出張で帰ってきていた。それで立ち寄ったんだが、そうしたらあんなことになっていた」

大河内は小さく頷いて帳面を閉じた。

「蓮沼さんの容態はいかがです」

「夕子本人は無事だが、母が煙を吸った。西陣の病院で治療を受けている。家のこともあるから、暫くの間は休みを貰うかも知れん。それは構わんだろう」

「はあ、それはもう仕方のないことですから。勿論承知しております」

「ところで、その火事なんだが」

おれはそこで言葉を切り、たっぷりと時間をかけて煙草を喫《す》った。

「どうも付け火らしい。私も西陣署の刑事からさっき聞いたんだがね。それで、犯人はここに勤めてる滑川という男だそうじゃないか」

大河内の顔が曇った。どうやら、既に連絡は入っていたようだ。好都合だった。

「黙ってないで何とか云えよ。あんたらは知ってたのかい」

「ええ、警察から連絡はありましたが」

「滑川が自殺したことも？」

「それはそのう、はい」

「夕子から聞いたんだが、その滑川って奴はあの娘にしつこく付き纏っていたんだろう。どうなってるんだ」

「いや、それは我々も初耳でして。警察から教えられて吃驚しておると申しますか、その何が何だかさっぱりでして」

大きく舌打ちして、ソファの背に凭れ掛かる。大河内は弱り切った表情を浮かべていた。

おれは暫く大河内を睨んだ後、短くなった煙草を灰皿に棄てて身体の前で指を組んだ。ここからが本題だ。

「滑川ってのはどういう男なんだ」

「真面目な男で、あんな大層なことを仕出かすとは到底思えません」

「でも奴なんだよ、夕子の家に火を放ったのは」

「それは仰る通りなんですが」

大河内は取り出した手巾《ハンカチ》で額の汗を拭った。おれは新しい煙草を咥えた。

「奴と親しかった社員を呼んでくれ」

「はあ、しかしどうでしょう、あまり人付き合いの良い奴ではありませんでしたので。それに、いったい何故……？」

「どんな奴に家を燃やされたのかも分からんのは腹の虫が治まらんからに決まっとるだろうが」

大河内は御尤《ごもっと》もですと幾度も頷き、中腰のまま出て行った。

扉が閉まったのを確認してから、おれは卓上の社員台帳に手を伸ばした。急ぎ頁を捲り、滑川の箇所を捜す――見つけた。住所にだけ目を通し、素早く帳面を元に戻す。滑川の在所は、太秦井戸《うずまさいど》ケ尻《がじり》の嵯峨街道沿いだった。聚楽廻の現場からは歩いて一時間程度だろうか。

大河内は中々《なかなか》帰ってこなかった。これならば他の箇所にも目を通せるかと思った矢先に扉が開いた。危なかったが、おれは素知らぬ顔で煙草を吹かし続けた。

大河内は油染みた作業服姿の老人を伴っていた。工場の罐焚《かまた》き夫《ふ》で、昼飯を食う時に滑川と一緒になることが多かった男らしい。

同席しようとした大河内を追い払い、おれは老夫に滑川の人柄を訊いてみた。

しかし、得られた答えは結局「よく分からない」というものだった。

「何《な》ァんにも喋りませんのや。こっちから話振っても、ウンとかハイとか答えるだけで、ほんま、旦那さんには申し訳ないですけど、何考えてるのか分からん子やったゆうのが正直なところです」

手を変え品を変え質問を重ねたが、答えは変わらなかった。隠しごとをしている様子はない。本当に分からないのだろう。終いには何故そんなに気にするのかと訝しがられたので、おれとしても引き下がる他なかった。

＊

太秦に続く嵯峨街道は一面の田園地帯だった。

青々と茂りながら微かに黄味掛かった稲穂の遥か向こうに、瘤のような双ヶ岡《ならびがおか》が連なって見えた。真白い陽が雲間から一直線に照り付け、夏を思い出させるような日盛りだった。おれは脱いだ上着を荷台に結び付け、凸凹とした嵯峨街道を進んだ。

記憶した住所を訪ねると、行きついたのは築地塀に囲まれた広壮な屋敷だった。アパートのような物を想像していたおれは、一寸意外に感じた。

石畳の道を進み、本宅の玄関から声を掛けると、暫くして喪服姿の老婆が姿を現した。鶴のように痩せた老婆は、真っ赤に泣き腫らした眼でおれを睨みながら、何者かを問うてきた。

おれは帽子を取り、深々と頭を下げた。

「鯉城と申します。京都石鹼化学の工場で滑川君と一緒に働いていた者です」

「会社の方ならさっき来はりましたけど」

憎悪を顕《あら》わにした口調だった。その声色で、会社が滑川をどう扱ったのかは容易に想像が出来た。

「それは恐らく総務の者でしょう。私は個人的に彼と仲が良かったので、休暇を取ってお線香を上げに来たのです。ご迷惑なようでしたら出直しますが」

恨めし気だった老婆の表情がぐにゃりと歪んだ。骨張った両手で顔を隠すようにし、そのまま項垂れる。

細い指の合間からは、絞り出すような嗚咽が漏れ始めた。

滑川の遺体は未だ警察から還っていないというので、おれは手を合わせるという名目で、滑川が死んだという庭に通して貰った。

滑川は幼い時分に両親を亡くし、今は乳母であったこの老婆——名は登喜《とき》というらしい——と二人で暮らしていた。高等学校は出たものの大学には進まず、親の遺産で暫くは過ごしていたが、一年ほど前から親族の伝手《つて》で働きに出始めたのだそうだ。裏庭に廻る道中で、登喜はそれだけのことを縷々と語った。

蠟梅や夏椿が所々に植えられた、随分と広い庭だった。

「あすこでございます」

登喜は押し殺した声で、庭の一角に建つ古びた家屋を指した。納屋にしては大きいが、離屋《はなれ》にしては粗野な造りだった。

足を進めるに連れて、油の焼けたような臭いが漂い始めた。

壁際の地面は炭粉を撒いたように黒ずんでいた。木壁にも山型の焦げ跡がはっきりと残っている。

近くの草木は黒く焼け落ち、炭化した藪椿の葉が風に乾いた音を鳴らしていた。

草叢には、栓の外れた油缶と洋燈《ランプ》の残骸が転がっていた。洋燈の火屋《ほや》は割れ、辺りに硝子の破片が飛び散っている。おれは、滑川が洋燈を提げていたという藤吉の証言を思い出した。

向こうの石灯籠と手水鉢に目を移す。苔生《む》した石灯籠は、竿の部分が不自然に赤茶けている。近くで膝を折ると、煤けた臭いのなかから急に鉄っぽい生臭さが顔を覗かせた。

汚れた箇所を指でなぞり鼻に近付ける。すっかり乾いているものの、血痕に相違無かった。

立ち上がり、登喜を振り返る。

「滑川君はここで？」

手巾で口元を押さえたまま、登喜は小刻みに頷いた。

おれは手を合わせ、瞑目した。草木の戦《そよ》ぐ音に交じって、登喜の嗚咽が背後に響いていた。

黙拝を終えて振り返る。登喜はありがとうございますと頭を垂れた。

「こんなことを伺うのも何ですが、滑川君はどうして自殺なんか」

「分かりません。私には何も分かりません」

「何か変わった様子はあったのですか」

「分かりません。でも、何かあったのかも知れません。ご飯も召し上がらんと、ずうっと籠りきりでしたから」

登喜は目線で家屋を示した。

「こちらは？」

「坊ちゃんは離屋みたいに使ったはりました。趣味の部屋とでも云いますのやろか。私は入ったらいかんときつう云われてましたさかい、詳しいことは」

「昨日の彼は」

「夕食を召し上がって、その後に散歩やゆうて八時頃に出てかはりました。戻ってきはったんは十時過ぎです。それからずうっとここに」

「そうですか。ちなみに、滑川君が亡くなった時お登喜さんは」

「私は先に寝かせて貰《もろ》てました。そ、それで何も知らんと、そしたら表から声が聞こえて、庭が火事やって。お隣の山田さんゆう方やったんです。それで慌てて山田さんと一緒に行ってみたら、ここで、ひ、人が燃えてて、それが坊ちゃんで、ばたばたって苦しそうに暴れて、それで私は」

登喜の目からは、再び大粒の涙が零れ始めた。顔を覆う彼女の脇に立ち、おれは激情の波が引くのを待った。薄く色づき始めた紅葉が、風に揺れていた。

「それは何時頃でしたか」

「い、一時頃やったと思います。直ぐに火を消してお医者さんを呼んだんですけど、もう」

なかを見てもよいかと訊くと、登喜は俯いたまま頷いた。

横手に回り、引き戸を開ける。埃っぽい匂いに混じって、薬品臭さが鼻を突いた。

屋内は吹き抜けの造りになっていた。一階は奥に大きな木製の書き物机があり、両脇の壁には隙間もなく戸棚が並んでいる。棚を埋めるのは書物と、茶褐色の硝子壜だ。梯子で上がる「コ」の字をした二階部も、見上げる限り凡《おおよ》そ同じ造りのようだった。東西の壁に大きなガラス窓があり、陽はそこから差し込んでいた。

手近な一冊を取り出してみる。赤い背表紙の洋書だった。なかには幾種類もの構造式と英文がびっしりと書き込まれている。半分はおおむねそういった専門書のようで、残りは探偵小説や『改造』『講談倶楽部』などの雑誌だった。

　薬品棚に移る。手に取った壜には乾燥した茶葉のような物が入っており、側面には「Fox glove」という札が貼られている。隣の壜には「Japanese andromeda」、ジギタリスとアシビ、共に猛毒たり得る薬草だ。

　他の壜も名札を検めてみたが、真鯉の胆嚢や紬鯊《つむぎはぜ》の干物などの毒物に始まり、バルビタールなどの睡眠薬やモルヒネ末などの鎮静剤などが続いた。巷の薬局に匹敵する充実ぶりだった。近くには、外で見た物と同じ油缶が二つ並んでいた。

　書き物机に寄る。

　抽斗《ひきだし》はなく、筆立と数冊の手帳が隅の方にきっちりと揃えて置かれていた。なかを確かめたが、何も書き込まれてはいなかった。日記のような物も見当たらない。残りは敷島の箱と灰皿、それに字引ぐらいだ。おれは本棚に戻り片っ端から本を検《あらた》めたが、矢張り全てが刊行物だった。これだけの文章、これだけの文字に囲まれながら、滑川の手書きの文字は一つもない。おれにはそれが、酷く不気味に感じられた。

　梯子に手を掛け、二階部に上がる。

　刊行物が並ぶ書棚の横には、縄束やシャベルなどの入った木箱が壁沿いに置かれていた。大振りな草刈鎌や鋸などの農具が中心のようだった。

「コ」の字に廻った向こう側には簡易式の寝台と小ぶりな戸棚があり、近くの壁には黒光りする猟銃が掲げられていた。

取り外して検めてみる。流石に弾は入っていなかったが、戸棚の抽斗を開けてみると、未だ新しい銃弾が紙箱一杯に詰まっていた。寝台は、先ほどまで誰かが寝ていたような乱れ具合だった。

おれは床の縁に立ち、納屋全体を見廻した。

どうして、滑川は死んだのか。

袖にされた怒りに突き動かされ、滑川は夕子の家に火を放った。しかし、その帰路で自分のしでかしたことの恐ろしさに気が付き、自ら命を絶った——それは理解出来る。

問題は、どうして焼身自殺などという、恐らくは最も苦しい手段を敢えて選んだのかということだ。

この納屋を見る限り、他の方法もあった筈だ。例えばあの猟銃を口に咥えて引き金を引く。あの縄を梁に結び、首に掛けてから飛び降りる。若しくは、下にごまんと並ぶ毒薬を嚥《の》む。

自ら罰するため、敢えて苦しい方法を選んだのだろうか。若しくは、滑川の死は自殺ではないのか。

不意に、階下からおれを呼ぶ声が聞こえた。

下を見ると、入口から登喜が顔を覗かせていた。主が死んでもなお、立ち入る事は躊躇われるらしい。

おれは思考をいったん中断し、返事をしてから梯子に足を掛けた。

視界の端に何かが入った。

咄嗟に首を巡らし、何を見たのかを探る。寝台の設《しつら》えられた壁には、文字のような物が書かれていた。それが光の加減で丁度見えたのだ。おれは再び二階部に上がり、壁際に駆け寄った。

寝台に膝を突いて、顔を近付ける。恐らくは滑川の物であろう生活臭が、寝具からむわりと立ち上った。

背中を、冷たい汗が伝った。

壁には「蓮沼夕子」と四文字、釘のような尖った先で刻まれていた。

夕子の名が彫られているのは、寝転がった姿勢でも触れられるような位置だった。おれは指先でその箇所に触れ、直ぐに離した。

何度も触れたのだろう。そして撫でたのだろう。

ささくれ立った木壁のなかで、名前の彫られた箇所だけがきれいに磨かれていた。

＊

三日後、おれは岡崎の露木邸を訪ねた。

おれが門を叩いた時、露木は遅めの夕餉を摂っている最中だった。客間で待つと云ったが、構わないという露木の意向で結局食堂に通され、巨大な晩餐卓を挟んで向かい合っていた。

「病み上がりだろ。いいのかそんなに喰って」

藍染めの浴衣に白のナプキンを付けた露木の前には、下駄程の厚さがあるビフテキと山盛りの野菜サラダが並べられていた。脇のグラスには紅の液体がなみなみと注がれている。葡萄酒かと思ったがジュースだそうだ。

「なあに、手っ取り早く肉と血を作るには蛋白質《たんぱくしつ》の摂取が一番良いんだ」

血の滴るようなビフテキを口に運びながら、露木は笑みを零した。

「鯉城も何か食べるだろ。云ってくれ、用意させるから」

「この珈琲だけで十分だ。お前もゆっくり喰えよ。よく噛むんだぞ」

分かってるさと笑い、露木は葡萄ジュースのグラスを傾ける。

「ところで、例のランデブウ擬《もど》きは上手くいったのかい。ああいや、自分から云い出さないってことはあまり良い結果じゃなかったのかな？」

「考え得る限り最悪の結果だな」

「何だいそりゃあ」

さくさくとレタスを頬張りながら、露木は呆れたように笑った。

「途中で変な気を起こしたとか云うんじゃないだろうな。止せよ鯉城、そんな話は聞きたくないぞ」

「莫迦、そんな訳ないだろ」

「だったら」

「死んだんだよ、相手の男が」

ビフテキを切り分けるナイフを止めて、露木が顔を上げた。

「何だって？」

熱い珈琲を一口含み、おれは聚楽廻で滑川を追い返した顚末からその焼死まで、聞き知ったことも交えて話して聞かせた。

「そりゃ随分と悲惨な結果に終わったもんだ」

露木はフォークを握ったまま頰杖を突いた。

「滑川の家を出た後で、隣に住む山田って爺さんにも話を聞いてみた。中々寝付けずに縁側で煙草を吹かしていたらしいんだが、そのお蔭で異変に気が付いた。切っ掛けは誰かの話し声だったそうだ」

「滑川の家から？」

「そうだ。ただ、それが二人以上居た会話だったのかそれとも独り言の類いだったのかは分からんらしい」

「じゃあ、それが滑川本人の声だったかどうかも？」

「確信はないそうだ。でも、誰かの声がしたことだけは間違いないと云っていた。それで、こんな夜更けに何だって目を遣ったら、塀越しに明かりが見えて、直ぐに何かの焼け焦げる臭いがしたんだと」

「蓮沼夕子に滑川が死んだことは伝えてあるのかい」

「警察から連絡がいったみたいだな。昨日訪ねた時には、もう気持ちを切り替えてるようだった」

「厄介事を片付けた気分だろうね」

露木はフォークの先に大きな肉片を刺し、そのまま頰張った。おれは何とも答えられなかった。

「滑川の屍体に外傷とかはあったのかな」

「京都日報の記者に探りを入れてみたが、後頭部に打撲の跡が一つ。ただ、致命傷になる程じゃなかったらしいが」

「じゃあ死因は」

「全身火傷のショック死だ。喉にまで煤が入っていたらしいから、生きながらにして焼いた、若しくは焼かれたのは間違いなさそうだ」

露木は片頬を押さえながら、打撲痕ねえと呟いた。

「灯籠の竿に血の跡が残っていたんだったね。それかな」

「警察もそう考えたみたいだ。のた打ち回っている時に頭をぶつけたんだろうってな。それ以外には目立った外傷もなく、内臓を調べても毒物を嚥んだような痕はなかった」

ただとおれは言葉を重ねた。

「こうは考えられないか。その晩、滑川は納屋の近くで何者かと話し合っていた。それが次第に口論となり、激高した相手は滑川を突き飛ばした。滑川は灯籠の竿に頭をぶつけて、動かなくなる。それを見て奴が死んだとばかり思ったそいつは、証拠を消すために油を浴びせて火を点けた。実際のところ気絶していただけの滑川は意識を取り戻したが、もう遅い。火達磨の奴は悶え苦しみながら死んでいった」

「どうしてそう思うんだい」

「他に手段があったのに、わざわざ焼身自殺なんて一番苦しい方法を選ぶ訳がないだろう」

「そうかな」

露木は思案顔のままジュースを含む。グラスから離れた唇は艶々と紅く、アルコールを摂取している訳でもないのに、普段は血の気が少ない頬にはうっすらと朱みが差し始めていた。

「ねえ鯉城、屍体の近くには洋燈が割れていたんだよね」

「聚楽廻で藤吉が目撃した滑川も洋燈を携えていたそうだから、付け火の火種にでも使ったんだろうな」

「その破片を調べたら――いや」

露木は遠くを見るような目でおれを見た。

「鯉城。君は、滑川の死が自殺であって欲しくないんだね」

カップを手にしたままおれは固まった。露木は目の前の皿に目を落とし、細切れの肉片を口に入れると、時間を掛けて咀嚼し、ゆっくりと飲み込んだ。

「なんでそう思うんだ」

「だってそうだろう。滑川が自分で死んだのなら、その原因は君が打った芝居のせいになる。蓮沼家への放火もそうだ。でも、そんなに思い詰めた顔をすることはないさ。一番悪いのは、断られても夕子に付き纏っていた滑川なんだから」

それにと露木は労わるように続けた。

「安心しなよ。その滑川って男は、自ら望んで自分を焼いたんだ」

「罪の意識に耐えかねてか」

「違う。その逆」

「逆？」

「彼は蓮沼夕子の家に火を放ったから、自ら身体に火を点けたんじゃない。自分を焼くために、彼女の家にも火を放ったんだ」

おれはカップを持ち上げたままだったことに気付き、それを広い卓上に戻した。

「なあ露木。毎度のことだが、おれにはお前の云っている言葉の意味がいま一つ理解出来ない」

「そうかい？　そんなに大した話じゃないんだけどな」

露木はフォークを持ち直し、残ったビフテキを再び切り分け始めた。

「滑川は、蓮沼夕子という女のことが好きだった。それはもう、他の何も目に入らなくなるぐらいに恋焦がれていた。だから後を尾《つ》けた。彼女はどんな風に歩くのか。綺麗な景色を見たらどんな顔をするのか。休日はどんな服を着て、どこに行くのか。好きな食べ物は何か。兎に角、奴は夕子の全てが知りたかった。そんなことをすれば余計に嫌われるだけだなんて考えは、頭を過《よぎ》りもしなかったんだろう。若しくは十分過ぎるぐらい理解していたけれど、もう自分で自分を止めることが出来なかったのか、だね。だから滑川は、君が打った芝居を受けて酷く傷ついた。だから殺すことにした」

「それは分かる。夕子に対して抱く愛が深ければ深い分、反転したら憎悪の感情も激しくなる筈だ」

「それを愛と呼ぶならば、だけど」

露木は唇の端を歪め、蔑むような表情を一瞬だけ覗かせた。

「ただ鯉城、その考えは間違っている。滑川は、自分を選ばなかった夕子が憎くなったから殺すんじゃない。それが出来なかったから、この期に及んでなお彼女無しでは生きていられない、縋るような気持ちを棄てられなかったから、殺そうと思ったんだ」

そんなことはと云いかけて、おれは口を噤んだ。理解は出来なかった。だが、そんな感情があり得るのかも知れないということだけは納得出来た。

「彼女を手に入れたい。手に入らないのなら、他人の手に渡るぐらいなら、誰のものにもならないように自分の手で亡くしてしまいたい。そんな気持ちだよ。だから滑川は夕子を自分の手で殺すことにした。そして、一緒に死のうと思った。だから彼は火を使った」

「滑川は無理心中を目論んだって云うのか？　でも」

「情死にも色々な種類があるんだよ、鯉城」

数枚のレタスを肉汁に浸し、露木は一口にそれらを頬張る。さくさくと咀嚼して飲み込んでから、露木はゆっくりと口を開いた。

「情死というのは、愛し合っている者同士が何かしらを同じくして死ぬことだ。例えば場所、若しくは時間、後はそうだな、手段とかも挙げられるかもね。同じ場所で死ぬ。場所は離れていても、同日同刻に示し合わせて命を絶つ。片方が自死に使った物で、遺された一人が後日後を追う。いずれも情死たり得るだろう。なかでも一番分かりやすいのは、矢っ張り同じ場所で死ぬことだ。そして滑川は、それに憧れた」

だから火なんだよと露木は繰り返した。

「厳島《いつくしま》神社のある宮島《みやじま》の弥山《みせん》には、空海が修行のために灯《とも》したと云われる火が千年以上消えずに受け継がれている。その話を聞いた時に、僕はふと思ったんだ。その火を使って煙草を点《とも》せば、つまりはかの弘法大師空海が、僕の煙草に火を点《つ》けてくれたのも同じなんじゃないかってね」

目の前の靄《もや》が急に晴れたような気持ちだった。思わず立ち上がっていたおれの顔を見て、露木は莞爾《にっこり》と笑った。

「分かるかい鯉城、火は同じなんだ。滑川もそう考えた。だから蓮沼家に放った火を、洋燈に入れて、自宅まで持ち帰った。彼の計画では、蓮沼夕子は自分の放った火に巻き込まれて死んでいる。そして、その火事の原因となった火種は彼の手元にあった。油を浴びた後でその火を自ら抱けば、つまりは夕子の身を焼いて死なせたのと同じ焔に包まれて死ぬことになる。居る所は違っても、同じ焔のなかで二人は死ぬことになるんだ」

晩餐卓に手を突いたまま、おれは呆然と立ち尽くしていた。頭の奥が痺れたようで、そんな莫迦なと呟くことしか出来なかった。

「信じられない？」

「あ、当たり前だ。そんな突拍子もない、幾ら何でもあり得ないだろ」

「それは傲慢だよ。鯉城」

露木は諭すように云った。

「直ぐにそう思えるのは、鯉城が幸せな人生を歩んでいるからだ。確かに君からしたら到底信じられないんだろう。だけど、そんな思いに縋って生きるような人間はいないと、どうして云えるんだい」

「しかし」

「もういいじゃないか、滑川は望み通りに死ねたんだ。それだけの話だよ」

返す言葉もなく、おれはそのまま腰を下ろす。頭のなかでは様々な思いが渦巻く一方、全身からは力が抜けるようだった。

最後の肉片を口に入れた露木は、白布で口元を拭い、火中の蓮華だねと呟いた。

言葉の意味は分からなかった。

＊

西陣の病院を訪ねると、病室の前では夕子が藤吉と親しげに話していた。

夕子は慌てた様子で藤吉から離れ、おれに寄って来た。そして、こちらからは何も訊いていないのに、藤吉が新しい家の手配などを手伝ってくれているのだと云った。色艶のない頬を、夕子は仄かに上気させていた。藤吉からちらちらと向けられる視線は、あからさまに邪魔者を見るそれだった。

おれは、滑川の死を以て頼まれた仕事は終わった旨、迷惑を掛けたので代金は要らない旨を手短に説明し、その場から離れた。

階段の手前で少しだけ振り返ると、二人は再び長椅子に腰を下ろし、睦まじそうに囁き合っていた。

露木が呟いた火中の蓮華という言葉を思い出す。

後で調べたが、それは書いて字の如く焰のなかに咲く蓮華の花、つまりこの世にはあり得ない存在を表わす仏教の用語だった。

滑川が心の底から望んだ夕子の隣には、結局別の男がいる。望みは永遠に叶わず、火中の蓮華となった。

自ら業火に焼かれながら、滑川はその焰の奥に何を見たのか。

おれは小脇の上着を抱えなおし、足早に階段を下りた。

第三話　西陣の暗い夜

風の音が強くなった。

濃紺の窓硝子には、紙吹雪のような白片《はくへん》がちらほらとぶつかっていた。

「降ってきたね」

談話椅子に背を預けたまま、露木も窓辺に顔を向けていた。

「今朝は比叡山にも雪が被っていたよ。鯉城は見た？」

「いや。道理で寒い訳だ」

おれはカップを傾け、濃い珈琲を一口含む。円《まろ》やかな苦味が舌を刺し、熱い香りが鼻から抜けていった。

師走に入って二週目の夜。おれたちは露木邸の客間で、いつものように雑談を交わしていた。

灼々と燃える暖炉の焔を一瞥してから、おれは向かいの露木に目を移す。真白い部屋着姿の露木は、青っぽい氷ラムネをちびちびと舐めていた。

考えてみれば、露木と顔を合わせるのは随分と久しぶりだった。以前に岡崎を訪ねたのは、二ヶ月近く前になるだろうか。これほど間を空けたのは久しぶりだ。

「一寸《ちょっと》立て込んだ仕事があったんだ」

そう口にしてから、妙に云い訳がましくなったなと思った。案の定、露木は首を傾げていた。

「なんのこと？」

「いや、随分とご無沙汰だったなと思ってな」

露木はふふんと笑い、グラスを置いた。

「忙しいのなら結構、暇を持て余すより余っ程いい」

「それはそうだ」

「立て込んだ仕事っていうのは、前に云ってた五条の寺の仏像盗難事件？」

「いいや、あれはもう片付いている。お前の力を借りる迄も無かった」

「そうか。そりゃあ何よりだ」

おれは椅子に掛け直し、カップのなかで揺れる漆黒の水面に目を落とした。

広い客間には、薪の爆ぜる乾いた音だけが響いている。やけに喉が渇き、おれは未だ熱い珈琲を一息に飲み干した。咽喉の粘膜が爛れるようで、少しだけ噎《む》せた。

「どうしたんだい」

顔を上げると、露木と目が合った。色の薄い眉の間には、微かな皺が刻まれている。

「何がだ」

「鯉城は、その立て込んだ仕事とやらで困ってるんだろ」

「そんなことはない」

「困っているんだよ。だから君はここに来た。それなのに、どうしていつもみたいに話してくれないんだ」

何と返したらよいのか分からず、おれは椅子に背を預ける。

「何を怒っているんだよ」

「怒ってなんざいない」

「嘘だね」

厳とした露木の声が、紙鑢《やすり》のようにおれの心を撫でた。口のなかはすっかり乾き、肚の底から膨らむ何かが胸の裡を下から圧し潰していくようだった。

道は二つだ。話すべきか、話さざるべきか。

露木ならば、あの事件の真相にもきっと辿り着けるのだろう。しかし、おれは果たして本当にそれを望んでいるのか。

口を閉ざしたまま、鼻での呼吸を繰り返す。

五度目にして漸く答えが見えた。

考えるまでもない。だからこそ露木を訪ねたのだ。

おれは身体を起こし、空になったカップをテーブルに置いた。小さな物音に、露木はびくりと肩を震わせた。

「露木」

「うん」

「お前は頭がいい、おれなんかよりもずっとな」

露木は面食らったような顔になった。

「これは事実だ。今までおれたちで取り組んできた事件の多くがそうだった。お前は、いつもおれとは違う視点で事件を眺めていた。おれは、そんなお前を尊敬している」

「何だい急に改まって、鯉城らしくもない」

露木はぎこちなく笑ってみせた。おれは首を横に振る。

「真剣な話なんだ。なあ露木、お前は西陣の『糸久《いときゅう》』って店を知ってるか」

「最近新聞で見たような気がするな……ああ、思い出した。確か強盗が入った店じゃなかったっけ」

「そうだ。それで社長と社長夫人、それに社長の弟である専務が惨殺屍体で見つかった」

「犯人は未だ捕まってなかった筈だね。それが、鯉城の云う立て込んだ仕事なの？」

「少し違う。おれは、久能与一《くのうよいち》っていう死んだその社長から、妻の不貞調査を頼まれてたんだ」

露木の目が薄くなった。

「じゃあ、その奥さんも殺されてる訳だ」

「そういうことになる」

「成る程ね」

赤く長い舌を覗かせ、露木は唇をひと舐めした。

「その口振りからすると、鯉城が受けた依頼と強盗殺人には繋がりがあるわけ？」

「未だ分からない」

おれは慎重に言葉を選んだ。露木は小さく笑い、手元の小鐘《ベル》を打った。軽やかな音が鳴ると同時に扉が開き、家令の溝呂木《みぞろぎ》が姿を現わした。

「少し前だと思うけど、西陣の糸久って店で強盗殺人があった。その記事が載っている新聞をあるだけ持ってきてくれ」

溝呂木は深々と一礼して、扉を閉めた。

おれは卓上の珈琲ポットを取り、新しい分を注ぎ足す。錫メッキされた表面に映るおれの顔は、斜めに歪んでいた。

青っぽいラムネを半分ほど含み、露木はグラスを戻す。

「鯉城はその強盗事件にも関わっているの？」

「屍体の第一発見者はおれだ」

露木は短く口笛を吹いた。

「まあ話してご覧よ。溝呂木が新聞を捜すのにも一寸は時間がかかるだろうしね。今までだってそうしてきたじゃあないか。そのための共同経営なんだから——だけど」

椅子の背に凭《もた》れ掛かり、露木は困ったような顔で微笑んだ。

「相変わらず嘘が下手だね、鯉城は」

露木がどれを指して云っているのかは分からなかった。

何も返せないおれを嘲るように、暖炉の薪が立て続けに弾けた。

＊

おれの許にその依頼状が届いたのは、十一月五日のことだった。

日付をはっきりと覚えているのは、その前日に東京駅で原首相が殺されたからだ。大々的に事件を報じる朝刊に重なって、依頼状は事務所の郵便受けに押し込まれていた。

大きめの茶封筒には、隆々とした墨跡で鯉城探偵事務所御中とあった。裏を見ても差出人の署名は無く、また切手も貼ってはいなかった。つまり、この送り主は態々《わざわざ》下の郵便受けまで出向いてくれたことになる。昨日の夕方に見た時は何も入っていなかったので、夜の内に立ち寄ったのだろう。

封筒の感触から察するに、刃物や毒物などが同封されている気配はなさそうだった。それでも十分に気を配って封を切ると、なかからは便箋二枚と一回り小さい白封筒が出てきた。厚みのない白封筒の表には、表の宛名と同じ筆跡で手付金と書かれていた。

便箋二枚の内、後の一枚は白紙だった。一枚目には、表と違わぬ筆遣いで依頼文が認《したた》められていた。

送り主は突然の連絡を謝したのち、仕事を依頼したいが理由あって事務所を訪ねることは出来ない、ついては六日の午後一時に祇園《ぎおん》の崇徳天皇廟前でお目に掛かりたい、手付金は同封で送らせて貰う、と述べていた。こちらにも、十一月四日という日付だけで署名はない。糊付けされた白封筒の封を開くと、手の切れそうな十円紙幣が二枚入っていた。

対面を避けて依頼を済ませようとする依頼人も少なくはないが、二十円もの手付金を入れて来る客には終《つい》ぞお目に掛かったことがなかった。便箋に白紙を添える作法から見ても、悪戯の類いでないことは確かだった。

幸か不幸か、差し迫った用事の類いは何も無かった。おれは翌日、指示されるまま祇園に足を向けた。

崇徳天皇廟は祇園町の南側、無車《むぐるま》という祇園を代表する社家屋敷の裏手にある。

石段下で市電を下りたおれは、白亜の東山病院を横目になだらかな東山の坂道を進んだ。本来ならば途中で西の路地に折れ、高楼構える弥栄《やさか》尋常小学校の前から万寿《まんじゅ》小路の坂を上るのが最短の道のりなのだが、正面切って乗り込むのはどうにも気が引けたのだ。

安井《やすい》金毘羅《こんぴら》の北門に至る月見町《つきみちょう》の狭い路地に身を滑り込ませる。緩やかに曲がったこの路地を抜ければ、崇徳天皇廟の真ん前に出る筈だった。両脇には種々の料亭が軒を連ねているが、昼刻ゆえにどれも今は提灯を下ろし、仕舞屋《しもたや》のようにひっそりとしていた。

甲高い声で哭《な》く寒風が、路地の石畳を吹き抜ける。おれは外套の襟を立て、襟巻のなかに顔を埋めた。

足音を忍ばせながら歩いていると、先の方に物陰から天皇廟石碑を覗《うかが》う男の背中が見えた。こちらに気付いた様子はない。

おれは近くの店陰に身を潜ませ、相手の姿を確認した。

後ろ姿なので顔は分からないが、随分と小柄な男だった。二重廻しを羽織った背は五尺三寸程度で、紫色の風呂敷包みを提げた手も小さい。

時計を確認すると、丁度一時だった。先の男も同じように懐中時計を引っ張り出し、しきりに時計と石碑を見比べている。

矢張り、あれが依頼人で間違いはなさそうだった。おれはつかつかと男の背に歩み寄り、人をお捜しですかと声を掛けた。

男は弾かれたように振り返り、啞然とした顔でおれを見た。

黒縁の眼鏡を掛けた、四十絡みの男だった。髪は短めの五分刈りで、矢鱈《やたら》と額が広い。脂気の無いその肌は磁器のように青白かった。その様相は、おれに商家の旦那という思いを抱かせた。

「鯉城と申しますが、ご連絡を頂いた方でしょうか」

立ち尽くす男に軽く目礼し、おれは名前や住所の記載がある名刺を差し出した。

恐々とした仕草で受け取った男は、一瞥してから水鳥のように甲走った声でこう云った。

「えらい失礼を致しました。何分《なにぶん》その、貴方のような職業の方とお会いしますのは初めてなものでして」

「大抵の方はそうでしょう、どうぞお気になさらず。それで、仕事のご依頼とのことでしたが」

冷たく乾いた風が轟《ごう》と路上の塵芥を吹き上げる。男は名刺に目を落としながら、はあと呟いた。

「立ち話も何ですから、どこか近くの喫茶店にでも入りましょうか」

「いや、申し訳ありませんがここでお願い出来ますか」

男は顔を上げ、強い口調で云った。

「出来るだけ人目にはつきとう御座いませんもので……。非礼の段は重ねてお詫び申し上げます。それに、大変失礼なことを伺うようですが、絶対に口外法度とゆうことでお願いは出来ますでしょうか」

「それは勿論。信用の上に成り立つ商売ですから」

「有り難う御座います。それを聞いて安心致しました」

男は小さく顎を引いたが、その目元には未だ幽かな懸念の色が残っていた。面倒臭い仕事になるかも知れないと、おれはその時初めて思った。

「先ずはお名前を伺っても宜しいですか」

「西陣で糸久ゆう織元《おりもと》を営んでおります久能与一と申します。前に『芦ノ鼓《あしのこ》』さんとこの仕事を受けはったかと存じますが、それを実に上手いこと解決しやはったゆうお噂を耳にしまして。余所《よそ》でも鯉城はんの評判はようく耳にしますさかい、それやったらお願い出来るかしゃん思いまして、無礼を承知であんな手紙を送らせて貰《もろ》たんです」

謙遜するのも妙な具合なので、おれは曖昧に頷いておいた。芦ノ鼓とは、六波羅《ろくはら》にある料亭の名だ。半年ほど前、そこで働く若い料理人が、蔵の古物を盗って逐電した事件があった。醜聞《スキャンダル》を恐れて内々に解決したいという依頼を、おれは露木経由で引き受けたことがあったのだ。

「それで久能さん、依頼と云いますのは」

与一の顔が一層険しくなった。髭の剃り跡も青々とした口元を山形に結び、細い眉をこれ以上ないほどに寄せた。

「誠にお恥ずかしい話なのですが、お願いしたいと申しますのは、その、家内のことなのです」

ひと言ひと言を絞り出すように与一は云った。

「家内は智恵子《ちえこ》と申しまして、智恵光院《ちえこういん》に子どもで智恵子です。少し前からどうも様子が可怪《おか》しく、都度問い詰めてはみるのですが要領を得ませんで、その、何と申しますか」

「不貞の調査ですか？」

与一は目線を合わせることなく、項垂れるようにして頷いた。その事実を認めたくないという感情が、満身から溢れ出るようだった。

おれは漸く、与一の異常なまでの警戒ぶりを理解した。商家の旦那筋ではよくある話だ。不貞の有無に拘わらず、調査をしているという事実だけでも家や店の信用に影響を及ぼしかねないのである。

「事情はよく分かりました。謹んでお引き受けしましょう」

おれは敢えて重々しい口調で答えた。不貞調査を些末な依頼と軽んじる積もりは毛頭ないのだが、身内の恥を晒した引け目から、そのような被害妄想に罹る依頼人も多いのだ。幸い与一はそんなこともなく、安堵が僅差で後悔に勝った顔で再び頭を垂れた。

「それでは早速具体的な内容について詰めていきたいのですが、期間はどれぐらいとしましょう。無論そちらの予算に合わせますが、経験上、或る程度は続けた方が万が一の場合に証拠を摑めるものです」

「金で区切ることはしません。相場としてはどれぐらいですか」

「そうですね。先ずは一ヶ月という所でしょうか。若しも、途中で長く家を空けられる場合などあればまた話も変わってきます」

「出張の予定は今の所ありません。それなら、一先ずは一ヶ月でお願い致します。その結果を伺って、継続するかは決めたいと思います」

「承知しました」

「手付金はあれで足りますか。若し足りないようでしたら」

与一が懐から札入れを取り出そうとしたので、おれは押し留めた。

「それには及びません。既に十分頂いています。若し足が出た場合は、後日請求書を書かせて貰います。それよりも、経過報告はどのようにしましょうか。西陣にお店を構えておられるとのことでしたが」

店を直接訪ねるのは避けた方がよいだろう。与一も首肯し、適宜連絡を入れて貰うこととなった。

その後、調査の範囲について話し合いながら、おれは与一が妻の不貞を疑うに至った切欠《きっかけ》を尋ねてみた。

「何かゆう確かな証拠がある訳やありません。ただ、曲がりなりにも夫婦《めおと》やった者やから分かる、なんというか、勘ゆうもんがあるんです」

「相手の男に心当たりは」

与一は一拍開け、知りませんと断つような口調で答えた。

その後事務的な遣り取りを幾つか重ね、おれは与一と別れた。

翳り始めた祇園の路地を歩みながら、依頼の内容をもう一度吟味してみる。楽しい仕事でないことは明らかだった。不貞調査とは手間がかかる一方、報酬も少なく感謝されることなど滅多にない。尤も、食っていくためには選り好みもしてはいられない。

「夫婦だから分かる、勘か」

与一の顔貌が脳裏を過《よぎ》った。相手の男に言及した刹那、与一は青白く陰鬱な面持ちのなかで、硝子灯が割れる刹那にも似た、激情の眼差しを覗かせた。

楽しい仕事にはなりそうもないと、おれは改めて思った。

＊

「手付金で二十円か」

頬杖を突いたまま、露木はそう呟いた。

「西陣織って儲かるんだねえ。まあそれだけ本気なのかも知れないけど」

「糸久は与一で丁度十代目、西陣界隈でも老舗で通ってる店だ。店は今出川《いまでがわ》浄福寺《じょうふくじ》から寺之内通《てらのうちどおり》の突き当りまで上がった所にあるんだが、間口も相当広かった。織元ではあるが、店の奥には小規模ながら工場《こうば》も持っている」

機織りの音が響き渡る西陣の界隈を思い起こしながら、おれは露木のグラスに新しいラムネを注ぎ足した。

いったい西陣の織物は、帯ひとつを取っても製織に至るまでに多くの工程を経なければならない。どのような生地、どのような模様、またどのような柄にするかという「図案《ずあん》」に始まり、図案を方眼紙の設計図に落とす「紋意匠図《もんいしょうず》」、紋意匠図を基に織機の経糸《たていと》の上げ下げを指令する紋紙を作る「紋彫《もんほり》」、蚕から採った生糸を織物の種類に合わせて撚《よ》りをかける「撚糸《ねんし》」、織屋から廻って来た撚り糸を色見本と違わぬように染め上げる「糸染《いとぞめ》」、扱い易いように染色された糸を糸枠《いとわく》に巻き取る「糸繰《いとくり》」、織り上げるために必要な百個前後の糸枠から経糸を垂らして織機の胴に巻き付ける「整経《せいけい》」、そして緯糸《よこいと》が通る杼道《ひどう》を作るため経糸を引き上げる装置を準備する「綜絖《そうこう》」を経て、漸く織物は手機や綴れ機の製織工程に入るのだ。

西陣では、全ての工程がそれぞれ別の業者に分かれていた。織元とはその名の通り、これらの工程を統括する織物の製造元を指す。

織元は自ら図案を決め、糸商から染糸を購入して帯や着尺《きじゃく》を織る。尤も、大抵は出機《でばた》といって織機を持たない者に機《はた》を貸し出し、糸や図案も渡して一反幾らで織らせる店の方が多かった。糸久のように織機を複数台保有しており、自分たちの工場でも製織工程に入ることの出来る大店《おおだな》は稀なのである。

出来上がった織物は問屋に売り渡される訳だが、小さな織元では生産高も少ないため大宮《おおみや》の糸屋町に集まった西陣問屋に買い集められ、ある程度纏まってから室町《むろまち》界隈の大手問屋に売却される。糸久が初めから室町問屋を相手に取引出来ているのは、矢張りその大店ゆえだった。

「それで、一ヶ月尾《つ》けてみてどうだったんだい。与一の予感は当たったの？」

「いいや。おれが見張っている限り、智恵子が隠れて会うような男はいなかった。社長夫人とはいえ、智恵子も糸久の工場では機に向かっている。外出自体がそもそも稀なんだ」

「そんなことだろうと思ったよ」

露木はグラスを手に取り、椅子の背に凭れ掛かる。

「疑心暗鬼に駆られた嫉妬深い夫の妄想、よくある話だね。智恵子ってのはそれだけ美人なのかい」

おれは答え倦《あぐ》ね、曖昧に頷くに留めておいた。

ひと月とはいえその姿を視界に入れ続けていたからこそ断言出来るが、久能智恵子は決して不美人ではない。だからと云って、万人から褒め称えられるような美貌の持ち主かというと、それもまた違うような気がした。

屋内で過ごすことが多いためか、与一同様その肌はあまり日に焼けてはいなかった。しかし、与一の顔色が病的な青白さだったのに対し、若干黄味掛かった智恵子の皮膚は、生糸の艶やかな白を思わせた。

丁寧に結った庇髪《ひさしがみ》の下では、卵型の顔のなかで薄い眉とくっきりとした瞳が形良く並んでいる。腰や胸なども肉が薄く婀娜《あだ》っぽい身体つきだとは云えないが、その一方で対峙した者を落ち着かせるような雰囲気を醸し出していた。

智恵子は、「うめ垣《がき》」という糸久に連なる機屋の娘だった。

幼い時分に病で両親を亡くしている与一は、先々代である祖父、美代吉《みよきち》の意向で高等小学校を出る時分から他所の機屋へ製織修業に出されていた。その内の一つがうめ垣であり、与一はそこで三つ歳の離れた智恵子を見初め、糸久十代目を引き継いでから晴れて娶《めと》ったのである。

「不貞の事実が全く見つからなくて、与一の反応はどうだった」

「信じてなかったよ」

「会って話したのかい」

「電話だ。与一からの電話は毎週木曜日の夜遅くに掛かってくるんだが、二週間経っても三週間経ってもおれが証拠を摑めていないことに腹を立てていた。ただ、無いものを在ると云う訳にもいかないだろう。何とか理解して貰おうとしたんだが、結局店に来てくれと云ってきた」

「前は祇園まで行かせたのにね。どういう風の吹き廻しだろう」

「電話越しじゃ埒が明かないと思ったようだった。若しくは、隠れてこそこそやるよりも大っぴらに行動した方が目立たないってことに気付いたのかも知れん。兎に角、おれはそうして、西陣の糸久まで出向くことになった」

濃さの増した珈琲をひと舐めして、おれは続きに移った。

＊

路地を吹き抜ける風は鑢《やすり》のような荒々しさだった。

飛びかけた帽子を咄嗟に抑え、目深に被り直してから同じ手で襟巻を締め直す。

糸久は、今出川浄福寺から三筋上がった寺之内通との辻、中猪熊町《なかいのくまちょう》に店舗を構えていた。

その日も朝から糸久の見張りを続けていたのだが、矢張り智恵子が外出する様子は無かった。おれは少し離れた路地裏の小料理屋で遅めの昼餉を済ませ、急ぎ戻る途上にあった。

黒く土の凍った通りには、硝子戸の商店が所狭しと軒を連ねている。厚着の職人たちは染糸やら機の部材やらが載った荷車を引いて、そんな店から店を黙々と行き来していた。

がたがたと二人掛かりで押し引きされる大八車を避け、おれは上立売《かみだちうり》の辻を過ぎた所で足を休めた。

間近な硝子戸には、鼠色の外套に黒い中折れ帽姿のおれが昏く映っていた。小脇に抱えるのは、草臥《くたび》れた革製の黒い蝦蟇口鞄《がまぐちかばん》だ。

今日のおれは探偵ではなく、商業保険の外交員ということになっていた。この肩書で店舗を訪れるよう、先の電話で与一から指示があったのだ。

空いている方の手で懐中時計を引っ張り出すと、針は二時四十六分を示していた。三時までは商談があり、四時からもまた次の仕事があると与一は云っていた。早めに行って待っていた方がいいかも知れない。

一町ほど進むと、突き当りに大きな紫色の暖簾を下げた店が現れた。間口は五間近くあるだろうか。正面の硝子戸に掛かる暖簾には、糸久という名に並んで、菱形に久の字を嵌め込んだ紋様が染め抜かれている。

他の店舗と比べても明らかに広壮な店構えだった。

表向きは厨子二階《つしにかい》の造りで、紅殻《べんがら》格子の並ぶ一階は糸久の店舗と工場であり、漆喰壁に虫籠窓《むしこまど》が延々と覗く二階は与一と智恵子の住居部分になっていた。裏手には奥の工場と隣り合うようにして長屋が建ち、糸久が抱えている職工で独り者の男たちはそこで寝食していた。

店の東隣には同じような機屋が並んでいるのに対し、西には「駒倉《こまくら》染工」と看板の掲げられた縦長の工場が建っていた。

建屋に人気は無く、戸や窓硝子も既に外されている。それもその筈で、この染糸工場は今年の夏で店を畳んでおり、その土地は糸久によって買い取られていた。道脇の標識看板で知ったのだが、来春着工を目指してここに糸久の第二工場《こうば》が建つらしい。

時計を見ると三時五分前だった。庇の下に入り、おれは手早く帽子と外套を脱いだ。

硝子戸を開けるや否や、かったんかったんという軽やかな音がおれの耳朶を叩いた。それに負けぬよう、おれはご免下さいと努めて朗らかな声を奥に飛ばした。

店のなかは長い土間のような走り庭が奥まで続いており、左右には土壁で区切られた幾つもの座敷が連なっていた。

その内のひとつから、小柄な髭面の老人が顔を覗かせた。おれは帽子を胸元に当て、営業用の笑みを口元に浮かべた。

「こんにちは、京阪保険《けいはんほけん》でございます。新工場の保険の件で、久能社長に三時でお約束させて頂いておりまして」

「ああ、聞いてますわ。どうも、番頭の金森《かなもり》云います」

金森は頭を下げ、おういと奥に向かって野太い声を飛ばした。直ぐにひとつの座敷から、事務員風の若い娘が出てきた。

「社長にお客さんや。奥にお通しせえ」

金森は目礼を残して、事務所らしき脇の座敷に入っていった。おれは外套を抱え直し、事務員の先導で走り庭を進んだ。

瞥見した左右の部屋は事務机が並んでいたり、壁一面の棚に色取り取りの染糸が並んでいたりした。糸の品質を保持するためか、土間には外と変わらぬような冷気に充ちていた。

奥に進むに連れて、等間隔な機《はた》の音は益々大きくなっていった。突き当りは磨り硝子の引き戸で仕切られているが、どうやらあの向こうが工場のようだ。見上げた頭上は幾つもの梁が走る火袋の造りとなっていた。

二階に続く箱階段や竈《おくどさん》の並ぶ水屋を通り過ぎ、右手に臨んだ木製の扉の前で事務員が立ち止まった。扉の上部には「社長室」というプレートが貼ってある。彼女はおれにスリッパを勧めてから扉を叩いた。

「社長、京阪保険さんです」

扉の向こうからああという声が聞こえた。事務員はこちらを振り返り、どうぞという調子で頷く。

おれは促されるまま扉を開けた。

途端に息も詰まるような熱気が顔にぶつかった。

扉の向こうは十畳ばかりの洋間だった。来客用の応接卓を挟んで布張りのソファが置かれており、その向こうには大振りな執務卓が窺えた。壁際には黒塗りの大型金庫の他、抽斗の多い戸棚が並び、その合間を埋めるように種々の賞状が飾られている。執務卓の脇には、鋳鉄製琺瑯《ホーロー》引きの瓦斯《ガス》暖房が設えられていた。

「ようこそ、お待ちしてました」

厚手の羽織に袖を通した与一が、執務卓からゆっくりと腰を上げた。

こちらを向いた顔は、先日よりも大分窶《やつ》れて見えた。顎髭は斑《まだら》に伸び、目の下には青黒い隈が現れている。寝癖なのか、五分刈りの髪も片方だけが変な具合に圧し潰れていた。

おれは軽く目礼し、中央の応接卓に向かう。与一は事務員に茶を命じてから、重い足取りでソファに身を沈めた。

卓上には契約書らしき数枚の紙片と、「鮭川《さけかわ》法律事務所」と刷られた茶封筒が散らばっていた。与一は草臥れた手付きで書類を纏め、向きも揃えず封筒にしまった。そしてむっつりと押し黙ったまま、卓上の煙草入れを開いておれに勧めた。

おれは礼を述べ、両切り煙草を摘まみ上げる。与一も手前の一本を咥《くわ》え、陰鬱な顔でライターに手を伸ばした。

差し出された火で煙草の先を炙り、辛い煙を吐き出す。与一は身体の前で指を組み、黙然と煙草を喫《す》っていた。太い膝の骨が、布越しに突き出していた。高機に向かい続けた結果、骨ごと歪んでしまったようだった。

後ろで扉が叩かれたので、おれはこのために用意した保険の資料を取り出して、素早く卓上に並べた。

先程の事務員が現れ、おれたちの前に湯気の立つ湯呑みを置く。

「用があったら声を掛ける。それまでは入って来ないように」

与一は重々しい声でそう云った。事務員は従順な態度で分かりましたと答えて、そのまま退出した。

「無理を申しまして相済みません」

扉が閉まるのを見届けてから、与一は頭を下げた。

「お気になさらず。それよりも、四時には別の予定がおありとのことでしたね」

「理事を務めております織物組合の臨時会合があるんです。最近この辺りじゃ押し込み強盗が多発していましてね。それについての話し合いですから欠席という訳にもいきませんもので」

「分かりました。それでは早速本題に入りましょう」

おれは鞄の底から、黒紐で綴じた紙束を取り出した。

「結論から申し上げますと、昨夜電話口で申しました通り、懸念されているような事実はないと思われます。未だしっかりとは纏めきれていないのですが、こちらが奥様のここ一ヶ月の行動を日毎に記した物になります。よければご覧下さい」

与一は険しい顔で書類を受け取り、一頁目を開いた。

壁越しに聞こえる機の音に混じって、頁を捲る乾いた音が響く。次第に早くなるそれに耳を傾けながら、おれは卓上の湯呑みに手を伸ばした。

「本当に、家内は誰とも会っていなかったのですか」

「依頼を受けてから今日に至るまでの間で、奥様が不貞を働いていた事実はありません。外出された際は全て私が後を尾《つ》けましたから、断言出来ます」

唇に触れた番茶は、未だ熱かった。一口だけ啜り、相手の様子を窺う。

与一は眉間に皺を刻み、紙面上に落とした目を素早く左右に動かしている。何とか綻《ほころ》びを見つけ出そうと、躍起になる目だった。

問題はここからだと、おれは胸の裡で呟いた。

如何にして与一を納得させるか。無いことを証明するのは、在ることを証明するよりも格段に難しい。今回も「余所で男と逢引きしていた」となったら直ぐに片付いた話なのだが、幸か不幸か何も無かったのだ。

事実がそうである以上、何とかして与一にそれを認めて貰わなくては、おれとしても座りが悪い。

詳細な説明に入ろうと口を開き掛けた矢先、ノックも無しに後ろの扉が開いた。

「兄貴、一寸《ちょっと》話があるんだが」

驚き振り返った扉口には、厚手の霜降り背広を着込んだ壮年の男が立っていた。

歳の程は四十半ばほどか。髪は油のような物で撫で付け、小洒落た口髭を蓄えているが、その面貌には与一の面影がありありと感じられた。

「欣二《きんじ》!」

与一は顔色を変え、猛然と立ち上がる。

「ああお客さんだったか、出直すよ。失礼しました」

男は人好きのする顔でおれに頭を下げると、颯爽と姿を消した。

与一は小さく顫《ふる》えながら扉を睨んでいたが、やがて荒い息を吐きながら再びソファに腰を落ち着けた。

「今のは弟さんですね」

「専務の欣二です。お見苦しい所を。失礼しました」

「名古屋に出張中かと思っていましたが、戻って来られたのですか」

与一は怪訝な顔をした。

「昨夜の夜行で帰ってきましたが、どうして貴方がそれを？」

「先週の火曜でしたか、奥様が京都駅でお見送りされていましたから。私もそれで」

「何ですって」

何気なく漏らした一言だったが、与一の反応は顕著だった。

思わずこちらが口を噤《つぐ》んでしまうような大声と共に、与一はこれ以上ない程に目を瞠《みは》った。

「智恵子が欣二の見送りって、それは本当ですか」

豹変した与一の形相に、おれは言葉を失った。そして同時に、与一の疑っていた不貞相手が、他ならぬ実弟の久能欣二だったということを初めて理解した。

しまったと思ったがもう遅い。紙のような顔色で固まる与一に、おれは努めて平静な声で語り掛けた。

「そう大声を出されずに。落ち着いて下さい、単に見送られていただけです。そこにも書きましたが、貴方の疑われているような出来事は――」

「よく分かりました」

与一はおれの説明を断ち切った。

「申し訳ありませんがそろそろ時間ですので。今日はお引き取り下さい」

怒りに燃えている訳でも、悲嘆している訳でもない。それはただ虚ろな声だった。食い下がろうにも、最早おれの声が届いていないのは明らかだった。おれは、已むなく席を立った。

「そちらの資料ですが、一度お返しを願えますか。書式を整えた上で再度お渡ししますので」

与一は手元の紙綴じを見下ろしてから、黙ってこちらに差し出した。

回収に努めたのは、智恵子と欣二が二人きりで喫茶店に入ったという記載もあるからだ。初めに遭遇した時はおれも身構えたが、傍耳を立てても話の内容は専ら糸久の経営に関することばかりだった。勿論二人の間にそれ以上の事実は無かったのだが、見送りというだけでこれほど顕著な反応を見せる与一がその記載を見つけたら果たしてどうなるか。幸いそこまでは辿り着いていなかったようで、決して隠す訳ではないのだが、何の説明も出来ない所で与一がそれに触れるのは避けた方がいいと咄嗟に判断したのだ。

与一と共に社長室を出ると、折しも工場に続く磨り硝子の戸から智恵子が姿を現わす所だった。手拭で首筋の汗を拭っていた智恵子は、おれたちの姿に気が付いて棒立ちになった。忽《たちま》ち与一は茫とした様子から一変して、荒々しい足取りでおれと智恵子の間に踏み入った。

「何だその恰好は。お前はあっちに行ってなさい」

嚙み付くような調子だった。智恵子は怯えた目付きで頭を下げ、直ぐに工場へ戻っていった。

与一は咳払いをしてからおれに向き直る。

「失礼しました。どうぞ、こちらです」

有無を云わさぬその圧に追い立てられるようにして、おれは玄関口に向かった。

「今後はどうしましょうか」

暖簾を潜った所で、おれは与一に尋ねた。

蒼白い与一の顔に怪訝そうな表情が浮かび、おれの言葉の意味を量るように、その目線は職人たちの行き来する往来に落ちていった。

「また私から連絡します。それまでは何もして頂かなくて結構です」

ではと頭を下げ、与一はさっさと店内に戻っていった。

独り残されたおれは忸怩《じくじ》たる思いを嚙み締めながら、糸久の軒下から離れた。

事務所に戻ってからも、己の迂闊さに対する後悔はなかなか拭えずにいた。矢鱈と煙草を吹かし珈琲を飲み干してもなお、今後については妙案が浮かばなかった。

どれほどそうしていただろうか。不意に扉の磨り硝子に人影が映った。反射的に壁際の時計に目を遣ると、針は丁度五時を指していた。

軋んだ音を立てて開いた扉口に立っていたのは、煉瓦色の外套を羽織った久能欣二だった。

「やあ、矢っ張りそうだったか」

欣二は頭の帽子を取りながら、扉に刷られた「鯉城探偵事務所」の文字とおれの顔を見比べた。

おれは中腰のまま固まった。

どうして欣二がこの場所を知っているのか、咄嗟の理解が追いつかないでいた。真逆《まさか》尾けられたのか。いや、それにしては随分と間が空き過ぎている。しかし、現に欣二はここにいる――言葉を失っている間に、咥えた煙草の先から長くなった灰が落ちた。

「驚かせる積もりはなかったんだけど、それでもまあ吃驚《びっくり》はするかな」

おれの様《さま》に笑みを零しながら、欣二はつかつかと来客用のソファにまで歩み寄った。おれも腹を括り、吸い掛けの煙草を灰皿に押し込んでそちらに向かった。ことここに至っては、最早正直にぶつかるしかない。

「久能欣二さんですね？　どうしてここが」

欣二にソファを勧めながら、おれもその向かいに腰を下ろした。

「君が帰った後で兄貴に呼び出されて、えらい権幕で怒られたんだよ。まあ君も分かっているだろうけど義姉《ねえ》さんの件だ。昼前まではそんな様子も無かったから、切欠《きっかけ》といえば君しかない。それで京阪保険に電話をしたら、今日は誰も行っていないというじゃないか。これは可怪しいぞとなって、兄貴が出た隙に部屋を調べさせて貰った。そうしたら君、抽斗の一番上にこれが仕舞ってあったという訳さ」

欣二は胸元から白い紙片を取り出した。祇園の裏辻で与一に渡したおれの名刺だった。

「成る程、それならば仕方がありません。鯉城と申します」

「久能欣二だ。糸久で専務取締役を務めている」

卓子越しに差し出された手を握り返す。見た目に反してほっそりと柔らかい、商人の手だった。

欣二の顔を真正面から見るのは初めてだった。矢張り目の並びや鼻筋、それに口元の雰囲気などは与一のそれと瓜二つだった。

「よく似ているだろう。双子なんだよ、兄貴とは」

おれの視線に気が付いたのか、欣二は煙草を取り出しながら笑った。

「それで、ご用件は」

「うん、それなんだ。君は兄貴に頼まれて、義姉さんと僕の仲を調べていたんだろう？　ああいや、答えられないのなら無理にとは云わない。ただ、単刀直入に云ってしまえば、兄貴に何と報告したのかを教えて貰いたいんだ」

「申し訳ありませんが、それはお答えしかねます」

おれは即座にそう切り返した。想定の内だったのか、欣二は動じた様子もなく鷹揚に頷いた。

「兄貴が払った倍、いや三倍を支払うからと云っても？」

「そういう問題ではないのです。ご足労頂いた所を恐縮ですが、そちらが用件でしたらこのままお引き取り下さい」

欣二はふむと唸り、ほっそりとした指先で顎の肉を摘まんだ。

「ちゃんと調べたなら分かるだろうが、義姉さんと僕の間に、兄貴が思っているような疚《やま》しい関係はない。一切ない。だから別に僕は構わんのだ」

欣二は腕を伸ばし、灰皿に灰を落とした。

「ただ、義姉さんはこんな些細なことにも胸を痛める人だからね。繊細なんだ、あの人は。兄貴の言葉を一から十まで律儀に受け取って、全部自分のなかに溜め込んじまう。子どもでもいれば別なんだろうが、生憎そうもいかないから。流石《さすが》に見兼ねて僕も声を掛けるんだけど、それがまた兄貴の逆鱗に触れる。だからどうしようもない」

「貴方は、お兄さんのことをどう思っていらっしゃるんですか」

「別に何とも思わんよ。何だかんだ云っても、この世に一人きりの血を分けた兄弟だからね。ただ、義姉さんに対する兄貴の執着は、はっきり云って異常だ。君は、今年の夏に兄貴が酔っ払いを半殺しにした話は知ってるか」

「いいえ、初耳です」

欣二は口元から煙草を離し、細長く紫煙を吹き上げた。

「八月の初め頃だったと思うけど、兄貴が義姉さんと金森、番頭の金森を連れて笹屋町《ささやまち》の問屋さんに挨拶に行くことがあったんだ。その途中で、行きずりの酔っ払いが義姉さんに卑猥な言葉を投げ掛けた。そうしたら君、どうなったと思う？　金森が止める間もなく、兄貴は手元の杖で相手の肩と腕の骨が折れるまで叩きのめしたんだ」

「それは」

「兄貴ならやりかねないと思ったかい？　そうなんだ。周囲の人間が押さえ付けなかったら、兄貴はそのまま相手を撲り殺してたかも知れない。兎に角まあ大変だったんだよ」

「その後はどうなったんですか」

「何とか示談に収めたよ、僕がね。結構な金が要ったけど」

与一の凄愴な表情が脳裏に甦り、おれは黙って頷いた。

その後も欣二は言葉巧みに交渉を続けてきたが、おれとしては引き受ける訳にはいかなかった。

それでも諦め切れなかったのか、また来ると云い残して欣二が事務所を去ったのは、二時間以上経ってからだった。

「予想通りというか、与一が嫉妬深い男だっていうのはよく分かったよ。ただ、どうも怪しいねえ」

頭の後ろに手を遣ったまま、露木は云った。

「何が怪しいんだ」

「欣二の説明さ。どうも、与一を悪人に仕立て上げて自分の行為を隠しているように聞こえたな。本当に欣二と智恵子の間には何も無かったの？」

「少なくともおれが見張っていた間はな。欣二を見送りに京都駅まで出向いた他は、千本通の喫茶店で一度会っただけだ」

「それも、会社の話だけだったんだよね」

「そうだ」

露木はふむと顎に拳を当てた。

「智恵子から会いに行ったの？」

「店に入ったら欣二が待っていた。事前に約束をしていたみたいだ」

「話している時の二人の雰囲気は？」

「専ら欣二が喋って、智恵子が聞いている感じだな。生糸価格の高騰に対する不満や取引先でのちょっとした騒動とか、まあ世間話の範疇だ。与一が意見を容れてくれない不満も、欣二は話してい

＊

た」

「智恵子はそれに対してなんか云ってた？」

「困った顔で笑ってるだけだ」

「ふうん。ところで、欣二は結婚してるの」

「独り身だ。本人にもその気はないらしい。上七軒《かみしちけん》じゃ大いにもてるそうだが」

「詳しいね」

「気になって、後から調べたんだ。与一と欣二は双子だが、性格は真逆でな。与一が寡黙な職人気質なのに対して、口が達者な欣二は根っからの商人だ。だから糸久でも、与一が図案や製織のために専ら店に籠っているのに対して、欣二は室町問屋や百貨店内の仕入店、それに地方の卸売商を渡り歩いて商談を行っている」

　元々は違ったのだと、欣二は事務所で語っていた。

　社交的なのはむしろ与一の方であり、欣二は幼い時分から人見知りの激しい子どもだった。それを見兼ねた彼らの祖父が、敢えて与一は集中力と根気の必要な機業家に、欣二は対話力を養うため室町問屋の丁稚奉公に出させたのだそうだ。

「与一は敵意を剥き出しにしてるようだけど、欣二の方じゃあんまり動じた様子もなさそうだね。そういう性格なのかな」

　対峙した欣二の姿を胸中に思い描く。確かに闊達とした男だったが、その裏に冷淡な別の顔が無かったとも云い切れない。正直にその旨を告げると、露木は浮かない顔で腕を組んだ。

「欣二のことを調べていて、新しく分かったことがもう一つある。糸久を含む幾つかの織元と問屋が共同出資して、満洲に西陣織の巨大工場を造る計画があるんだそうだ」

「え、満洲？」

露木も、流石に驚いた顔で身を乗り出した。

「向こうでも一定の需要はあるみたいでな。今まではその都度輸出していたんだが、満洲なら人工《にんく》代も安いから、いっそ工場を建てて現地で生産した方が安く済むらしいんだ。それで、問題はここからなんだが、向こうの会社の共同代表として候補に挙がったのが欣二だったらしい」

「自分で云い出したの？」

「いいや、与一が強く推したそうだ」

露木は鼻を鳴らした。

「手の届かない所まで追い遣ろうって訳か」

「そうとも取れる」

「それ以外ないじゃないか。欣二の方はどうなんだい。いきなり満洲に行けって云われても、はいそうですかって訳にはいかないだろ」

「少し考える時間をくれと云ったそうだ。ただ、与一の方は問題ないと周囲に請け合っていたらしい」

「きな臭くなってきたね。それで、あの事件を迎える訳だ」

おれは頷き、半分ほど残った珈琲を飲み干した。

糸久の二階部で与一と智恵子、そして欣二の惨殺屍体が見つかったのは、欣二が事務所を訪れた翌日の晩のことだった。

事実には違わないように、しかし言葉は慎重に選ぶ必要のあるこの報告書を纏めるには、丸一日を要した。

報告の方法については与一からの連絡を待っていたのだが、遂に一本の電話も掛かってこなかった。親展として郵送することも考えたが、矢張り万全を期すためには直接手渡した方がいいだろう。

窓の外には、すっかり夜の帷《とばり》が下りていた。硝子窓の向こうからは、旋風《つむじかぜ》の哭き声がか細く響いていた。

＊

首の骨を鳴らして壁掛時計に顔を向けると、針は丁度八時を指していた。

寺町の事務所から糸久までは、市電を乗り継いでも一時間強という所だ。今日は日曜日なので店は閉まっているだろうが、与一だけに手渡すことを考えるとその方が好都合だった。おれは外套と帽子を摑み、事務所を出た。

朧げな繊月が西の空に掛かっていた。夜風に身を切られながら木屋町二条の停留所へ急ぎ、市電に飛び乗る。吊革を握ったまま揺られること四十分余り、終点の堀川中立売からは歩くことにした。

未だ九時も廻っていないというのに、西陣は夜の底にあった。織工たちの朝は早いため、大方の家がこのぐらいの時刻には寝床に入ってしまうのだと耳にしたことがある。どの店も既に戸を閉め、雲が月に隠れると、街灯の幽かな灯りだけが夜に滲んで見えた。遥か向こうの方では、拍子木と火の用心という掛け声が響いていた。

碁盤の目のような路地を折れては進み、三十分ほどかけて糸久に辿り着いた。

矢張り暖簾は下ろされ、硝子戸の向こうも真っ暗だった。二階の虫籠窓からは灯りが漏れているような気もするが、よく分からない。腕時計を確認すると、九時十五分を少し廻った所だった。

徐々に近づいていた拍子木の音と併せて、向こうに望む角から数名の人影が現われた。赤と黒の法被《はっぴ》を着た男たちで、手には火の用心と書かれた提灯を持っている。

厭な予感がした。

彼らからすれば、今のおれは人気のない夜の路地で、暖簾を下ろした店の前に立つ不審な人物に相違ない。決して見栄えの良い物ではなかった。

案の定、男たちは警戒した目付きでぞろぞろと近付いてきた。逃げ出すという選択肢も頭を過ったが、悪手であると思い直しその場に留まった。

「何したはるんです」

おれを取り囲んだ男たちのなかから、髭の濃い男からずいと歩み出た。おれは困惑した顔を作り、糸久の店構えを振り返った。

「いや、至急ということで久能社長に呼ばれたんですが、お店が閉まっているのでどうしたものかと」

「与一はんが？　失礼ですけどあんたは」

「ああ失敬、私はこういう者です」

手袋を嵌めたまま、外套の内ポケットから名刺を取り出す。そこには太い黒字で「京都中央法律事務所　所長／弁護士　中川一郎」と刷ってある。いざという時のために備えてある偽名刺の内の一種類だった。

「弁護士先生でしたか、こらえらい失礼を。どうも最近は強盗事件が多いもんですよって」

髭面の男は気拙そうに頭を掻いた。他の顔からも、猜疑の色はあっさりと洗い流されていく。構いませんよと、おれは鷹揚な顔で頷いてみせた。

「せやけど、糸久はんて今日は慰労会やゆうてなかったか？」

脇の男がそう零した。おれは大袈裟に手を打ってみせる。

「ああそうだ。社長さんからは、その席に顔を出すよう云われていたんです。でも困ったな、肝心の店の名前を忘れてしまった」

「糸久はんやったら『より善《ぜん》』と違《ちゃ》うか？」

髭の男が、同意を得るように他の男たちに顔を向けた。

「より善って六軒町《ろっけんちょう》のかいな」

「せや。与一はん、ようあそこ使ったはるやろ」

髭の男はおれの方に向き直り、今出川六軒町を下がった処にあるより善という割烹ではないかと云った。おれは丁重に礼を述べて、その場から離れた。

今出川通まで出て西に足を向けた所で、浄福寺の角にある白い自働電話ボックスを見つけた。おれは少し考えてからなかに入り、より善の番号を呼び出す。やがて受話器から聞こえてきたのは若い娘の声だった。

「より善で御座います」

「そちらで糸久の皆さんが宴会をされていると聞いてね。久能社長に急用があるので代わってくれるか」

おれは口元に手巾《ハンカチ》を当て、押し曇った声を作った。少々お待ち下さいと云った後に、かたりと受話器の置かれる硬い音が耳元で鳴った。

三十秒としない内に、受話器からはもしもしという声が聞こえた。与一の声ではない。ざらざらに錆びた老人の声だった
「お待たせを致しました、番頭の金森で御座います。相済みませんがどちら様でしょうか」

与一が出るとばかり思っていたおれは、咄嗟の反応に窮した。そんな時に脳裏を過ったのは、社長室で見かけた茶封筒だった。

「鮭川法律事務所の者ですが、久能社長はいらっしゃいませんか」

「ああ、鮭川先生の。何かありましたか」

「いえ、久能社長から急ぎ作成するように云われておりました書類が完成したのでお持ちしたんですが、お店が閉まっていまして。今は、今出川通まで出た自働電話から掛けているのですが、近所の方から今晩はそちらで慰労会だと伺いましたもので」

疑う隙を与えぬよう、おれは口早に言葉を重ねた。肝は冷えたが、微醺《びくん》を帯びた金森の声に訝しんだ様子は感じられなかった。

「はあ、左様ですか。久能からは聞いておりませんでした。こりゃえらい失礼をいたしまして」

「社長もそちらにいらっしゃるんですか」

「いや、それが少し席を外しておりまして」

金森の声色が少しだけ変わった。

「急用を思い出さはったみたいで、そっちに、店に戻らはったんですわ。結構前に出やはりましたけど、未だ着いたはらへんのやろか。どこかで擦れ違《ちご》うたんかな」

「分かりました。ではもう遅いですから、後日また持参します。どうもありがとうございました」

金森は何かを云いかけたが、おれは一方的に電話を切った。

自働電話ボックスを出て、再び糸久を目指す。二階から灯りが漏れていたのは見間違いではなかったようだ。

店に誰か残っているのかと訊けば良かったが、今更悔やんでも仕方ない。具合が悪ければ、日を変えたら済む話だ。

吹き荒ぶ風に抗うようにして、浄福寺通を北に進む。防火団の掛け声と拍子木は、東の遠方に響いていた。もう見咎められることはないだろう。

糸久の前に立つ。見上げた二階の虫籠窓からは矢張り薄い光が漏れていた。

手袋を嵌め直し、辺りを確認してから正面の戸に手を掛ける。滑りのよい硝子戸は、難なく横に動いた。

素早く身を滑り込ませ、後ろ手に戸を閉める。

目の前には、往来のそれよりも一段と濃い、鼻を摘まれても分からないような闇が迫っていた。唯一奥に見える箱階段の上からは、微かな光が漏れていた。

通り物に遭ったかのような震えが込み上げた。風こそ収まったものの、外套越しに身を刺すような冷気は外とあまり変わらない。一歩踏み出そうとして、箱のような物に足がぶつかった。鞄から小型の懐中電灯を取り出して灯りを点ける。これから送るのか、荷札のついた木箱だった。

「久能さん、いらっしゃいますか」

懐中電灯を提げたまま、奥に向かって声を掛けてみる。しかし、返答はない。

ふと、妙な臭いが鼻を過《よぎ》った。油が焼けたような焦げ臭さだ。正体の掴めない厭な予感が、ゆっくりと胸中で頭を擡《もた》げ始めた。

慎重に走り庭を進む。

左右の襖はしっかりと閉ざされていた。人の気配もない。再度与一の名を呼んでみたが、結果は同じだった。

奥へ進むに連れて、異臭は更に濃くなっていった。おれは箱階段を通り過ぎ、水屋に並んだ竈《おくどさん》の前に屈んだ。

顔中に強い熱気が当たった。覗き込んだ焚口のなかは、未だ所々が朱色に燻《くすぶ》っている。予想通り、臭いの元はここだった。

おれは脇に立て掛けてあった火搔き棒を摑み、手前に積もった灰の山をゆっくりと搔き寄せる。

焼けた油の臭いが一気に濃くなった。

油をかけてから火を投じたのだろうか。灰のなかから現れたのは、二十円紙幣や十円紙幣、それに株券と思しき紙片の燃え滓《かす》だった。

立ち上がり、更に奥を照らす。懐中電灯を動かすと、工場へ続く引き戸の摺り硝子がきらりと輝いた。

光の輪で辺りを照らす最中、おれは懐中電灯を急ぎ戻した。先日通された社長室の扉が、半開きの状態で止まっていた。

足早に近付くと、微かな風の音と共にきいきいと何かが軋むような音が聞こえてきた。

沓脱で靴を脱ぎ、一息に扉を開ける。

冷たい風が顔に吹き当った。灯りを向けると、奥の窓が外に向けて大きく開け放たれている。風が吹く度に、窓硝子は小さく揺れ動いていた。例の音は、あそこの蝶番が鳴っているようだ。

揺れ動く窓硝子を光の輪のなかに捉えたまま、じっと目を凝らす。

自ずと懐中電灯を持つ手に力が籠った。

向かって右側の窓硝子は大きく割られていた。西陣界隈で強盗事件が頻発しているという事実が、水泡のように脳内で湧き上がった。

急ぎ室内の捜索に取り掛かる。

案の定、壁際に設えられた大型金庫は戸が開いており、中身は空だった。戸棚は無事だが、執務卓の抽斗は全てが引き抜かれ、筆記具や書簡の類も全てが床に散乱していた。

息を溜めつつ、窓際に寄る。

窓硝子は大きな矩形をしていた。下辺の高さはおれの腰程度だが、上辺は八尺程あるだろうか。割られているのは向かって右側の窓硝子で、丁度腕が通る大きさだった。恐らくここから手を差し伸ばし、留め金を外したのだと思われる。

窓枠に手を突いて身を乗り出すと、直ぐそこに隣店の壁が迫っていた。少し先には灯りの点いた窓も見える。

隣店との境界には塀の類いも見当たらず、大人でも余裕で通ることが出来る程の間合いだった。高さも外の地面と屋内の床でそう差はなく、踏み台でもあれば容易に乗り越えられる程度だ。

足跡でも残っていないかと、懐中電灯を地面に向けて動かしてみる。散らばった硝子の破片が、きらきらと反射した。

不意に与一のことを思い出した。

金森は、与一が店に戻ったと云っていた。この状況を目の当たりにしたのならば、真逆放っておく筈がない。腕時計を確認したが、おれが店に入ってから十五分近く経っている。しかし警察が駆け付けるような様子は見られない。

天井を見上げる。灯りの漏れていた二階からは、物音ひとつ聞こえてこない。

窓はそのままにして、おれは社長室を出た。靴を突っ掛けたまま走り庭を横切り、再び脱ぎ捨てて階段を上がった。

焼け焦げた件《くだん》の臭いに混じって、別の異臭が鼻を突いた。

鉄っぽい生臭さだ。おれは、鼓動が徐々に速まっていくのを感じた。

階段を上がると南に向けて板張りの廊下が続き、左手に襖が三つ並んでいた。

手前の襖を開けると、そこは十畳の座敷だった。茶簞笥や座布団に囲まれて、中央に小卓が配されている。どうやら居間のようだ。

卓上に置かれた青い陶製の灰皿には、未だ長さのある紙巻煙草が一本だけ棄ててあった。喫い止《さ》しで、殆ど灰も落ちていない。手を翳すが、すっかり冷え切っていた。

居間を横切り、南の襖の前に立つ。相変わらず何の音声も聞こえず、むしろ耳が痛くなるような静寂だった。

襖を小さく開ける。

視界に飛び込んできたのは、こちらに背を向けて横倒しになる男の背と、その向こうから虚ろな視線を投げ掛ける女の白い顔だった。

女の眼差しに生気は無く、半開きの口からは鶏頭のような舌が覗いていた。それが智恵子だと頭で理解するのと同時に、噎《む》せ返るような血臭がおれの鼻を襲った。

摑み出した手巾で口と鼻を覆いながら、ゆっくりと襖を開く。

顕《あらわ》になった深紅の惨状に、おれは言葉を失った。

襖のみならず床の間や壁まで、座敷中が飛び散った血潮で蘇芳色《すおういろ》に染まっていた。

十二畳ばかりの座敷には、三つの屍体が転がっていた。智恵子と与一、そして欣二だ。

おれはその場に鞄を置き、血を踏まないように注意して足を踏み入れた。

智恵子の屍体は、東を向いて敷かれた冬布団の上に仰向けで倒れていた。近付いて見るまでもなく、その細い首筋には、青紫色をした太い指の痕が鮮明に残っていた。

余程激しく抵抗したのか、智恵子は髪だけでなく藍色の寝間着までも酷く乱れていた。赤い護謨《ゴム》製の氷枕や掛け布団なども座敷の隅まで跳ね飛ばされ、枕元の丸盆でも硝子の水差しとグラスが倒れて頓服薬と書かれた薬袋を濡らしていたが、一方でその白い肌には痣や蚯蚓腫《みみずば》れなどは見られなかった。

与一の屍体は、智恵子と向き合うようにして倒れていた。

赤児のように丸まった姿勢で、黒い二重廻しを羽織った外出着のままだった。兵児帯を締めた上腹付近に抉《えぐ》られたような刺創が見え、溢れ出た大量の血潮は下の畳に広がり、与一の半身のみならず智恵子の敷布団までも真紅に染め上げていた。

屍体の近くには、血に塗《まみ》れた大振りな鋏が落ちている。どうやらこれが凶器のようだ。鋏は厚手の生地を裁断するために使う羅紗《ラシャ》切り鋏で、長さも九寸近くあった。

欣二の屍体は、そこから少し離れた北東の隅に俯せで倒れていた。

鼠色の背広姿で、こちらは左の脇腹を深く刺されている。屍体は与一同様血塗れだが、付近の畳にはあまり血も零れていない。一方で、与一の倒れた血溜まりからは引き摺ったような跡が残っていた。それぞれの瞳孔を検めたが、三人とも最早手の施しようがないことは明らかだった。

屍体から離れ、西側の襖を開けて廊下に出る。靴下を徹《とお》って、床板の冷気が足の裏を刺した。

隣は七畳程の納戸だった。板張りの上には、雑多な家具の類いが蔵されている。不審な点は見当たらない——そこで初めて、自分が何をしているのか気が付いた。おれはもう、刑事ではないのだ。

腕時計に目を落とす。時刻は十時二十分を少し過ぎた所だった。

脇に退けていた鞄を取り、足早に階段を下りる。鼻腔にこびり付いた血の匂いに被さるようにして、忘れていた焦げ臭さが甦ってきた。

胸中で渦巻く様々な感情を圧し殺し、走り庭を進む。

ふと思いつき、西側に並ぶ座敷のひとつに上がった。

三方の壁際には背の高い棚が並び、色取り取りの糸束が箱に詰めて置かれている。向かいの壁には窓が見えるが、前の棚が邪魔になって窓としての機能を果たしてはいない。

隣の座敷も同じような造りだった。糸束や反物の蔵された戸棚が、西側の壁にある窓を塞いでしまっている。肚の底を炙られるような心持のまま、おれは襖を閉じた。

その隣は少し勝手が違った。両脇の壁は戸棚で埋め尽くされているが、正面には、撥条《ばね》式秤の置かれた大きな事務机がある。染糸の計量を行う座敷のようだ。

窓は事務机の上にあった。おれは駆け寄り、その造りを検める。社長室よりは小ぶりだが、同じ観音開きの硝子窓だった。閂《かんぬき》を外そうとして、おれは留め金が壊れていることに気が付いた。

そのまま窓を開ける。冷気が千の針となっておれの顔を刺した。

窓の正面には、六尺ばかりの狭い間を開けて、駒倉染工の勝手口らしきものが見えた。灯りを向けると既に扉は外され、土埃に塗れた廊下の様子が窺えた。

窓枠から首を突き出してみる。間合いや高さは社長室のそれと同じように思われた。おれは窓を閉め、閉まり切らない閂を元に戻した。

走り庭を抜け、正面の硝子戸を開ける。

外の様子を窺ったが、往来に人影はない。おれは外に出て素早く戸を閉めた。

帽子を目深に被り直し、寺之内通を東へ進む。

喉と肺腑が紫煙の刺激を欲していた。おれは手袋を嵌めたまま、苦労して新しい煙草と燐寸《マッチ》を取り出した。

咥えた先に火を点け、数回吹かす。肺一杯に紫煙を吸い込みながら、おれは数町後ろの糸久を振り返った。

墨のような夜闇に塗り潰されて、もう何も見ることが出来ない。不意に、堪えていた感情が肚の底から溢れ出た。

名付けようのない思いに追い立てられて、おれは暗い通りを駆け出した。

＊

「『昨二十七日、西陣中猪熊町の製織業糸久店舗二階部にて、同社社長の久能与一氏（四十五）及び智恵子夫人（四十二）及び与一氏弟で同社専務の欣二氏（四十五）が惨殺せらるを同社番頭の金森伴蔵《ばんぞう》氏（六十八）が発見し、西陣署に通報した。一階社長室の窓硝子には破損が認められ、また社長室内金庫の現金及び有価証券類一切が消失したる点に注目し、西陣署では、昨今西陣界隈を荒らしたる強盗犯による凶行と見て捜査を進めている。同社は昨夜、西陣某所の割烹にて慰安会を開きたるに、所用のため与一氏が店舗に戻った所を件の強盗犯と鉢合わせしたるものと思われる。智恵子夫人は感冒のため養生横臥し、欣二氏は同日午前綾部《あやべ》に出張し偶々帰社したる所を遭難したものと見られる』」

露木はそこで言葉を切り、溝呂木に持って来させた新聞から顔を上げた。

「可怪しいね、色々と」

「そう思うか」

露木は新聞を畳み、卓上に戻した。

「三人の死因は鯉城が見た通りで間違いなかったの？」

「ああ。智恵子は扼殺《やくさつ》で、与一と欣二が刺殺だ」

「傷は」

「与一が下腹部、欣二は左脇腹に傷を受けていた。共に大動脈を切断されていて、出血多量による失血死」

「凶器は、近くに落ちていたっていう鋏？」

「疵口が一致したらしい。鋏自体は一階の作業部屋にあった物だそうだ。金森が証言した」

ふうんと露木は指先で己の頰を押す。

「智恵子には抗った跡があったんだよね。他には？　例えば犯されたりとか」

「それはない。与一と欣二にも目立った格闘の跡は無かった」

「成る程。でもよく調べたな。西陣署の刑事に訊いたの？」

「真逆。大抵は余所の新聞に載ってたし、それ以外は記者に鎌を掛けただけだ」

悪い探偵だねえと露木は笑う。

「話は戻るけど、鯉城はこの記事が可怪しいとは思わないの」

「どうだろうな。先ずはお前の意見を聞かせてくれ」

露木は不思議そうな顔になった。

「別に構わないけど、これって強盗殺人じゃあないでしょ」

「その根拠は」

「四つある。犯人の侵入経路に窓硝子の破片、それに竈にあった燃え滓と欣二の屍体だ。先ずは犯人の侵入経路。割られていたのは社長室の窓だったよね。間合いや高さに問題はないけれど、それは隣の機屋に面していた。可怪しくない？　硝子を割って留め金を外すんだから、どれだけ気を付けても多少の音はした筈だ。鯉城が調べた通り、既に空き家になった駒倉染工に面した店の西側にも窓はあった。どうして強盗はそちらを選ばなかったのか。それに窓硝子の破片だ。外から忍び込もうとしたのなら、割った破片は当然室内に落ちる筈。何で外の地面に落ちているんだい。偽装工作にしては一寸杜撰《ちょっとずさん》過ぎるな」

露木はグラスを取り、ラムネを一口含んだ。

「同じことは竈の燃え滓にも云える。紙幣や有価証券が盗まれたことにするために焼いたんだろう。きちんと火の始末をしなかったから一部が焼け残ったんだ。最後は欣二の屍体。彼の屍体には動かした跡があった。押し入った先で運悪く出会した強盗の仕業なら、どうしてそんなことをしたのか。納得出来ないな」

身体の前で指を組み、おれは暫くの間黙っていた。

「鯉城？」

露木は怪訝そうにおれの顔を覗き込んだ。おれはいやと首を振った。

「お前の云う通りだと思うよ」

「そうだろう？　気になるのは、そんな明らかな証拠群を前にして、どうして西陣署の刑事連中は強盗の仕業だって判断を下したのかだ。鯉城は現場に手は附けなかったんでしょ」

「金森だ。流石に欣二の屍体には手を附けなかったそうだが、硝子の破片や竈の燃え滓は、警察に通報した後で奴が手早く処理をしたらしい」

新聞に手を伸ばしかけたまま、露木は目を丸くした。

「本当に？」

「ああ、本人が自白した」

「理由は」

おれは肚に力を溜める。

「お前が考えている通りだ。金森も、智恵子と欣二の逢引現場に与一が出会して、二人を殺した後に自殺したと考えたんだ」

*

金森が事務所を訪れたのは、事件から一週間後のことだった。

元々五尺二寸程度しかない背は更に縮んだようで、皺の深いその髭面も憔悴しきっていた。

重々しい足取りでソファに腰を落ち着けた金森は、債権債務の整理は弁護士に任せていると断った上で、伏し目がちに要件は別にあると切り出した。

「書類を整理しておりましたら、久能の手帳にここの住所と貴方のお名前が御座いました。個人の出納帳には貴方に前払金をお支払いしたことも書いて御座いました」

おれが商業保険の外交員を騙ったことには気付いていないようだった。敢えて明かすことでもないだろう。おれは間違いないと頷いてみせた。

「久能社長からは或る依頼を頂戴していました」

「久能が亡くなりました現在、その依頼はどうなるのですか」

「ご遺族が望まれるようでしたら、その結果をお話しします。若しくはご遺族が許可された方ですかね。そうでない場合、関係書類は一定期日保管してから私の方で処分します。金森さんはお聞きになりたいのですか」

答えは無かった。前屈みに指を組んだまま、金森は応接卓を睨んでいる。おれも敢えて言葉は重ねず、煙草を咥えて燐寸を擦った。

窓の外は師走の昼下がりだった。透き通った冬の陽が、粉塵に塗れた窓硝子越しに静々と差し込んでいた。

金森は顔を伏せたまま、長く溜めていたように息を吐き出した。

「何も聞きたないですわ」

おれは煙草の灰を落とし、禿げ上がった金森の頭部を見詰める。

「事情はご存知なんですか」

金森は力無く首を横に振る。おれは少し考え、攻め手を変えることにした。

「新聞を読みました。御三方のご遺体は貴方が発見されたそうですね。より善での慰安会からそのまま戻られたのでしょう？　他の職人さんたちも一緒だったんですか」

答えは無い。覗き見た金森は、貝のように固く口を閉ざしている。おれは何気ない口調のまま続けた。

「これはここだけの話ですが、西陣署の捜査陣は強盗殺人だという当初の見解を再検討しているらしいですよ」

金森の目が動いた。おれは小さく頷いてみせる。

「私は元々警察部に勤めていましてね。その辺りの情報は今でも知ることが出来るんです」

「そんなことはどうでもええ。なんで警察は、あれが強盗やないって」

「一階の竈の奥から、盗まれた筈の紙幣や有価証券の燃え滓が見つかったそうです。それに、犯人が侵入に使ったと思われる社長室の窓の外の地面からは、微量ですが窓硝子の破片が見つかりました。外から押し入ったのなら、窓硝子の破片は室内に落ちていないと可怪しいでしょう」

勿論、再検討などというのは嘘だった。しかし、そうと知らない金森の顔は見る見る内に蒼褪めていった。

「金森さん、あれは貴方が処分したんですか」

「あれって何のことです」

「いま云った証拠の数々ですよ。警察が現場を検める以前に無くなっていたから、強盗殺人なんて結論に至ってしまったんだ。違いますか」

「な、何をゆうたはるのか、儂《わし》にはよう分かりません」

「私の方でも色々と調べたんです。他にも分かったことはありますよ。例えばより善での慰労会の最中、糸久の顧問弁護士である鮭川氏の部下を名乗る者から与一氏宛に電話があったでしょう。ただ、与一氏は既に店を出た後だったので、代わりに貴方が出た。だが後で確認したところ、鮭川弁護士はそんな電話は誰にも掛けさせてはいなかった」

金森は横面を張られたような顔になった。おれはたっぷりと時間をかけて、短くなった煙草を最後にひと喫いした。

「これでも探偵稼業を長くやっていますからね。色々と調べる伝手《つて》はあるんです。あれは、外から押し入った強盗の仕業だと思わせるための工作だった。しかし犯人は余程慌てていたのか、その処理は随分と杜撰でした。金森さん、貴方は現場を見た際、瞬時にその者の思惑を理解した。だから仕上げをした。違いますか」

金森は顔を歪め、厚い唇の隙間から呻き声を漏らした。

「……儂の他にも店に戻った者はおりますが、あいつらは関係ありません。全部儂が独りでやったことです」

灰皿に吸殻を棄ててから、卓上の煙草入れを金森に向けて開けた。金森は一本摘まみ取り、震える指で燐寸を擦った。

「あの晩のことを、詳しく教えて貰えますか。そもそも何の慰労会だったんです」

金森は暫くの間躊躇っていたが、やがて肚を括ったのか、堰を切ったように語り始めた。

「大倉《おおくら》ゆう室町問屋はんに頼まれてた大物の納品が終わりましたさかい、そのお祝いと職人たちへの労《ねぎら》いを兼ねて馴染みの店に行ったんです。本当やったら奥様もお越しになる筈やったんですけど、風邪ひかはって熱もありましたさかい、独りで店に残られたんです」

「店を出たのは」

「七時頃やったと思います。職人たちは各々店に向かいました。最後に出たんが社長と儂です。工場の戸締りを確認したら、丁度帳簿の整理が終わったとこや云わはって一緒に出たんです。店出る前には、二階に上がって奥様にもご挨拶しました。与一はん、本当は残って奥様の看病やらしたかったみたいですけど、奥様が構《かめ》へんから云わはって。社長が行かな始まらへんのやからと」

「出る時に正面の鍵は閉めましたか」

「当然です。窓も勝手口も全部儂が見て廻りました」

おれは手を伸ばし、新しい紙巻を取り上げた。

「一階西側の染糸を量る座敷の窓は、閂が壊れていませんでしたか」

「少し前から捩子《ねじ》が莫迦になってましてて。早う直さないかんとは思うてたんですが。でも、ようご存知ですね」

「以前に与一氏から伺ったんですよ。失礼、話が逸れました。ところで、その慰安会に欣二氏は参加されなかったんですか。新聞には出張先の綾部から店に戻ったと出ていましたが」

それはと云った切り、金森は目を泳がせていた。煙草を摘まんだ分厚い手は、小刻みに顫えていた。

「皆さんが慰労会のために店を出て行かれ、智恵子さんは独りで残られた。そこに欣二氏が帰ってきた。こういうことですか」

金森はああと呻き、両手で顔を覆った。煙草の先からは、白い灰が音も無く崩れ落ちた。

「儂は先々代の美代吉はん、それに先代の芳夫《よしお》はんの頃から勤めさせて貰《もろ》てるんです。それなのにこんな、もう二人に合わせる顔があらへん」

「落ち着いて下さい。どういう意味なんですか」

「あ、あの日、欣二はんは綾部の卸に商談に行かはって、晩の列車で京都に戻って来《き》やはることになってました。それで、若し間に合うようやったら慰労会にも顔を出すと。ただ荷物が多いさかい、一度店に寄ってから来るって云うたはりました。与一はんと儂が店に着いて、乾杯も終わって皆んなで料理突《つつ》いてる時に、職人の一人が何気なくそれを云うたんです。そしたら与一はんが顔色変えはって、急に座敷から出ていかはって」

「それは矢張り、智恵子さんと欣二さんの仲を」

節くれだった金森の指の合間から、ああともううともとれる唸り声が漏れた。

智恵子が独りで横臥する店に、欣二が向かう。嫉妬の焔に胸を焦がし続ける与一の顔が、おれの脳裏にはありありと浮かんでいた。

「智恵子さんと欣二氏の仲は、本当に与一氏が考えているようなものだったのですか」

「分かりません。儂は何も知らんのです」

金森は激しく首を横に振った。

「慌てて追いかけたら、与一はんが店に電話を入れたはる所でした。せやけど誰も出やはらへんかったみたいで、一寸様子を見てくる云わはったんです。矢っ張り智恵子が心配やから云うて。その顔を見たら、儂はもうよう止めませんでした。止めたかてもう聞く耳持たはらへんのですから、仕方なかったんです。せやけど、せやけど若し儂があそこで止めてたら、行ったあかんて云うてたら、奥様も欣二はんも、それに与一はんもこんなことには」

ああっと呻きながら、金森は頭を抱えた。

「智恵子さんと欣二氏を殺したのは、与一氏なんですね」

嗚咽を漏らす金森の口から否定の言葉が出ることは、遂になかった。

*

「それも可怪しいね」

おれが語り終えるや否や、露木はきっぱりとそう云い切った。

「……何が可怪しいんだ」

「全部だよ。与一が急ぎ店に戻った時、そこには智恵子と欣二がいた。二人が何をしていたのかは知らないけど、兎に角、その場面は与一が激昂するには十分なものだった。逆上した与一は、その手で二人を殺害した。だけど、直ぐ自責の念に駆られて自ら命を絶った。鯉城はこう云いたいのかい」

黙って頷くおれに、露木はゆるゆると首を横に振った。

「強盗の仕業に見せかける積もりなら、与一はなんで自殺したんだ。逆に、罪を恐れて自殺したのなら、態々《わざわざ》強盗の存在を創り上げる必要はなかった筈だろう？　だって、どっちみちもう死ぬ訳なんだから」

「与一は、糸久の主人として遺る店のことを考えたんだ。現社長が弟の専務を殺したとするよりも、強盗に襲われたとした方が醜聞《スキャンダラス》的じゃないだろう」

露木は目を瞠《みは》り、まじまじとおれの顔を見詰めた。

「鯉城は、本当にそれで納得したの」

「当たり前だ。与一が欣二と智恵子を殺したんだ」

「なら、どうして二人で殺害方法が違うんだい？　智恵子は扼殺された。でも欣二は、大きな羅紗切り鋏で脇腹を刺されている。二人とも与一が殺したのなら、方法が違うのは可怪しいんじゃない」

「それは、偶々そうなったんだ」

「与一と欣二の殺害に使われた鋏は、本来なら一階の作業部屋にある物だったね？　与一が犯人だとしたら、智恵子と欣二の姿を二階に認めてから一階まで取りに戻ったって云うのかい。そりゃ一寸考えられないぜ」

「一階で欣二と云い合いになって、与一は鋏を摑んだ。それで欣二が二階まで逃げたんだ」

「だったら、猶更智恵子だけ扼殺だった理由が分からない。可怪しな点は他にもある。欣二の屍体が動かされていたってことだ。その場に血の跡がない訳だから、当然動かされたのは欣二が絶命してから暫く経った後ってことになる」

「そうだ。与一は一階に下りて強盗に見せかけるための工作をしていた。その間に屍体の血は乾いたんだ」

「そこだよ。強盗の仕業に見せかけるのが目的なら、どうして与一は血が乾いているのにも拘わらず屍体を動かしたんだ。疑わしい点だけ増えて、全く無駄な手間じゃないか」

それはと云った切り、おれには続ける言葉が見つけられない。

気付けば喉はからからに乾き、舌も下顎に引っ付いたようで上手く喋れなかった。露木は談話椅子の肘掛に頰杖を突き、そんなおれの姿を黙って見詰めていた。

暖炉で大きく薪が弾けた。露木は手を伸ばし、グラスの底に残っていた溶けかけの氷欠を口に流し入れた。

氷を嚙み砕く音が幽かに聞こえる。白い咽喉を顫わして飲み下したのち、露木はゆっくりと口を開いた。

「与一が店に戻った時、欣二は既に死んでいたんだ」

意思に反して身体が顫えた。耳から入った露木の声が、細い腕と成っておれの心臓を思い切り摑んだようだった。

「なら、智恵子は」

「当然彼女もだ。与一が店に戻った時、智恵子と欣二は既に屍体となって二階の座敷に転がっていた。だから与一が動かした時、死体からはもう血が垂れなかったんだ」

「それは、どういう意味だ」

「心中だよ」

露木はあっさりとそう云ってのけた。

「智恵子と欣二は互いに愛し合い、道ならぬ仲にあった。決して与一の邪推なんかじゃなかったんだ」

「だが、現におれの目の前では」

「二人とも鯉城の尾行には気付いていて、その間だけは密会も止していたんだろう。そして、欣二は与一の策謀で満洲に行かされることになった。無理矢理引き離されるくらいならばと、二人で死出の旅に就いたんだ。先ず欣二が智恵子を絞め殺して、その後で自ら鋏を刺す。与一が店に到着したのは、二人が絶命した後だ。屍体と出会した与一は、それらが強盗の仕業であるかのような工作をしてから、欣二と同じ鋏を使って自分を刺した。これがあの夜の真実だよ」

莫迦を云うなとおれは怒鳴った。怒鳴らずにはいられなかった。

「そんな、だったらどうして与一は死んだんだ。自殺する必要も、強盗に見せかける必要だってないじゃないか」

「そうだね。本当は死ぬ必要なんて無かったんだ」

露木は腕を組み、ほうと天井に息を吹き上げた。

「だけど、与一にはもうその道しか残っていなかったんだろう。与一が本当に愛しているのは智恵子じゃなかった――いや、勿論智恵子のことも愛していたさ。彼なりに、下にも置かない心遣いで慈しんでいたんだろう。ただ、そんな与一が一番愛していたのは、最も大切に思っていたのは、そんな風に妻のことを大事に見守っている彼自身だった」

返す言葉の無いおれに、露木は諭すような口吻でこう続けた。

「僕がそれを思ったのは、与一が酔っ払いを半殺しにしたって話が切欠《きっかけ》だった。初めは、愛する妻を侮辱されたから怒ったんだろうと思ったけど、別の捉え方だって出来る。例えば鯉城、若し智恵子と一緒に歩いているのが君みたいな厳つい人相の大男だったとしたら？　断言してもいいけど、その酔っ払いは絶対に卑猥な言葉なんか口にしなかった筈だ。君を怒らせるのが怖くてね。与一もそう考えたんだよ。男の自分が隣にいるのにも拘わらず、そいつは智恵子に淫らな言葉を浴びせた。つまり、与一は全くその存在を無視されたんだ。だからこそ、彼は激怒したんだ。与一の性格をそう考えると、話だってまた変わってくる」

おれもそうだと考えた――否、それこそ、三人の屍体に出会した時点で真っ先に思いつき、今に至るまで胸の裡で燻り続けた推理だった。

首を絞められた智恵子の屍体と、その脇で脇腹から血を流す欣二の屍体。

そんな惨状を目の当たりにして、与一は直ぐに何が起きたのかを理解したことだろう。

智恵子の屍体は、寝間着や髪が酷く乱れていた。おれは当初、あれは首を絞められた智恵子が必死に抵抗した痕だと考えた。

しかし、そうだとすると引っ掛かる点が出て来る。あそこまで激しく暴れたのならば、どうして屍体の肌には痣などのそれらしき痕が無かったのか――若しや、智恵子は抵抗しなかったのではないいか。

為されるがまま扼殺されたのならば、それは即ち智恵子自ら死を諾《うべな》っていたということになる。与一が目の当たりにした元々の屍体には乱れた様子も無く、整然と並んで、より鮮明に心中の二文字を表わしていたのではないか。

与一はそんな事実を到底受け容れられず、後から屍体の衣服と髪を乱した。後から見た人に、智恵子は襲われたのだと思わせるため、また、自分自身でもそう信じ込むために。

心中の事実が世間に漏れた時のことを考えただけで、与一は全身の血が滾《たぎ》ったことだろう。恥辱と憎悪と絶望。それは、与一に血塗れの大鋏を摑ませるには十分過ぎる動機だった。

いや、それだけではない。二人が死を選ぶまでに愛し合っていた事実を抱えて生き永らえることなど、与一には到底出来なかったのだ。

だから与一は死ぬことにした。智恵子と欣二の間に自分の屍体も並べることで、与一は心中の事実を隠し、全てが強盗の仕業に因るものだと見せかけようとしたのである。そのため金庫を開けて紙幣を燃やし、窓硝子を破った。当時の与一の精神状態を思えば、偽装の杜撰さにも納得が出来る。

「本当は分かっていたんだろう」

躊躇い勝ちな露木の声が、おれの連想を破った。

おれは最後まで迷ってから、最後には小さく顎を引いた。

「現場を見た時点でな。だからこそ、違うと思いたかったんだ」

「それは、どうして」

「おれは現場を見て、直ぐに与一の考えをなぞることが出来たんだ。それはつまり、おれが奴と同じ考え方をしているってことになるじゃないか」

ネクタイを緩め、だからなと溜息を吐く。

「おれは、久能与一みたいな夫だったのかなって思っちまったんだよ」

鏡面が罅《ひび》割れるように、露木の顔が大きく歪んだ。

「それは違うよ。鯉城は弓枝《ゆみえ》さんに、そんな」

亡き妻の名前を口にして、露木は絶句した。

肚の底が一気に重たくなる。

済まないという言が口を突いて出た。誰に向けたものなのかは、おれ自身分からない。

茫とした視界のなかで、赤々と燃える薪が火の粉を上げて崩れた。

露木は、それ以上何も云わなかった。

第四話　いとしい人へ

六回読み返しても、本の内容は全く頭に入って来なかった。

その都度頁の初めに戻るのだけれど、文字列の上で目線が滑り続けていることは自分でも分かっていた。

諦めて本を閉じ、僕は立ち上がった。

「御着替えになりますか」

部屋の隅から溝呂木《みぞろぎ》の声が掛かった。僕は両腕を広げて自分の衣装を検めた。ズボンはこのままでも良いとして、シャツの袖ぐりに寄った皺が気になった。

「上だけ替えようかな、あ、でも」

僕は少し考えてから首を横に振った。気負って良い恰好をしたと鯉城《りじょう》に思われるのも、何だか恥ずかしかった。

「蛇のネクタイだけ持って来て。ほら、緑の繻子《しゅす》に赤い糸で繡《ぬい》がしてあるやつ」

畏まりましたと頭を下げて、溝呂木は足早に退出した。

左右の袖を伸ばしながら窓辺に寄る。

カーテンを片側だけ開けてみると、窓硝子は白く曇っていた。目を凝らしても、外の様子は窺えそうにない。

指先で曇りを拭う。人差し指はひやりと冷たく、厭な具合に濡れた。浮かび上がった黒い九十九《つづら》折《おり》からは、一拍遅れてつぅと雫が伝った。

雪は降っていなかった。それに、思ったよりも明るい。どうやら月が出ているようだ。

外に出てみたくなった。

そんな僕の気持ちを予め読んでいたのか、戻った溝呂木の手にはネクタイの他、毛皮外套《シューバ》と露西亜《ロシア》帽もあった。

「いいね、丁度外に出たかったんだ。ネクタイは後で結ぶよ」

溝呂木は小さく頷き、外套を広げて僕の後ろに立った。

「鯉城様がお元気になられたようで、何よりでした」

僕に袖を通させながら、溝呂木が口を開いた。

「そう思う？」

「はい。いつもの鯉城様だったかと」

そうかなと呟きながら、僕はつい十分ほど前、一ヶ月ぶりに聞いた受話器越しの鯉城の声を思い出していた。

鯉城は手短に無沙汰を詫びた上で、これから十二月分の月次決算書を持って行っても構わないかと切り出した。僕は、勿論構わないと答えた。鯉城に引き合わせたい依頼も幾つか来ていたが、そんなことよりも、鯉城の方から連絡をくれたことが嬉しかったのだ。

電話の向こうの鯉城の声は、以前と変わらないようにも感じられた——が、矢張り違った。僕には分かるのだ。あれは、心の奥底で未だ久能《くのう》の件を引き摺っている声だった。

自ずと溜息が漏れる。前に廻って襟元を合わせていた溝呂木が、驚いたように顔を上げた。僕はううんと首を横に振った。

「でも、鯉城は強い男だから。直ぐ元通りになるさ」

声に出してそう云ってみた。左様で御座いますと、溝呂木は忍びやかに答えた。

スリッパ履きのまま、隣接するサンルームに出る。板敷の間には、月明かりが静々と降り注いでいた。

厚い断熱硝子に濾過された月影は、光ばかりで色が無い。僕は羊毛靴に履き替え、溝呂木が開けた硝子戸から外に出た。

小寒の夜気は無数の針になって、忽《たちま》ち露出した肌を刺した。息をする度に喉も凍ってしまいそうで、僕は思わず襟元に口を埋めた。

薄い雲を纏った真白い月は、東の空を青白く薄めていた。僕は石敷きの路《みち》を進み、縷々《るる》と小川の流れ込む池泉の洲浜に立った。

静かだった。

風も無く、耳に届くのは冷え冷えとした細流《せせらぎ》の音だけ。青から黒に移ろう夜空を前に、僕は何だか、水底に立っているような気持ちになってきた。

少しずつ寒さに慣れている気持ちがした。顎を上げ、ほうと息を吐く。真白い吐息は少しだけ漂ってから、夜のなかに溶け込んでいく。何だか、魂を少しずつ吐き出しているようだった。

「宜しいでしょうか」

躊躇《ためら》い勝ちな溝呂木の声が後ろに聞こえた。

「鯉城様からお電話が御座いました少し前に、東京の本家より電報が届きました」

「父さんから？」

「はい。お仕事の関係で、三月の初頭に種臣《たねおみ》様がご来洛されるとのことで御座います。つきましては、是非可留良《かるら》様ともお食事をご一緒されたいと」

厭だよと、僕は言下に溝呂木を遮った。

「そんな気分じゃない。近付いたら、体調を崩してるって返しておいて。厄介な風邪だって云えば、ここにも来ないだろうから」

「畏まりました。そのようにお伝えします」

「会わないとお前が困る？」

いえと溝呂木は顔を伏せた。

「私は可留良様にお仕えする身ですので」

不意に、絹を裂くような叫び声が黒い森影から響いた。

顔を向けると、一抹の影が夜空に躍り出るのが見えた。黒い葉叢を揺らすのは、大きく羽根を広げた鳥の姿だった。

利那、僕の脳裏を、灼々と燃える巨鳥の姿が過《よぎ》った。息を呑む僕の目線の先で、黒い鳥は悠々と山の端へ飛び去った。

不意に顫《ふる》えが込み上げてきた。

寒いねと呟き、僕はそちらに背を向ける。溝呂木は黙って従った。

屋敷に戻る途中で、久しぶりに声に出して自分の名前を呼んでみた。

——露木可留良。

白い息と成ったその名は、未練がましく漂ってから虚空に消えていった。

矢っ張り僕は、この名前が嫌いだった。

＊

可留良という奇天烈な僕の名前は、仏教に於ける護法神、迦楼羅《かるら》天に由来する。父、露木種臣が、僕の名前を天竜八部衆の一尊に縁《よ》ったのは、長らく身を捧ぐ灯明知叡会《とうみょうちえいかい》の影響が大きかった。焔《ほむら》を神聖視する同会にあっては、金の焔を吐き煩悩の毒蛇を喰らう迦楼羅天が正一位の存在であったのだ。

灯明知叡会は明治の中頃に東京で誕生した、密教系の新宗教だった。

発足数年目にして、当時から新進気鋭の、しかし理想と現実の差異に懊悩する貴族院議員であった父を虜にしただけはあり、有象無象の新宗教界に於いても他団体とは一線を画していたようである。

尤も、どれだけ着飾ってみても所詮は淫祀邪教。善の象徴として焔を尊ぶ所などは拝火教《ゾロアスター》を思い出させるが、教祖は一切の関わり無しと嘯《うそぶ》いているようで、肝心要の教義や行法なども矢張り伝統宗教からの寄せ集めに過ぎなかった。

灯明知叡会では、護摩行を唯一無二の修法と定めている。

宗徒たちは狭い堂宇のなかで天井まで届くような護摩を焚き、導師に倣って一心不乱にその火焔を拝む。滴る汗も蒸発する高温と密閉空間が故の酸欠により忘我法悦の境地に至った彼ら彼女らは、互いの法衣を剝ぎ取り、狂乱のままに交わり合う。

熱心な宗徒であった若かりし父は教えに従い、皮膚をも焼くような護摩壇の前で数多の女を律儀に犯し続けた。

その結果、自然な成り行きとして父の相手を務めることの多かった同会女官の腹に一子が宿る。

――そして生まれたのが僕だった。

未だ世嗣《よつぎ》に恵まれなかった父は大いに喜び、迦楼羅天からの授かり物に相違ないと、僕にこんな名を付けたという訳である。

父はその女官、つまり母を大層可愛がり、僕と共に千駄ヶ谷の本邸へ迎え入れようとした。

しかし、周囲の反撥は父の想像以上に激しかった。

幾ら待望の男児とはいえ、どこの馬の骨とも知れない端女《はしため》の子が露木の姓を名乗ることに、父の両親をはじめとした本家の親族たちは激しい拒否反応を示した。天正年間より長らく羽林《うりん》の家格《かかく》を誇る露木の血筋に卑しい女の血が混ざることなど、彼ら彼女らにとってはあり得べからざることだったのだ。母と僕の処遇は、その後一年近く宙に浮いた形で棄て置かれることとなる。

自宅へ招き入れることこそ諦めたものの、父はその間も母との逢瀬を重ねていた。一方の母も、決してそれ以上の立場を望んでいる訳ではなかったようだ。飽くまで、その当時は。

そして事態は急変する。本家で父の正妻が子を孕み、それから一年と四ヶ月後になる明治二十三年の年の瀬、今度こそ露木家に待望の嫡嗣《ちゃくし》が誕生したのである。

母は元より、これで僕も完全にお払い箱となった。それどころか、露木家にあって年長の男児たる僕は、嫡嗣たる——名前も知らない——異母弟を脅かす存在に相違無かった。

本家の意を汲んだ魔手が僕たちに及ぶことを危惧した父は、信用のおける使用人を遣って、密かに僕たちを京へ送り出した。

母と僕に用意された隠れ家は、京都市内の高倉《たかくら》通に面した丸屋町《まるやちょう》の仕舞屋《しもたや》だった。元は呉服の問屋だったらしく、玄関土間から奥の坪庭まで八畳ばかりの座敷が四つも並ぶという独特の造りをしていた。因みに、家の用意から女中の手配までを担った同行の使用人というのが、当時は未だ二十代半ばの溝呂木だった。

入洛し丸屋町の家に落ち着いたその晩、僕は高熱を出して人事不省に陥った。よく覚えてはいないが、元々蒲柳《ほりゅう》の質だったことに加え、寒風吹き荒ぶなかでの強行軍と目紛《めまぐ》るしい環境の変化から、遂に気力が尽きたのだろう。

医者も匙を投げ、僕の意識は三日三晩戻らなかった。溝呂木が不眠不休で看病に努める一方、母は本家から飛ばされた呪詛だと悲憤し、坊主や祈禱師、それに陰陽師を名乗る怪しい連中を連れ込んで僕の枕元で祈禱を続けさせた。

その何れ《いず》が効いたのかは分からないが、四日目にして僕は漸く目を覚ました。五日目には何とか自力で起き上がれるまでに回復したものの、病み患いの傷痕は想像以上に深かった。

四十度を超す高熱は柔《やわ》かった五臓六腑をすっかり害し、免疫力まで滅茶苦茶にしていった。消化管の炎症も長らく治まらず、僕は微熱のなかで水を飲んでは吐き、粥を食《は》んでは吐くことを繰り返していた。痩せぎすの身体からは更に肉が落ちて、その頃の僕は輸液と薬剤に依って辛うじて命を繋いでいるだけの状態だった。

僕たちの京都での生活は、そのような暗色の慌ただしさの裡に始まった。

丸屋町の家には母と僕、そして溝呂木が住まい、おこうという寡黙な女中が近所から通っていた。対外的な雑務と僕の看病は溝呂木が、家事の一切はおこうが担い、母は断続的に灯明知叡会の京都支部を訪ねる以外は、日がな一日家に籠って、無為に過ごしていた。

緩やかな曲線を描くように快方に向かった僕だったが、一寸《ちょっと》したことで体調を崩す虚弱の癖を身体が覚え、その後も殆ど病臥しているような有様だった。尤も、実際の所は体調の善し悪しに拘わらず、僕はこの家から出ることを固く禁じられていた。後々知ったことだが、父と親族の間で、僕たちを見逃す交換条件としてそのような取決があったらしい。互いに干渉しないこと。僕には露木の姓を名乗らせること。お蔭で僕は、母が望むような灯明知叡会の護摩行には参加せずとも済んでいた。

いま思えば、そんな僕の身上と可留良という名前との奇妙な符合には、呆れるを通り越して得体の知れない畏怖すら感じてしまう。何のことはない、迦楼羅天は食吐《じきと》悲《ひ》苦鳥《くちょう》とも謳われるのだ。食べては吐くことを繰り返し、決して外に出ることの叶わない、悲しみと苦しみだけの痩せ細った鳥だと云われたら、確かに僕のことを指しているに相違無いのだから。

年端もいかない童が病床に釘付けにされては、当然出来ることも限られてくる。母が絵双紙を読み聞かせてくれることも稀だったので、暇を持て余した僕は溝呂木の部屋から百科事典や草双紙、それに洋書の類いを持ち出して、漫然と眺めていることが多くなった。

本の内容は多岐に亘り、そんな自習が良かったのか、四歳を過ぎる頃になると、僕は母と溝呂木の会話から自分が置かれている境遇というものを凡そ理解出来るようになった。

自分の傍には父親と呼ぶべき男性がいないこと。溝呂木は飽くまで使用人に過ぎないこと。普段は物静かな母が折に触れて嵐のように暴れ廻ること。今まで腑に落ちなかった事象の一つ一つが枠に嵌り、一枚の図画が完成したような気持ちだった。

哀しいと感じたことはなかった。自らの境遇を呪ったこともなかった。比較すべき他の家庭というものを知らない僕にとっては、そんな思いを抱きようもなかったのだ。

だが、母は違った。

かつては愛した筈の父や本家の人間を悪し様に罵って已《や》まず、折に触れては、僕こそが露木の正当な世継ぎであると溝呂木に嚙み付いていた。普段は物静かな母が、こと露木という苗字を耳にした途端、人が変わったように荒れ狂う姿を、僕は幾度となく目にした。

恐らくは灯明知叡会の伝手《つて》を頼りに入手したのだろう。気苦労や孤独を紛らわせるため、母は京に逃れた時分から阿片に手を出していた。夏の日も冬の日も薄い藍地の浴衣を開《はだ》け、濡れ縁の柱に凭れ掛かったまま、大きな洋燈《ランプ》の傍らで陶然と象牙のパイプを燻《くゆ》らせているその姿は、今でも鮮明に思い浮かべることが出来る。

溝呂木は当然止めさせようとした。しかし、母はそんな溝呂木を露木の手先と面罵し、殴り、引っ掻き、物を投げつけてまで抗った。溝呂木は身体中を生傷と痣だらけにしながら、それでも母の手からパイプを取り上げ続けた。

母に向けられた溝呂木の眼差しには、いつも淡い色が滲んでいた。溝呂木を突き動かすものが父に対する忠誠心だけでないということは、幼い僕にも分かっていた。罅《ひび》の入った甕に水を汲み続けることは決して容易ではない。それでも溝呂木は、黙々と自らに課した責務を果たしていた。

僕は、そんな母の悪習など当然理解していなかった。

兎角隔てようとする溝呂木に反撥して、僕はよく母の座敷に忍び込んだ。甘ったるい匂いを纏う母は、物憂げな顔のまま僕の頭を撫でて呉れた。

しかし、黒い毒の蜜が母の脳を溶かし終える迄に、そう時は掛からなかった。

あれはいつのことだったか。

昼餉に食べた饂飩《うどん》の出汁香が口のなかに残っていたので、昼下がりだった筈だ。暑くも寒くもなく、四角く切り取られた坪庭の空は、灰を敷き詰めたような雲に覆われていた。

いつものように座敷で絵双紙を開いていると、急に寝間着の襟を摑まれて引き倒された。母だった。

何が起きたのか分からない僕に、母は馬乗りになった。その細い右手には、一本の短刀が握られていた。

畳に打ちつけた後頭部が、今になって痛み始めていた。僕は言葉を失くしたまま、冴え冴えとした切っ先と母の顔の双方を見詰めた。

息を呑んだのは、刃物を恐れてだけではない。普段は虚ろな母の双眸に、今は正気の光が灯っていたからだった。

その時僕は、初めて母の顔を正面から見たような気がした。記憶のなかの母は俯きがちで、長い黒髪が常にその半貌を覆い隠していたのだ。

美しい顔だった。

黒目の大きい、図鑑でしか見たことのない虎のように怪しく険しい瞳は、真っ直ぐに僕を見据えている。揺らぎのない鼻梁の先で結ばれた唇は、昏い顔にあって血を擦《なす》ったように紅い。何の粧《よそお》いもされていないからこそ蠟のように滑々《すべすべ》とした白い肌の下には、青く細い血管が幾つも透けて見えていた。黒く艶やかな髪は真っ直ぐ垂れ、喉元に触れた毛先はひやりと冷たかった。

脇腹を押さえる腿に力が籠もる。

母は躊躇うことなく、僕の顔面に短刀を振り下ろした。

思わず目を瞑る。

畳が微かに揺れた——が、痛みは無い。恐々と目を開くと、首の直ぐ傍に短刀が突き立てられていた。

暫くの間、僕たちは黙って見詰め合っていた。

風に吹かれたように、母が小さく笑った。柄を握り締めたまま、もう片方の手で僕の頬をそっと包み込んだ。柔らかい掌は、火鉢に翳した後のように熱かった。

「お前は大事な子だ」

母は、噛んで含めるように云った。それは、自分自身に云い聞かせているようでもあった。

慈しむような掌がゆっくりと頭の下に移動し、母はそのまま僕を抱きしめた。甘い薫りが鼻腔いっぱいに充満する。布越しに触れた母の身体は熱く、濡れ砂で固めたように脆く感じられた。

「だから、あいつが死ぬまでは元気でいるんだよ」

耳元でそう囁いて、母は顔を上げた。

ふと、柔らかい物が額に触れた。

それが唇だったと分かった時、母はいつものような昏い眼差しで、開かれた襖からふらふらと出て行く所だった。

肚の底を、冷たい風が吹き抜けていった。

母にとって僕は、露木可留良は、本家に報いるための手段でしかなかったのだ。

嫡嗣たる異母弟の身に何かあった場合、露木の名を継ぐのは僕を措《お》いて他に無い。その状態で僕の命を絶てば、母はこれ以上ない形で露木の名に復讐することが叶う。

母が僕を愛しんでくれたのは、労《いたわ》ってくれたのは、代えの利かない報復の道具だったからなのだろうか。

僕は無性に哀しくなった。

病魔に冒されるのが先か。それとも、母の手でこの喉笛を切り裂かれるのが先か。その頃から、僕の傍らには常に黒い死の影が佇むようになった。

鯉城と出会ったのは、丁度そんな時分だった。

祇園祭の宵山も盛りの頃、七月中旬の夕刻だったと記憶している。

その日、溝呂木はいよいよ自力では立ち上がることすらままならなくなった母を伴って、朝方から家を空けていた。おこうも僕を風呂に入れた後で、僕の夕餉だけを用意してさっさと帰ってしまった。

湯上りの僕は濡れ縁の柱に凭《もた》れ掛かり、火照った身体を冷ましていた。狭い坪庭の空では、棚引く雲が薄紫に染まっていた。

ここ数日の新聞から、大きな祭りが催されていることは知っていた。遠く聞こえる表の喧騒は、確かに宵闇の空気を常になく震わせていた。時折の夕風に吹かれながら、僕は外の世界というものをぼんやりと感じていた。

不意に、片隅に植わった芭蕉の葉が騒々《ざわざわ》と揺れた。

目線を向けた途端、葉陰から小さな人影が躍り出た。格子柄の着物に兵児帯を締めた、大柄な少年だった。

当たり前だが、初めて見る顔だった。裾から覗く両脚が、栗のように艶々と光っていたことを覚えている。黒く日に焼けた顔のなかで、大きく見開かれた双眸がこちらを見詰めていた。

蛇に睨まれた蛙のように、僕は動くことが出来なかった。母に引き倒された時もそうだったが、本当に驚いた時というのは声の一つも上げられないものなのだ。

だが、言葉を失っているのは相手も同じようだった。僕と彼は二間程離れたまま、言葉も無く睨み合っていた。

どれほどそうしていただろう。不意に少年が腕を組み、はあっと大きく息を吐いた。

口から心臓が跳び出そうになった。動物的な本能か、考えるより先に身体が動き、僕は後退《あとずさ》りしていた。

おいと彼が云った。

「お前、名前は何てゆうんや」

唇が震えるばかりで、何とも答えることが出来なかった。彼はそんな僕の仕草を勘違いしたのか、済まなそうに頭を掻いた。

「ああ、確かに先に名乗るのが礼儀か。おれは鯉城武史《りじょうたけし》。鯉《こい》の城《しろ》でりじょうや。よろしくな」

こいのしろと僕は繰り返した。初めに浮かんだのは、恋《こい》の城という文字列だった。しかし、それではりじょうでなくれんじょうになってしまう。一拍遅れて、僕は鯉の城なのだと理解した。

「なかなかかっこええ名前やろ」

僕がそんなことを考えている間に、彼――鯉城は坪庭を横切って、直ぐ傍にまで来ていた。強気の笑みを浮かべていた鯉城が、不意にじろじろと僕の顔を見詰め始めた。胡桃《くるみ》色に焼けた鯉城の顔が迫り、僕は再び身を引いた。

なあお前と鯉城は低い声で云った。

「よう見たらがりがりやないか。ちゃんと飯は食うてるのか？」

玄関の戸が開く音がした。

鯉城の耳にもそれが届いたのだろう。素早く身を翻らせると、そのまま芭蕉の葉陰に駆け込んだ。去り際に覗かせた眼差しは、どういう故か口惜しそうなものだった。

鯉城が見えなくなるのと入れ替わりに、廊下の奥から溝呂木が姿を現わした。

酷く草臥《くたび》れた顔をしていたが、僕の姿を認めると折り目正しく膝を突き、母が治療のため郊外の病院に入った旨を静かに告げた。溝呂木はその後も、母は決して大病などではなく、直ぐに快癒して戻ってくると言葉を重ねていた。

僕は半分も聞いていなかった。

鯉城の言葉が耳朶に残り、頭のなかで響き渡っていた。

不思議な感覚だった。

初対面にも拘わらず、彼は僕を気遣った。それが僕には信じられなかった。

鎖《とざ》された家のなかで、極《ご》く限られた人間とだけ関わって生きてきた当時の僕は、人というものを知らなかった。勿論溝呂木やおこうも、僕に対しては下にも置かない態度であることに間違いはないのだが、鯉城のそれは根本的に違うように感じられた。突然押し付けられた他人の情を持て余し、薄気味悪く思う一方で、胸の裡が痒いような気持ちも僕は確かに感じていた。

首を巡らせ、薄闇に溶け始めた芭蕉の影に目を向ける。

また会えるだろうかと、僕は思った。


母が嵯峨野の病院で息を引き取ったのは、それから五日後のことだった。

その夜、母は看護婦の目を盗んで病室から抜け出した。幾度退院を申し出ても許されなかったことが原因だったらしい。

母は門衛の隙を突いて外に出ると、病衣姿のまま、灯りも無い路を人里に向かって駆けた。

しかし、そんな母の逃避行を阻むように、京都は夜更《やこう》から激しい雷雨に見舞われた。幾ら夏の宵とはいえ、篠突くような雨は裸足で薄着の病人から容赦なく体温を奪った。それは重度の肺炎を招き、朝方、病院から一里の所で発見された母は既に虫の息だった。

幾度のカンフル注射も最早効果が無く、午前七時二分、僕たちに連絡をする間もくれずに、母は独りで彼岸に発った。

病院から連絡を受けた溝呂木は僕を起こし、噛んで含めるように母が死んだことを告げてから直ぐに出て行った。

僕は夢うつつのまま、母の座敷に向かった。

襖を開けると、目の前の空間からは仄かに甘い匂いが漂ってきた。本当に、少し前まで母がその場にいたようだった。

こうして気配は残っているのに、母はもういないと溝呂木は云う。それが僕には不思議だった。外では、小鳥の囀《さえず》りが平和に響いていた。

お母さんと声に出して呼んでみた。それでも涙は出なかった。

少しずつ体調も復してきた僕は、母の手で殺されるのだと思っていた。母の方が先に死ぬなんて、考えたことも無かった。到底食べきれない皿数の料理を饗されたように、僕はただ戸惑っていた。

夜も更けた頃、溝呂木が黙然と帰宅した。その傍らには、白布に包まれた桐の箱を携えていた。流石《さすが》に今日ばかりは居残っていたおこうと一緒に起きていた僕の前で、溝呂木は箱のなかから恭しく白磁の小壺を取り出した。それが母だった。

いま思えば、父からの指示があったのだろう。今日だけで十ぐらいは老けたように感じられる溝呂木は、畳に額を擦り付けて、母の死に顔を僕に見せられなかったことを詫びた。僕はうんとだけ答えた。

これは余談だが、それから数年が経ち、僕が父の云い付け通り古式床《ゆか》しい元服式を済ませた後で、母が死んだ時の状況を溝呂木が教えてくれた。

路傍の茂みに倒れた母の腕には、幾本もの白百合が抱きかかえられていた。またその手には、皺くちゃになった父の写真も一緒に握られていたそうである。付添の看護婦曰く、母はいつもその写真を枕元に置いていていたらしい。白百合は父が最も愛する花だったと、溝呂木は最後に付け足した。母が何処に行こうとしていたのかは分からない。それでも、僕はその話を聞いて少しだけ安堵した。

鯉城が再び僕の目の前に現れたのは、その翌日のことだった。

溝呂木は朝の早い内から出ており、おこうも夕餉の買い出しでいなかった。

僕は何もする気が起こらず、縁側に腰を下ろし、屋根の上の方から聞こえる蝉の声を聞き流していた。

芭蕉の枝葉が揺れた。

この前と同じようにそこから人影が現れた時、僕は反射的に立ち上がっていた。

藍地の甚平に下駄を突っ掛けた鯉城は、辺りを見廻してから僕の方に駆け寄った。

また来たのと、思わず訊いてしまった。

「おう、また来た」

白い歯を見せる鯉城に、僕は躊躇いながらどうしてと尋ねた。

「それなんやけどな」

鯉城は鼻の頭を掻いた。

「この前はお前、だいぶ具合悪そうやったし。それがどうも気になってな」

鯉城はそのまま、自分が斜向《はすむ》かいにある豆腐屋の子であることや、先日忍び込んだのは度胸試しであったこと、この芭蕉の裏の塀が乗り越え易いことなどを口早に説明した。

「お前も露木って云うんか」

「どうして知ってるの」

「そりゃお前、ここが露木伯爵のしょうたくやってゆうのは有名なんやぞ」

妾宅の意味など知らぬ顔のまま、鯉城は胸を張った。その様子が可笑しくて、思わず頬が緩んだ。

僕が名乗ると、鯉城は感心した口吻で強そうな名前やなと云った。

「具合は悪くないんか」

「うん、今日は大丈夫だと思う」

「そんならええけど」

鯉城は一寸困ったような顔で僕を一瞥して、じゃあなと小さく云った。

「もう帰るの」

「家の人に見つかったら拙いやろ。今日はいいひんのか？」

「うん。溝呂木ならお母さんのお墓を用意しに出てるよ。おこうも暫くは戻ってこないから」

鯉城の目が大きく見開かれた。

「亡くならはったんか」

「なにが？」

「お前のおっ母さん、亡くならはったん？」

そうだと答えると、鯉城は頬を叩かれたような顔になった。僕は、何か云ってはいけないことを云ってしまったのかと、急に不安になった。

鯉城は改まった顔で僕に向き直り、元気出せよと呟いた。

僕はすっかり面喰ってしまった。会ったこともない母の死に、鯉城がどうしてそんな顔をするのか、理解が出来なかった。

「また来るからな」

呆然となる僕にそう云い残して、鯉城は芭蕉の陰に消えた。

鯉城が僕の前に三度《みたび》現れた時、遂に溝呂木に見つかった。

座敷で本を読んでいると、庭の方から声がした。それが溝呂木の怒鳴り声だと知って、僕は外に跳び出した。

暮色に浸り始めた坪庭では、血相を変えた溝呂木が鯉城の襟首を摑んでいた。鯉城の着物が土埃で汚れている所を見ると、大分引き摺り廻された後のようだった。

僕は咄嗟に溝呂木の名を呼んだ。

声に出してから自分で驚いた。生まれて初めて出した程の大声だった。その声量に喉が堪え切れず、僕は二、三度咳き込んだ。

顔を上げると、愕然とした溝呂木と目が合った。僕はその目を見据えたまま、鯉城を離すよう命じた。

溝呂木は黙って手を離した。背中から地面に落ちた鯉城はくるりと廻って距離を取り、溝呂木を睨んでいた。

庭に跳び下り、裸足のまま二人に駆け寄る。胸は早鐘のように打っていた。

僕は何度も言葉に詰まりながら、彼は斜向かいにある豆腐屋の子であること、そして名は鯉城武史ということを溝呂木に告げた。口のなかはすっかり乾き、下顎に引っ付いた舌も自分の物ではないようだった。

「鯉城は僕の友だちなんだ」

言葉としてその思いを口に出した途端、鼻の奥がつんと痛くなり、急に何も見えなくなった。堰を切ったように涙が溢れてきた。

立ち尽くす溝呂木は僕と鯉城に頭を下げて、その場から立ち去った。鯉城は訳が分からないという顔で、遠ざかる溝呂木の背と、涙する僕の顔を交互に見ていた――いつだったか、この時の話を鯉城にした時、よくそんな細かい所まで覚えているなと呆れられた。

その時はそうだねと応じたが、僕からすれば覚えていて当たり前だった。僕にとってあの時の鯉城は、単色の日々に落ちた極彩色の雫のような物に相違なかったのだから。


鯉城はそれから週に一度の割合で、僕を訪ねてくれるようになった。勿論塀を乗り越える必要はなく、玄関から堂々と、である。

鯉城の存在は、僕のなかでどんどん大きくなっていった。

頻繁に会う相手には好意を抱き易くなるというだけではない。未だこの家から出ることの能《あた》わない僕にとって、鯉城は外の世界に開かれた唯一の窓口だった。

陽の差しこむ座敷で、僕たちは色々な話をした。学校の話、近所で起きた一寸した事件の話、最近食べて美味しかった物の話。専ら話すのは鯉城の方で、僕は全てが新鮮なその話に耳を傾けながら、要所で相槌を打つことぐらいしか出来なかった。

とても楽しかった。

鯉城からすれば何気ない雑談程度だったのかも知れないが、隣町の悪餓鬼連中との喧嘩や郊外の廃寺探検の話などは、僕にとって飛び切りの英雄譚だった。

僕が、謎を解くことに人生を捧げると決めたのも、そんな雑談が糸口だった。

僕たちが出会ってから二年は経っていただろう。秋の気配が、剃刀《かみそり》のような木枯らしに少しずつ削ぎ落されていく、そんな十月の暮れだった。

「なあ、幽霊っているると思うか」

溝呂木の買ってきた舶来双六で遊んでいる時、腹這いになった鯉城がふと顔を上げた。

「どうしたの急に」

「一寸気になることがあってな」

骰子《さいころ》を摘まみ上げながら、鯉城はぼそぼそと呟いた。小さく放られた骰子は乾いた音を立てて、五大陸の描かれた盤面上を転がっていった。

双六はロンドンを出発点として、東廻りに各国の主要都市を訪ねながらボストンを目指す物だった。舶来品ゆえに表記は全て英語だが、国や都市の名前ならば僕でもある程度は読むことが出来た。

ブリティッシュ海峡を越え、フランスを抜けてイベリア半島からアフリカ大陸に入った僕たちは、猛獣や盗賊の挿絵を横目に漸く地中海を渡った所だった。

三の目を出した鯉城は、旅人を象《かたど》った赤い駒を教会の尖塔と運河の描かれたチューリッヒまで進めた。

「これは何て読むんや?」

「チューリッヒ。スイスっていう国の大きな街だよ」

鯉城はふうんと呟くと、指先で顎を掻いて、ちらりと僕を見た。

「露木は幽霊とか見たことあるか」

「ないなあ」

僕は足を崩して、鯉城の近くにある骰子を摑んだ。

「でも、そうだな。幽霊か」

「なんだよ」

「いや、人は死んだらそれきりなんじゃないのかなって思って」

「どうして」

「だって、死んだ母さまは出て来てくれなかったんだもの」

骰子を振って、出た目は四だった。僕の青い駒は、鯉城を抜いてひと足早くプロイセン王国に入った。木組みの家々が建ち並ぶフランクフルトの升目に駒を置き、鯉城に骰子を差し出す。黙って骰子を受け取る鯉城の顔は、少しだけ不服そうだった。理由が理由だけに否定をし難いのだと気が付いて、僕は慌てて話を繫いだ。

「でも、どうして急に幽霊の話なんて」

「そりゃお前、見ちまったからだよ」

「幽霊を？」

「幽霊を」

指先で骰子を弄りつつ、鯉城は幽霊だぞと繰り返した。

「ミヨ松《まつ》婆さんが殺されたのは、お前も知ってるやろ」

「ああ、油屋町《あぶらやちょう》の」

二週間ほど前、三条柳馬場《さんじょうやなぎのばんば》を上がった油屋町の自宅で、金貸しを営む唐木《からき》ミヨ松という老婆が惨殺される事件があった。

新聞に依るとどうやら押し込み強盗の仕業らしく、今日に至るまで犯人は捕まっていない。油屋町は僕や鯉城の住まう丸屋町から三条通を二筋東に入った近所なので、事件が報じられたその日の内に溝呂木が玄関の鍵を頑丈な物に付け替えていたのは記憶にも新しい。

「じゃあ鯉城が見たっていうのは」

「婆さんの幽霊や、多分な」

骰子の目は六だった。鯉城の駒は東欧諸国を駆け抜けて、白亜のモスクが聳えるトルコに落ち着いた。

僕は手を鳴らし、隣の間にいた溝呂木にミヨ松殺しの記事が載っている新聞を持ってくるよう命じた。

「鯉城はミヨ松と親しかったの」

「そういう訳でもないんやけどな。でも、婆さんの家にはおれが毎晩豆腐を届けてたから」

「へえ、そうだったんだ」

新聞の束を抱えて、溝呂木が静々と入ってきた。

「昨日の分まで御座いますが」

溝呂木は語尾を濁しながら、僕の傍にそれを置いた。こちらを向いた眼差しには、不安そうな色が滲んでいた。何を思っているのかは理解出来たが、僕はありがとうとしか云わなかった。溝呂木は黙礼し、そのまま退出した。

小脇の盆に載ったグラスに手を伸ばす。氷の浮かんだ水で喉を潤しながら、僕は一番上に積まれた事件の一報を告げる新聞を開いた。

事件が発覚したのは十月十五日の午前。屍体を発見したのは、万津子《まつこ》というミヨ松の独り娘だった。

今年で四十五になる万津子は未だ独り身で、大宮《おおみや》の南門前町《みなみもんぜんちょう》に母と同じく金貸しの店舗を開いていた。二十年前、西南戦争の年に夫を亡くして以来長らく空閨《くうけい》を託《かこ》ってきた母を慮《おもんぱか》って、万津子は足繁く油屋町に通っていた。その日も、知人から贈られたという丹波の黒豆を手土産に母の許を訪れた所だった。

自宅兼店舗となるミヨ松の家は、柳馬場通から東に入った小さな路地の突き当りにあった。万津子が初めに異変を感じたのは、玄関の硝子戸に挟み込まれたままの新聞を見た時だった。時刻は既に十時を廻っていた。疾《と》うの昔に日は昇り、路地から出た往来には町衆たちの活気で満ち溢れている。そもそも、ミヨ松はお慶《けい》という年増の女中を雇い、住み込みで身の回りの世話をさせていた。

お慶は何をしているのかと憤った万津子の脳裏を、不意に発作の二文字が過《よぎ》った。来年で古希を迎えるミヨ松には、昨年から心臓肥大の気《け》があったのだ。

憤りは忽《たちま》ち不安に転じた。手を掛けた玄関には、鍵が掛かっていなかった。母の名を呼びながら駆け込んだ万津子は、果たして、奥の座敷で顔面と胸部を滅多刺しにされた血塗《ちまみ》れの屍体を発見したのだった。

新聞から顔を上げ、同じく冷水を含む鯉城に問うた。

「鯉城は、いつミヨ松の幽霊を見たの」

「事件がわかった前の晩やから、ええっと、十四日の夜かな」

顎に手を当てて虚空を睨んでいた鯉城は、慎重な様子でそう答えた。

僕は少し意外に感じた。被害者の霊と云うからには、てっきり事件以降の出来事だと思っていたからだ。僕がその意を告げると、鯉城はそこなんやと語調を強くした。

「夜の十時過ぎやってんけど、おれ、父さんから云われて苛性ソーダを買いに行ったんよ。釜とか豆腐包む布巾の汚れを落とすのに使うんやけどな。富小路《とみのこうじ》に弘田《ひろた》薬局って店があって、いつもそこに注文してんねんけど、その途中の柳馬場の辻で婆さんと出会《でくわ》したんや。こう腰を屈めてな」

鯉城は撥条《ばね》仕掛けの人形のように跳び起き、腰を屈めたまま僕の方に向いてみせた。

腰を屈めたままひょこひょこと歩いて見せる鯉城の姿を眺めながら、僕は頭のなかに近辺の地図を思い描いてみた。

僕たちの住まう丸屋町は高倉通に沿って、北を三条通、南を六角通に挟まれている。南北の通りは高倉通から東に堺町通、ミヨ松の家がある柳馬場通、そして弘田薬局のある富小路通だ。自宅を出て高倉通を上がった鯉城は、三条通を東に進み弘田薬局へ向かう。そしてその道中、柳馬場三条の辻で自宅から下がってきたと思しきミヨ松と遭遇したことになる。

「ミヨ松はどんな様子だったの?」

「確かに一寸変やったわ。今晩はって挨拶したんやけど何の返事もなくて、そのまま柳馬場をさっさと行かはってなあ。あの婆さん、挨拶には煩《うるさ》いんや。いつもやったら、立ち止まって頭を下げへんと叩《はた》かれるんやぞ？」

　鯉城はその時のことを思い出したように、少しだけ顔を顰《しか》めて見せた。

「その日はそれきりやってんけど、次の日の昼頃になって婆さんの屍体が家で見つかったんや。おれ吃驚《びっくり》してしもて、母さんにそのこと話したら、お巡りさんにも話した方がええって云われたから一緒に交番まで行ってん。せやけど、そしたらそりゃ見間違いやろって」

「どうして？」

「新聞に書いてへんか？　おれが婆さんの姿を見掛けたのは十時を少し廻った辺りやねんけど、婆さんが殺されたのは八時三十分頃らしいねや」

　僕はあっと叫んだ。慌てて捲った手元の新聞には、確かに、屍体の嵌めた腕時計が八時三十分で壊れていたという事実が記されていた。

　屍体は鋭利な刃物で顔面と胸部を二十回近く抉《えぐ》られていた。七畳の座敷は飛び散った血飛沫で、壁といい畳といい一面が蘇芳色《すおういろ》に染まっていたらしい。

　高利の金貸しであることに加え、筋者《すじもの》を使った情け容赦の無いミヨ松の取り立ては界隈でも有名だった。犯人は余程強い恨みを抱いていたのか、屍体の顔面は二目《ふため》と見られない程に破損され、肋骨も数ヶ所が折れている程だった。

　そんな惨状にも拘わらず屍体がミヨ松だと判明したのは、左肩にある痣について万津子が言及したからである。万津子の証言通り、血を拭った屍体の蒼白い肌には、確かに紅葉形の赤痣が浮かんでいた。

「成る程。だから幽霊を見たって云うんだね」

「そういうことや」

鯉城はごろりと再び寝転がった。

骰子を拾って盤面に放った。出た目は二。青い駒はウィーンに落ち着いた。

「お慶《けい》やったんと違《ちゃ》うかって訊かれたんよ、おれが見たのは」

鯉城は仰向けに寝転がったまま、不意にそう零した。

「お慶って、女中の？」

「新聞にも出てるやろ。お慶は事件の後でいなくなってんねや」

鯉城はぐるりと転がって、盤面越しに手元の新聞を覗き込んだ。

翌日の新聞を広げると、事件の第三報には、ミヨ松の世話をしていたお慶という六十歳の女中が、身近な荷物と共に行方知れずとなっている旨の記事が載っていた。

最近になって雇われたお慶には身寄りもおらず、六波羅池殿町《ろくはらいけどのちょう》の自宅を処分してミヨ松宅に移ったばかりだったらしい。万津子が屍体を発見した時からその姿は無く、何等《なんら》かの事情を知っているものと警察では懸命にその行方を追っているのだそうだ。

「このお慶ゆうんがまたおっかなくてな。前まではおみつさんって愛想のいい小母《おば》さんがいててんけど、何か粗相《そそう》でもしはったんか、最近になって変わってしもたんや。いつも不機嫌そうな顔でむっつり黙ってる厭な婆さんなんよ、このお慶は」

「よく似てるの、その二人は」

鯉城はのっそりと起き上がりながら、ううんと腕を組んだ。

「おれはそう思《おも》てないけど、お慶もミヨ松婆さんみたいに小柄で皺くちゃな梅干し婆さんやったから」

「他の人は何て云ってるの。ミヨ松とお慶は本当に似てるのかな」

「どやろなあ。ミヨ松婆さんももう歳やから、最近はもう滅多に表には出やはらへんねや。買い出しとかはお慶がしてはったし」

「じゃあ、鯉城はどうしてそれがミヨ松だって思ったの」

鯉城は首を傾げた。

「そう云われると何でなんやろな。ぱって見た時に、ああミヨ松婆さんやって思てんけど」

「荷物は？　それがお慶だったら、荷物を持っていた筈だよ」

「どうやったかな。風呂敷の包みは背負《せお》てたような気がする」

自分の言葉に自信が持てない様子の鯉城は、腕を組んだまま天井を睨んでいた。

そんな鯉城の姿を眺めながら、僕は静かな昂奮を感じていた。理由は簡単だ。これならば、僕でも鯉城の役に立てると思ったからである。

鯉城が僕に悩みごとを零す機会は、確かに今までも幾度かあった。ただ哀しい哉、それは全て外の世界の出来事であって、僕にはどうすることも出来なかった。

だけど、今回は違う。

鯉城を悩ますこの奇妙な事象を解決するために、ここから動く必要はない。動けない僕にも、道は残されているのだ。

逸る動悸を感じながら、僕は再び新聞記事に目を落とした。

屍体が見つかった客間だけでなく、隣接するミヨ松の私室も非道《ひど》く荒らされていたようだ。そして、屍体の傍らには蓋を抉《こ》じ開けられた空の手持ち金庫が転がっていた。万津子曰く、金庫は私室の戸棚に隠されていた物であり、現金や貴金属の一切が蔵されたそれは、そう容易く見破られる筈のない仕掛けであったらしい。

警察はそれらの事実から、ミヨ松の財産に目の眩んだお慶が強盗の手引きをしたのではないかという推論を立てていた。お慶単独犯の可能性を採っていないのは、創傷の具合が六十歳の老女の手によるものだとは思えないからだろう。

骰子に手を伸ばしながら、矢っ張り違うのかなと鯉城が漏らした。

「お慶は強盗を呼び込んで、ミヨ松婆さんを殺させた。それが八時三十分。それからお慶は自分の荷物を色々と纏めて、こっそり家を出た。それが十時頃。夜ゆうても当然顔は隠してたやろから、そんな逃げ出す途中のお慶の姿を見て、おれは婆さんだと勘違いした……」

放られた骰子は、緩やかな弧を描いて盤面に落ちた。僕は、肯定も否定もしなかった。鯉城が述べた推論には、引っ掛かる所があったからだ。

ミヨ松の財産が目的ならば、果たしてお慶は、共犯を恃《たの》むなどという自分の取り分が減るような真似をするだろうか。お慶はミヨ松の世話を全般的に任されていたのだ。食事に毒を混ぜることだって容易だっただろう。それは、お慶の単独犯だと考えても同じことだ。火事場の馬鹿力を発揮して滅多刺しなどしなくても、他に手の掛からない殺し方など五万《ごまん》とあった筈なのだ。

「あ、でもそう云えば、母さんたちが噂してるのを聞いてんけど、犯人は単なる強盗やないみたいやぞ」

「本当？」

出た目に従って駒をバグダードまで進めつつ、鯉城はやくざ者やと云った。

「おれもよく知らんねんけど、ミヨ松婆さんは株ゆうもんもやってはったみたいで、それで猿田組《さるだ》の恨みを買うたみたいなんや。猿田組って知ってるか？　七条の辺りを縄張りにするやくざ者やねんけど、ミヨ松婆さんはその株とやらで仰山《ぎょうさん》儲けて、そしたらそれを聞きつけた猿田組の幹部がお金は出すから代わりにやってみいひんかって婆さんに持ち掛けたんやて。せやけど」

「そこで大損を出しちゃった？」

そういうことやと鯉城は大きく頷いた。

「何でそんなことを鯉城のお母さんたちが知ってるの」

「前からお慶が云い触らしてたんやて。やくざ者が始末つけたんなら、屍体が滅多刺しなのも頷けるからなあ。せやからほら、ミヨ松婆さんの娘も行方知れずになってるんと違《ち》たっけ」

一番新しい新聞を捲ると、左下の記事には、確かに鯉城が云った通りの記事が載っていた。

一昨日の昼過ぎ、一寸用事が出来たと使用人に云ったきり、万津子は夜が更けても戻らなかった。事件のことがあったため万津子宅の女中が警察に届けた所、お慶の時とは異なり殆どの荷物が手付かずで残されていることが判明したのだ。

「それも、猿田組が婆さんの出した損害を娘の方に取り立てに行ったんと違うかって云われてんねや。そうか、そういうことか」

分かってきたぞと鯉城は手を鳴らした。

「矢っ張りお慶が株で大損したことを猿田組に漏らしたんや。金庫の中身を盗み見て欲に目が眩んだお慶は、婆さんが株で失敗したことを猿田組に告げ口して婆さんを殺させた。隠し戸棚のことなんて知らない猿田組の奴が帰った後で、お慶は金庫を取り出して、その中身を持って逃げた。おれが見たのは、その時のお慶やった。これやな」

僕はでもと口を挟み、どうしてお慶がわざわざ猿田組の手を借りたのかという先ほどの疑念を口にした。

「そりゃ自分で手ェを汚さんでも済むからや」

「だけど、お巡りさんから追われる身になるのは変わらないんだよ？」

「それは、まあそうかも知れんけど」

言葉を濁す鯉城の表情に、僕はふと閃くものがあった。

微かな瞬きは光の糸と成って、他の事実が紡ぐ糸と共に、ひとつの物語を織り成していく。

しかし――仕上がった物語は、よくないものだった。

僕は狼狽《うろた》えた。そして、これは決して鯉城に云うべきではないと瞬時に理解した。

「ほら、次はお前の番やぞ」

骰子を差し出す鯉城の声が、遥か遠くに聞こえた。

「露木？」

目を落とした畳の目が、急にぐんと大きくなった。

意識すると縮み、気を抜くと膨らむ畳の目を眺めながら、僕はひたすら推論の構築を繰り返した。

編み上げては解き、積み上げては崩す。

全身全霊を以てもう一つの逃げ道を捜した先に、僕は漸く突破口を見つけた。脳裏に浮かぶのは、暗中で蠢《うごめ》く二つの人影と顔の潰された血塗れの屍体だった。

顔を上げると、不思議そうな顔で僕を覗き込む鯉城と目が合った。

「どうした、大丈夫か？」

「いや、一寸思いついたことがあってね」

骰子を受け取りながら、僕は努めて冷静にそう云った。

「鯉城が見たのは、確かにミヨ松だったんだよ」

「なに？」

「あの晩、ミヨ松は作業を済ませてから家を出た。時間は十時頃。それで、柳馬場通を下がっている最中で、弘田薬局に向かう鯉城と擦れ違った」

鯉城は訳が分からないという顔になった。

「なに云うてんねや。その時間にはもう婆さんは殺されてたって」

「あの屍体が本当にミヨ松だったならね」

鯉城の目が大きく見開かれた。

「屍体の顔は滅茶苦茶に潰されていた。そして、姿を晦ませたお慶は、ミヨ松と同じように小柄な老婆だった。そうなると、考えられることは一つだよ」

鯉城ははあっと叫んだ。

「屍体はお慶やったって云うんか？　でも、ええっと何て名前やっけ、あの婆さんの娘がちゃんと確認したって」

「万津子とミヨ松はぐるだったんだ」

骰子を転がす。出た目は三で、僕は駒をコンスタンティノープルまで進めた。

「株で大損したミヨ松は、猿田組からの報復を恐れた。何とか露顕する前に逃げなくちゃと思ったけれど、相手はやくざ者だ、中途半端に身を隠したっていつ見つかるか分からない。逃れる術を必死に考えたミヨ松は、自分が死んだことにすればいいってことに気が付いた。最近になってお慶を雇ったのも、そのためだったんじゃないのかな」

「そんな、ほな初めから替え玉に使う積もりやったんか」

「だから身寄りもいない、つまりはいなくなっても騒ぐ者の少ない、それに外見の似たお婆さんを選んだ。ミヨ松は死んでお慶が貴重品と共に姿を晦ませているというのが彼女たちの筋書きだったんだ。事件当夜、ミヨ松はお慶を刺し殺して、誰だか分からないように屍体の顔を傷つけた。独りじゃ大変だから、多分万津子も手伝ったんだろう。抉じ開けた金庫を屍体の近くに転がして、ミヨ松は家から出る。翌日、何食わぬ顔で訪れた万津子が屍体を発見して、それが母だと証言する。お慶の左肩にある紅葉形の赤い痣を、恰《あたか》もミヨ松にあったものであるかのように語れば、警察だって真逆《まさか》実の娘が嘘を吐くとは思わないだろうから、屍体はミヨ松ってことになる」

「じゃあ万津子が行方不明なのは」

僕はだらだらに濡れたグラスを取り、温くなった水を半分ほど飲んだ。

「母親と一緒に京都から出て行ったんだと思うよ。でも、これではっきりしたでしょう？　やっぱり鯉城が見たのは幽霊なんかじゃなかったんだよ」

僕は朗らかにそう云って、鯉城に手渡すために骰子を取り上げた。

頭を使い過ぎたせいか、脈打つ度に顳顬《こめかみ》が疼いていた。鯉城に聞こえぬよう、僕はそっと息を吐いた。

幾ら鯉城のためとはいえ、迂闊に謎解きなど試みたことを僕は今更になって後悔していた。辿り着いた先があんなものだと知っていたら、多少強引にでも話を打ち切って、別の話題に切り替えていただろう。隠された事実に肉薄する危うさを痛感しながら、僕は鯉城に骰子を差し出し――息を呑んだ。

こちらを向いた鯉城の目付きは、今までとまるで違っていた。

僕の目の前で、怪訝そうな鯉城の眼差しからは徐々に感情の色が抜け落ちていった。

頭のなかで警鐘が鳴り響いた。咄嗟にその理由を捜して、僕は愕然とした。

改めて顧みると今のは何だ。僕が、自分の才気を鯉城に衒《ひけら》かしただけではないか。

直ぐに謝ろうと膝を突く僕の前で、鯉城は大きく息を吐いた。

総毛立つのが分かった。心臓を摑まれたように胸が痛くなり、忽ち呼吸が苦しくなった。

鯉城の口がゆっくりと開かれる。

僕は強く目を瞑った。

「すごいな」

思わず顔を上げた。

鯉城と目が合う。それは、考えてもいないひと言だった。

「いやあ、確かにお前の云う通りや。だから屍体は顔まで滅茶苦茶にされてたんか」

鯉城は鼻息も荒くそう捲し立てた。啞然となる僕は、そこで初めて、自分に向けられているのが、紛れもない感心の眼差しであることに気が付いた。

「成る程なあ。そうか、だから娘の方もいなくなったんか。確かにそれなら筋も通るなあ」

すっかり昂奮した鯉城の瞳には、片膝を突いたまま固まっている僕の姿が映っていた。

堪えようのない顫えが身体の奥から湧き上がってきたのは、まさにその時だった。

鯉城が、あの鯉城が僕のことを褒めてくれた。それは、終《つい》ぞ知ることの無い感覚だった。

鯉城は僕の憧れだった。

身体は骨と皮ばかりで、少し歩いただけで息が切れ、日に晒した肌は真っ赤に腫れ上がり、何かロにしても胃が受け付けなければ直ぐに戻してしまう。外に出たくても出られない――否、身体が弱いことを云い訳に、出ようと試みたことさえない臆病者の僕と比べて、鯉城のなんと強く逞しいことか。

鯉城ならば、自分の足でどこにだって行ける。自分の腕で何だってやってのける。見知らぬこの家に独りで乗り込む度胸だって、溝呂木に引き摺り廻されても睨み返す勇気だってある。

僕もああいう風になりたい。そう思い続けてきた。

自分の前を行く人から逸れないように、必死でその後を追いかけるのならば、それは憧れだろう。

ただ、僕は鯉城の目を見てしまった。その瞳に映る、露木可留良を見てしまった。

振り返った人と目が合い、その瞳に自分が映ったことを知り、もう一度それを望んでしまったのなら、それはもう憧れではない。

己が欲望のために他人をどうかしたいと希《こいねが》うその我執に、古《いにしえ》の人々は恋という名を与えた。

僕は、露木可留良は、鯉城武史に恋をしていた。

その晩、僕はこれまでにない程の高熱を出した。

玄関で鯉城を見送った後、やけに口のなかが熱いなと思った途端、世界が暗転した。

そして、こんな夢を見た。

小鳥の囀りに目を開くと、見知らぬ座敷に独りで立っていた。

開け放たれた障子の向こうは、貧相な椿が一本だけ生えた猫の額ほどの坪庭だった。透き通るような陽が夜露に濡れた手水鉢を燦々と照らし、今が朝であることを表していた。

屋内に目を戻す。朝日に目を刺されたせいで、紗を垂らしたように薄暗く感じられた。

いつの間にか、否、端からそうだったのか、僕の足下には血塗れの女が仰向けに倒れていた。きりりと結われた髪は、血を浴びて元の色も分からない有様だった。骨ばかりの手には皺が寄り、蚯蚓《みみず》のような血管が皮膚の下で這い廻っていた。

どうやら老人のようだ。直ぐに判断が出来なかったのは、こちらを向いたその顔が赤黒い肉塊と化していたからだ。

一匹の蠅が音も無く現われ、弾けた石榴《ざくろ》のような顔面に止まった。老女は微塵も動かない。矢張り死んでいるのだと、僕は漸く事態を感知した。

小鳥が立て続けに啼いた。凄惨な屍体が場違いな程、辺りには長閑《のどか》な雰囲気が漂っていた。

不意に、屍体の下から血潮が流れ始めた。音も無く広がる紅い池は、瞬く間に僕の指先から踵までを濡らす。

これは罰なのだと、僕には分かっていた。鯉城に対して真実を明らかにせず、己が欲望のために事実を枉《ま》げた僕に対する罰なのだ。

足の浸る血は水のようにさらさらとして、冷たくも温かくもなかった。止めどなく血を流し続ける屍体を見下ろしながら、僕は、結局この女は誰だったのだろうと思った。

僕は鯉城に、見つかった屍体はお慶であり、殺人犯こそミヨ松だと云った。

しかし、若しそうだとすると可怪《おか》しな点がある。万津子の失踪についてだ。

僕はそれを、猿田組の手から逃れるためミヨ松と共に京都から離れたのだと鯉城に説明した。だが、事件からは未だ一週間も経っていないのである。幾ら何でも早過ぎるのではないか。

調査が始まったばかりの段階で姿を晦ませば、疑惑の目は否応無く万津子にも向けられることだろう。それは決して得策でない。同様に、ミヨ松と万津子の間に諍いが生じたというのも考え難い。ほとぼりが冷めるまで待って然るべきは、ミヨ松にとっても同じ筈だからだ。

僕は、万津子の失踪は彼女の意志に由らないのではないのではないかと考えた。若しそうだとすると、万津子はミヨ松殺しにも関係が無いことになる。僕の唱えたミヨ松犯人説には、ミヨ松の屍体を誤認させる万津子の証言が不可欠だった。従ってそれも成立し得ない。ミヨ松の左肩には、本当に紅葉形の赤痣があったのだ。

顔を潰された屍体は矢張りミヨ松で、お慶が姿を晦ませたのは、彼女が犯人だからに相違ない。

株と猿田組の件、それに六十の老婆の手に依るとは思えない凄愴な殺害方法から鑑みるに、男の共犯者はいたのだろう。お慶は猿田組の者を密かに招き入れてミヨ松を殺させ、その後で財産を強奪した。事件の全貌は、警察が考えていた通りだったのである。

雇われた時期から考えて、お慶は端から猿田組の息が掛かった監視役だったのかも知れない。その風貌がミヨ松に似通っていることと、ミヨ松の外出が多くなかったという事実から、猿田組がミヨ松とお慶の入れ替わりをも目論んでいたと考えるのは流石に穿ち過ぎだろうか。

そこまではよかった。結局殺されたのは誰であろうが、また犯人が何者であろうが、鯉城や僕には関係が無いからだ。

僕が慄《おのの》いたのは、そうだとすると当然浮かんでくる次の疑問、つまり、万津子はどうしていなくなったのかについて考えを巡らせた時だった。

十四日の夜、鯉城はミヨ松らしき人影と出会《でくわ》し挨拶をしたと云っていた。屍体がミヨ松である以上、鯉城が擦れ違ったのは当然お慶である。

若しお慶が、その事実を共犯者に告げていたとしたら。

そしてそこから、僕が捻り出したようなミヨ松とお慶の屍体誤認の可能性を、お慶たちが思いついていたとしたら。

そこで邪魔になるのは万津子である。若しここで万津子が姿を晦ませば、事実はお慶たちにとって都合の良い、ミヨ松と万津子が共犯であったという筋書き通りに進んでいくことになると踏んだのではないだろうか。

そして、現に万津子はいなくなった。

若し――若し万津子がお慶たちの手に因って殺されているのだとしたら。それは、あの晩、お慶をミヨ松と間違えた鯉城の挨拶に端を発したことになる。鯉城の勘違いが、巡り巡って万津子を死に至らしめたことになる。

考え過ぎであることは自分でも分かっていた。しかし、絶対に違うとは云い切れない以上、鯉城を傷つける可能性が毫《ごう》でも含まれている以上、僕は別の推論を用意する必要があったのだ。

気が付くと寝床のなかだった。

断続的な夢は現《うつつ》と混ざり合い、途中から起きているのか寝ているのかも分からない状態が長く続いた。粘っこい乾留液《タール》溜まりで藻掻《もが》くような、不快な目覚め方だった。

寝かされた座敷は薄暗く、昼なのか夜なのかも分からなかった。

寝間着は汗でしとどに濡れ、額に載せられた氷嚢《ひょうのう》も温《ぬる》くなって気持ちが悪い。身体中が熱く、口を開くのも億劫だった。

茫と天井を見詰めながら暫くそうしていると、襖越しに男たちの会話が聞こえ始めた。くぐもってはいるが、馴染みの医師が溝呂木と話しているのだと分かった。医師は、僕の容態が極めて悪いことを済まなそうな声で語っていた。溝呂木は途中で医師の言葉を遮り、是が非でも命だけは救うようにと迫った。

不意に、誰かの視線を感じた。

僕はゆるゆると頭を動かして、座敷の隅に目を遣った。氷嚢が額から滑り落ち、耳元で水っぽい音を立てた。

障子越しの薄い光に追い遣られ、そこには闇が凝り固まっていた。

目を薄くすると、黒々とした影はゆっくりと像を結び、やがて坐した僕の姿に成った。長らくその存在を忘れていた、僕の死の影だった。

堪えようのない顫えが身体の奥から込み上げてきた。歯の根が合わず、自分の身体ではないみたいにがちがちと音を立てた。

怖かった。

生まれて初めて、死にたくないと思った。強く目を瞑ると、昏い瞼の奥には、鯉城の顔が陽炎のように揺らいでいた。

布団を撥ね除けて立ち上がる。

脳に血が回らず、忽ち目の前に靄《もや》が掛かった。

僕の姿を目で追うように、黒い影も顔を上げた。

右か左か、上か下かも分からない。蜃気楼のなかに立っているような気持ちで、僕はあっちにいけと云った。そして、何も分からなくなった。

目が覚めたのは、それから三日後のことだった。

僕の顔を覗き込む溝呂木の表情から察するに、何度も死の淵に足を掛けていたのだろう。溝呂木だけでなく、おこうも涙を流して喜んでくれたのが意外だった。

外は秋晴れだった。

濡れ縁に立って薄く棚引く雲を眺めていた時、僕は自分の人生を、僕自身の我執のため、鯉城に捧げると決めていた。

そうなのだ。

高等小学校を出た後で直ぐ働き始めた鯉城に巡査採用試験を受けるよう勧めたのも、怪我が原因で警察を辞めねばならない鯉城に探偵という職を紹介したのも、全て己が欲求を満たさんがためだった。

探偵――。

鯉城はよく、僕のことを名探偵だと褒めてくれる。

しかし、謎を解くことで真実を明らかにする御役を探偵と呼ぶのなら、僕ほどその称号が相応しくない人間もいないだろう。僕の推理は飽くまで鯉城に捧げるもの。鯉城の意表を突いて驚いて貰うためのもの。それが真実であるかどうかなど、どうでもよいのだ。

それは、ここ最近で鯉城が関わった事件でもそうだった。

昨年の夏、鹿ヶ谷の山荘で梅津の材木商、小石川市蔵《こいしかわいちぞう》と、その秘書、梶有馬《かじありま》が死んだ事件があった。

市蔵に鯉城を紹介したのは僕だが、単なる組織間闘争に関する調査依頼が、真逆あんな形で落着するとは勿論考えもしなかった。

僕は鯉城が持って来た証拠の数々から、市蔵の殺害を図った梶が蜂に襲われ死んだという推理を披露した。

しかし、これが真相だとすると説明のつかない箇所が残る。山荘の廊下で鯉城が見た、壊れた摑《ノ》手《ブ》である。

書斎の摑手は外れており、真向いの客室の摑手も半ば壊れていた。それを聞いた時、僕の脳裏には或る光景が浮かんだ。

書斎の扉を閉めた状態でその摑手に縄を結び付け、弛みを持たせずに客室の扉の摑手に結び付ける。山荘の扉は全て内開きだ。従って、そのように摑手と摑手を繋いでしまえば、書斎の梶が扉を開けようとしても縄が引っ張られて開かない。

あれは、梶を書斎に閉じ込めた細工の名残だったのではないか。

昏睡状態の市蔵に蜂の毒を注射してショック死させたのち、梶は通風孔のテープを剝がす。そうして犯人役の蜂の侵入経路を開いてから直ぐに廊下へ出ようとした所で、梶は扉が開かないことに気が付いた。計画を中止しようにも、既に無数の雀蜂が通風孔から飛び出してきている。恐慌状態に陥った梶は何とか窓から逃げ出そうとしたが、叶わずに命を落とした――鯉城の話に耳を傾けながら、僕はそこまで考えていた。

鯉城が駆け込んだ時に縄がなかったのは、真犯人の手によって外されていたからだ。端から火を放つ積もりだったにしても、万が一焼け残った場合を危惧したのだろう。しかし、既に梶の手で幾度も引かれていたこともあって、外そうとした際に結び付けた摑手ごと取れてしまったという訳である。

梶を書斎に閉じ込めた者の正体は明白だ。あの時分、市蔵と梶を除いて山荘にいたのは丁稚の岡《おか》部《べ》利《り》吉《きち》を措いて他にない。

しかし、真犯人の座に利吉を据えると、これもまた奇妙な点が出てくる。

この方法を採ったということは、利吉は予め梶の計画を知っていなければ可怪しい。しかし、梶に利吉の協力を得る必要があったとは思えないのだ。

梶が漏らしたのでないとすると、果たして利吉は、誰の口から市蔵の殺害計画を知ったのか。

鯉城の話から察するに、その役に当て嵌まり得るのは市蔵の妻、理律《りつ》だった。

思慕する理律のために梶は市蔵の殺害を決意し、そのことを理律に語る、若しくは仄めかす。市蔵がいなくなることを喜びながらも、理律は自らに累が及ぶことを厭った。万が一梶が司直の手に捕まり、動機として自分の名を挙げでもしたらいい迷惑だ。そのため同じく自分を慕う利吉にそれを漏らし、実行犯たる梶をも亡き者にしようと目論んだ。

そう云えば、事件の少し後で利吉の屍体が桂川で見つかったという記事を読んだ。あれも理津の仕業だとすると、将棋倒しのように延々と彼女に関わる男が死んでいくことになるのだろう。尤も、僕は小石川理津という女のことをよく知らない。そんな悪女であると断ずる証拠がある訳でもないので、飽くまでこれは可能性のひとつに過ぎない。

何れにせよ、若しこれが真実なのだとすると鯉城には語らない方がよいと僕は思った。だから敢えて壊れた摑手には言及せず、梶と利吉の犯行ということで話を落ち着けた。理由は外でもない。自分の見逃した利吉が主犯だと分かったら、鯉城は責任を感じてしまう。鯉城武史とはそういう男なのだ。それは僕としても、好ましいことではなかった。

その直ぐ後であったのが、鯉城が男女の色恋沙汰に巻き込まれた、聚楽廻《じゅらくまわり》の小火《ぼや》騒動だった。同じ会社に勤める男に付き纏われていた蓮沼夕子《はすぬまゆうこ》に求められ、鯉城は滑川《なめかわ》というその男を追い払った。しかし同夜、蓮沼宅は不審火で焼け、更には滑川も自宅の庭で焼け死んだ。

僕はそれを、滑川が自らの恋情を貫くため、奇矯な無理心中を図ろうとした結果だと鯉城に説明した。

しかし、これも僕の推論では辻褄の合わない事実がある。

嵯峨街道沿いの滑川宅から、小火の現場となった聚楽廻の蓮沼宅までは、歩いて一時間弱の距離である。滑川宅の老女中、登喜《とき》は、滑川が八時頃に出て十時過ぎには戻ってきたと云っていた。そして聚楽廻の煙草屋の老婆も、滑川の姿を見掛けたのは九時頃だったと証言していた。

滑川が八時に家を出て、一時間程度かけて聚楽廻まで向かい、暫くその場に留まった後で帰路に就いたとすれば、そこに時間的な齟齬は無い。

しかし一方で、火事の発見者である茂木藤吉《もてきとうきち》は、滑川が路地から飛び出して来たのは十時頃だったと云っていた。これは明らかに登喜の証言と矛盾する。登喜か藤吉の何《いず》れかが、嘘を吐いていることになるのだ。

ここで気になるのは、藤吉もまた蓮沼夕子に好意を抱いていたらしいという事実だった。滑川を退けるために鯉城が打った芝居は、藤吉も目撃している。若し、それに煽られた藤吉が行動を起こしていたのだとしたらどうなるだろうか。

放火犯は藤吉だったと考えると、滑川の死にもまた違った側面が見えてくる。自殺でなく、鯉城の云った通り、藤吉によって殺されたというものだ。

僕が考えた事件当夜の流れはこうである。

夕子を愛していた藤吉は、鯉城が打った芝居に大きく心を乱され、また追い詰められていた。どうすれば夕子の心を自分の物に出来るのか。考えに考え抜いた結果、藤吉の頭に浮かんだのは、敢えて危険を冒しながらも夕子を救うことで好意を勝ち取るという鄙劣《ひれつ》な発想だった。

妄執に取り憑かれた藤吉は、九時頃、燐寸《マッチ》と油を懐に忍ばせて夜の路地に繰り出した。しかし、そう思い至ったとしても実行するのは容易ではない。中々踏ん切りのつかない藤吉は、火種と油を手に蓮沼宅の裏路地を幾度も行き来していた。

そんな聚楽廻を、藤吉と同じく鯉城の芝居に衝撃を受けた滑川が訪れる。

しかし滑川は何もすることはなく、いつものように遠目から蓮沼宅を眺めて、とぼとぼとまた帰路に就いた。その姿を、藤吉は視認していた。

十時。遂に肚を決めた藤吉が塵溜めに火を点け、思惑通り火が大きくなる前に夕子と彼女の祖母を救い出す。住民たちは藤吉を褒め称え、夕子もまた彼に深く感謝した。その眼差しにこれまでとは違う色を見つけた藤吉は、天にも昇る思いだったことだろう。

我が世の春を謳歌しながら自宅に戻った藤吉だったが、その胸中にふと小さな疑念が湧く。自分は付け火の機会を窺って夜の路地を彷徨《うろつ》いていたが、果たしてその姿は誰にも見られはしなかったのだろうか、と。

脳裏を過ったのは、道中で瞥見した滑川だった。

滑川の目的は当然蓮沼宅である。自分が裏路地を行き来する姿は、若しかしたら滑川に見られたのではないか。火事の事実を知った滑川は、必ずやそれと自分を結び付けて考えることだろう。

小さな疑念は、藤吉の胸中で瞬く間に膨れ上がった。最早居ても立ってもいられず、藤吉は深夜に家を抜け出して、洋燈を手に嵯峨街道沿いの滑川宅に向かった。夕子を恋慕う者として滑川の存在は気になっていただろうから、後を尾けるなりして元からその所在を知っていても可怪しくはない。

洋燈を持参したのは、それを現場に残すことで滑川を付け火の犯人に仕立て上げるためである。事件当夜に洋燈を手にした滑川を目撃したと証言し、更には、滑川の屍体の傍で洋燈が発見されれば、疑惑の目はそちらに向く筈だ。大仰な感じも否めないが、付け火の道具を持っていたと後で証言するためには、洋燈ぐらい大振りな物である必要があったのだ。

そして、滑川は藤吉の手で殺された。

殺害方法に関しては、鯉城が考えた通りでも異論は無い。滑川はあの場所で押し倒され、灯籠の角で頭を打って動かなくなった。それで死んだと思った藤吉は、証拠隠滅のため、油を浴びせて火を点けた――これが、矛盾の無い推論だ。

しかし、それでは詰まらない。

独りの娘を巡る痴情の縺《もつ》れなど、興醒めもいい所だ。鯉城の意表を突くことは出来ない。それに、人の死には物語がなくてはならない。鯉城が驚いてくれるような別の推論を模索している最中、僕の脳裏には、蓮沼宅を焼いた火と滑川の身体を焼き焦がした火の二つが灯った。この事件を彩るそれらが一塊の火柱と成って繋がると同時に、僕の胸の裡には、あの突拍子もない推論が生まれていた。

西陣の織元、糸久《いときゅう》の二階で、久能与一《くのうよいち》とその妻、智恵子《ちえこ》、それに与一の弟である欣二《きんじ》の屍体を鯉城が見つけたのは、それから少し経った昨年の初冬だった。

僕はその惨状に、智恵子と欣二の心中を強盗殺人に見せかけるため、与一が自らその場に屍体を並べたのだという説明を与えた。

しかし、本当にそうだったのだろうか。

社長室の窓の破片や燃やされた紙幣と有価証券、それに欣二の屍体が動かされていた事実から、与一が偽装工作を行ったことは間違いないと思う。しかし、その原因となった智恵子と欣二の死については少々の疑義が残る。

二人の死は、本当に心中だったのだろうか。云い換えるならば、当時西陣界隈で頻発していた押し込み強盗の手に依るものではないと断言出来るのだろうか。

僕が気になったのは、一階西側の染糸を量る座敷で窓の閂《かんぬき》が壊れていたということだ。

与一と番頭の金森《かなもり》が店を出た後、壊れていたその窓から強盗が侵入したとする。強盗は金品の物色中に病臥していた智恵子を見つけ、抵抗させる間も無く扼殺してしまう。痕跡を消すための道具を取りに強盗が一階へ下りた折しもその時、欣二が出張から帰ってきた。咄嗟に身を隠した強盗の前を通り過ぎ、欣二は二階へ上がる。強盗は手近にあった羅紗切り鋏を摑み、足音を忍ばせてその後を追う。そして、智恵子の屍体を前に立ち尽くす欣二の不意を突いて件《くだん》の鋏で刺し殺す。強盗は指紋などを拭き取った後で、金品などを奪い逃走した。与一がより善から店に電話を入れたのは、丁度その頃だった。智恵子が出ないことに気を揉んだ与一は直ぐに戻り、二階の座敷で惨状を目の当たりにした。嫉妬に狂う与一の目は、血の海に沈む二人の屍体に、心中という誤った二文字を見出してしまった。

先の二件と違い、ここに矛盾するような事象はない。それ故、これだけの事実では果たして智恵子と欣二の死が本当に心中だったのか、それとも強盗の手に依るものなのかは分からない。

しかし、僕は迷うことなく前者を選んだ。

奇矯な動機を挙げた方が鯉城は驚いてくれるだろうという思いもあったが、何より僕は慄然としたのだ。

若し智恵子と欣二が強盗に殺されたのだとしたら、二人は何の落ち度が無いのにも拘わらず、行き摺りの人間によって命を絶たれたことになる。

そんなことは、断じてあってはならない。物語の無い死など、存在してはならないのだ。

だからこそ僕は、智恵子と欣二の心中説を鯉城に力説した。それは、或る意味自分自身に云い聞かせているようなものだった。

その動揺が良く無かったのだろう。僕は、鯉城もあの推論に辿り着いていることに気が付けなかった。そして、その根拠となったものが鯉城弓枝《ゆみえ》への変わらぬ思いだったということも。

鯉城から結婚の話を聞かされた時、僕は思っていたほど動揺しなかった。

当初鯉城が乗り気で無かったことや、親の用意した見合い婚であったことなど理由は多々あれど、詰まるところ、結局は相手が女だったからなのだろう。

案に相違せず、鯉城はこれまでと変わらず僕を訪ねてくれた。

鯉城が、実に鯉城らしい優しさで妻を愛し始めていることは、その言動から容易に察せられた。鯉城もまた、それを隠そうとはしなかった。僕もそれに心を乱されるようなことは――ああそれでも、鯉城の口から彼女の名前が語られる度、料理のなかに短い毛髪を見つけたような気持ちになったのは間違いの無い事実だった。

緑の目をした怪物に心を齧られ、僕は新しい事件が、それも多くの謎を孕んだ飛び切り難解な事件が鯉城の許に転がって来ることを願った。僕が鯉城と繋がり続けるためには、その縁《よすが》に頼る他ないからだ。

僕は人の不幸を祈念し、また鯉城の人生も弄んでいる。

謎を解くことも、決して鯉城のためなどではなく、結局は自分のためでしかない。本当に、唾棄すべき所業であることは自分でも分かっていた。

でも、僕にはこれしかないのだ。

謎を解かなければ、鯉城は行ってしまう。僕にはそれが耐えられない。

到底、耐えることなど出来ないのだ――。

＊

薪の爆ぜる音が、僕の回想を破った。

肘掛に頬杖を突いた姿勢のまま、僕は壁際の暖炉を茫と眺めていた。

脈打つ度に、顳顬の奥で鈍い痛みが響いた。色々なことを一気に思い出し過ぎたかも知れない。

小脇の卓上に手を伸ばす。三季《みき》が用意してくれた紅茶はすっかり冷めていた。一口だけ含み、ほっと息を吐く。

背後で扉の開く音がした。

首を巡らせると、そこには溝呂木に連れられた鯉城の姿があった。ようと手を挙げるその顔には、薄皮のような疲労が貼り付いて見えた。

自ずと頬が緩み、先程までの陰鬱な気持ちは吹き飛んで、胸の裡が温かくなった。

「やあ鯉城、久しぶりだね」

「済まんな、夜分遅くに」

隣の椅子を手で示しながら、構やしないよと僕は答えた。

「随分草臥れているじゃないか。そんなに忙しいの？」

「そんなことはない。丁度一件片付いた所だ」

鯉城はネクタイを緩めながら、腰を落ち着けた。

後から来た三季が、鯉城のためのカップを小卓に置く。湯気の立つ紅茶をそそと注いでから、僕のカップにも新しい紅茶を注ぎ足す。

「じゃあ、今は厄介な仕事とかも無いんだ」

「まあ、そうだな」

「一寸大きな仕事が来ているけど、どうしよう、少し休む？」

「いや構わん」

カップから口を離し、鯉城は首を横に振った。

「仕事はある内が華だ。それに、お前を頼って来たってことは相手もそれなりに困っているんだろう？」

僕はすっかり嬉しくなってしまった。

「頼もしいな。じゃあ、鯉城は阿武木《あぶき》薬業って知ってるかな。ほら、壬生《みぶ》に大きな工場のある製薬会社なんだけど」

「衣棚《ころものたな》通に本社があるあの大きな薬屋か」

「そうそう、その阿武木だよ」

僕は頷きながら、肘掛けに手を載せて身を乗り出した。

先ほどまでの微頭痛は、いつの間にか消え失せていた。今はただ、上手く云い表わせない充足感だけが僕の心には充ち溢れていた。

僕自身が生きていくため、僕はこれからも鯉城に向けて謎を解いていくことだろう。

僕はいとしいその友の顔を見詰めたまま、阿武木薬業の社長から持ち込まれた然《さ》る案件についてゆっくりと説明を始めた。

第五話　青空の行方

閑然とした桑畑がどこまでも続いていた。

泥を捏《こ》ねたように瘤だらけの幹からは、無数の白枝が薄曇りの天を目指している。等間隔に並んだ樹木は総じて丈が低く、遠目には身を捩《よじ》っている裸の群衆を思わせた。

硬く凍った畔《あぜ》を進みながら、おれはいつだったか露木の屋敷で見た或る本の挿絵を思い出していた。それは若い詩人が西洋の地獄を巡る物語で、道中には自ら命を絶った者が樹木となって永遠に苦しむ森があった。その挿絵も、丁度こんな眺めだった筈だ。

不意に辺りが明るくなった。

雲が流れ、溶き卵のような陽が絶え間から覗いていた。周りの空気が少しだけ温かくなる。暦の上では春の気配が立ち始めている筈だったが、京の都は相変わらず冬の底にあった。

桑畑の先には、重厚な煉瓦塀に囲まれた洋館が建っていた。館は三階建てで、白い壁は昼下がりの陽を浴びて艶々と光ってみえる。

大きく開いた門からは、洋館の他にも瓦葺の平屋が幾つか窺えた。あれが工場《こうば》なのだろう。その内の一つからは高い煙突が伸び、今も濛々《もうもう》と白い煙を吐き出していた。

桑畑を抜けると、「阿武木《あぶき》薬業」と書かれた門柱の看板が目に入った。

ネクタイを締め直し、門を潜る。

手前の工場では、鼠色の作業服を着た男たちが麻袋を台車に積み上げていた。彼らの向から奥の平屋からは、しゅうしゅうという蒸気音が漏れていた。

どこを訪ねるべきか見回していると、門衛所の窓が開いた。陽に焼けた若い男が顔を覗かせる。

おれは帽子の縁を摘まんでそちらに歩み寄った。

「阿武木社長に二時で約束しているんだが」

門衛は莞爾《にっこり》と笑い、正面玄関からどうぞと洋館の入り口を指した。

時刻は二時五分前だった。軒先で帽子と外套を取り、厚い硝子戸を押し開ける。

緑の絨毯が敷かれた広い玄関には、事務員風の女が立っていた。若草色の制服に身を包んだ色白な娘で、控えめな紅の引かれた口元には柔らかい笑みが浮かんでいた。

「いらっしゃいませ、鯉城様ですね？　阿武木の秘書をしております佐村《さむら》と申します」

「鯉城です。阿武木社長とご面談の約束を」

「ええ、伺っております」

スリッパに履き替え、佐村嬢の案内で階段を上がる。

二階は事務所のようで、机に向から数名の社員は物珍しそうな視線をこちらに寄越していた。

三階に上がり、広々とした廊下を進む。窓の外には燐寸箱《マッチばこ》のような工場が並び、その間を灰色の人影がさっさと動いていた。

「こちらでございます」

佐村嬢は一寸《ちょっと》振り返り、「社長室」と書かれた右手の扉を叩いた。

「鯉城様がお越しになりました」

これまでの様相から豪奢な内装を予想していたが、扉の向こうは案に相違して簡素な造りの部屋だった。

広さは十五畳程度だろうか。賞状などが飾られた栗色の壁にはレースのカーテンに覆われた二つの窓が連なり、それぞれ向かい合った四つの談話椅子と背の低いテーブルが手前に設えられている。書棚の類いは南の壁際に一つだけ設えられていた。

「ようこそ、お待ちしていましたよ」

左手の奥にある書き物机から、阿武木幸助《こうすけ》が腰を浮かした。

痩せて背が高く、短く口髭を刈り込んだ縦に長い顔は瓜実のようだった。のっぺりとしたその顔立ちから年齢を推し量るのは困難だが、確か今年で五十になる筈だった。

「社長の阿武木です。どうぞお掛け下さい」

片手で椅子を示しながら、幸助はにこにこと歩み寄った。

「佐村君、志都子《しづこ》は？」

「それがまだお戻りではなくて」

「困るなあ、二時だと云ったのに」

幸助は眉を顰《ひそ》めて壁掛の時計を見た。

「銀行やろ？　戻ったら直ぐ来るように云ってくれ。ああ鯉城さん、済みませんね。どうぞどうぞ、お掛け下さい」

　勧められるがまま、おれは椅子に腰を落ち着ける。撥条《ばね》の効いた座り心地の良い椅子だった。一礼した佐村嬢が退出するのを見届けてから、幸助は正面に腰掛けた。

「ご足労頂いてありがとうございます。貴方のことは露木伯のご令息からご紹介を賜りまして」

「新しく取引される会社の調査と伺っておりますが」

「そうなんですよ。ですが詳しい話となると、一寸《ちょっと》待って頂きたくてですね。申し訳ないのですが」

「何か問題でもありましたか」

「いやあ、そういう訳やないのですが。お恥ずかしい話、私はようその話を分かってへんのです。ちゃんと調べようと云い出したのも家内でして」

「成る程、奥様が」

「誠にお恥ずかしい話ではありますが、ははは」

　幸助は含羞《はにか》むような顔で笑った。おれは指を組み、小さく頷いた。

　阿武木薬業といえば、衣棚《ころものたな》通沿いに本店を構える、京都でも名の知れた老舗薬舗だった。創業は明和《めいわ》の時分まで遡り、今年で丁度百五十年目を迎えるらしい。永らく和漢薬一本だった所、御維新ののちに零落する京の商工界を目の当たりにした先代社長の勘兵衛《かんべえ》が海外に目を向け、そこから今日まで続く阿武木薬堂改め阿武木薬業の躍進が始まった。

　勘兵衛は他の薬問屋に先駆けて医薬品の輸入を開始し、京阪神に於ける西洋医学の導入に一役買った。ドイツの駆虫剤「マクリム」やフランスの鎮咳薬「エセプチン」が全国に魁《さきがけ》て京で広まったのは、阿武木の功績に他ならなかった。

既に官立の衛生試験場と同等の試験設備を有していた阿武木薬業は、明治の末、壬生《みぶ》にあった工業用染料の製造工場を買い取り、試験機関も移転することで京都初となる医薬品の製造工場を起ち上げた。それが、今日訪れたこの壬生工場なのである。

しかし順風満帆に思われた阿武木の商売も、勘兵衛が流行り風邪で急逝してからは翳りを見せ始めた。新しく社長の座に就いた息子の幸助が、およそ商いに向かない男だったのである。

連句や俳諧を嗜む幸助は学生の時分より花鳥風月を愛する粋人であり、辣腕家の父と比べるまでもなく、まるで商人には似つかわしくなかった。それは幸助が会社に入った時点から人々の口に上っており、売掛の回収に向かった先で泣きつかれ、独断で支払期日を伸ばした結果夜逃げされたことが三件続いたという挿話だけで、彼がどのような人間であるかは凡《おおよ》そ察せられるだろう。

それゆえ阿武木も九代目でお終いだと冷笑されていた訳だが、豈図《あにはか》らんや、その予想は意外な形で外れることとなる。

代替わり以降、阿武木薬業は新規薬剤の研究は勿論のこと、製造設備の更新や導入も積極的に推し進めていった。その結果、売上は四期連続での増収増益を重ね、更に前期は過去最高益をも更新していた。

しかし、これが幸助の功績かと云えばそれは全くの誤りだった。何となればそれら経営の舵取りは、全て幸助ではなく妻の志都子によって行われたものだったからである。

後ろの扉でノックの音がした途端、幸助は目に見えて安堵の表情を浮かべた。しかし、入ってきたのが盆にカップを並べた佐村嬢だと分かると、直ぐにまた眉を曇らせた。実に分かり易い男だった。

「奥様のご活躍は兼ね兼ね伺っております」

「ええ本当に。あれがおりませんでしたら、阿武木も私の代で終わっていたでしょう。砂糖は如何です？」

「私はこのままで」

「そうですか。いやしかし、実際のところ私なぞは建前で、あれが社長みたいなものですからね」

珈琲に砂糖を溶かしながら、幸助はからからと笑った。その顔に妬み嫉みはなく、ただ純粋な喜色に充ちていた。妻の活躍がそれほど誇らしいのだろうか。改めて、不思議な男だと思った。

「立ち入ったことをお訊きするようですが、元々は工場で働かれていたとか」

「ああ、日出《ひので》新聞の記事をお読みになられたんですね」

幸助は嬉しそうに手を擦り合わせた。

「いやあ、あの記事もなかなか大変でして。昨今は女性の躍進も謳われておりますでしょう？　せやから日出の社長さんが御宅《おたく》のご夫人も是非にって云うてくれはったんですけど、あれはどうにも厭がりましてね。何を恥ずかしがることがあるんか、説き伏せるのには骨が折れました。あそこにも書いて貰いましたけど、元はこの壬生工場で薬鑿の洗浄をやっていたんです。そや、帳簿の話はお読みにならはりましたか」

「いえ、失礼ながら」

「ああそうか、そこまで載せるには文字数が足りひんかったんやな。私があれと初めて会《お》うた時のことでもあるんですがね」

幸助は笑顔のまま身を乗り出した。どうやら、本当に妻が来るまでは本題に入る積もりがないらしい。中途半端に話されても二度手間になるだけなので、おれも黙って耳を傾けることにした。

「今からやと何年前のことになるんかな。丁度銀行にお金のことを説明するややこしい会議を控えた時期でしてね。壬生工場の出荷量やら経費やらを纏めて本社で計算する段となったんですが、その担当をしていた工場経理の者が全員牡蠣《かき》に当たったたんです」

「牡蠣に」

「七月やったんですよ。ほら、夏の牡蠣は当たり易いというでしょう？　前日に送別会があって、その席で出た牡蠣が悪かったようでしてね。軒並み倒れてしもたんです。困ったのは私ら本社の人間ですわ。当時私は副社長で総務の部長をしてましたさかい、直ぐに経理の者を連れて向かったんですけど、工場内の用語やら詳しい事情やらは外の者にはなかなか分かりません。資料は明後日までに作らないといかんというのに、このままじゃどうにもならへん。丁度親父は出張中で、私が何とかしないといけなかったんです」

「それはまあ、確かに困りますね」

「でしょう？　銀行に頭下げて待って貰う他にないかと思《おも》てたんですが、その矢先、自分に任せろと名乗り出たんが志都子やったんです。あれは、自分やったら製品のことも分かるし計算も出来ると云いました。工業簿記やったかな、工場の塵箱に棄てられていた本を拾って勉強もしていたらしくてですね。初めは私もほんまかいなて思たんですが、まあ八方塞がりやったのも事実ですわ、用語の説明ぐらいなら任せられるやろと思て経理を手伝わせてみたんです。そうしたら存外上手く働きまして。勉強ゆうのも強ち《あなが》嘘やなかった訳です。何とか丸一日かけて数字を纏め、無事に説明会には間に合わせることが出来ました」

「では、奥様とのご縁もそこから」

「それを知った親父が、なかなか見どころのある女子《おなご》やと本社に移して、何かと目を掛けるようになったんです。まあ、その時からあれを私の嫁に取ることを考えていたんでしょうね。私がおよそ商いには向かへん男やということは誰よりも分かっていた筈ですから」

ははははという幸助の笑い声に被せて、再度ノックの音が響いた。

失礼しますと息を切らせながら入って来たのは、緋色のショールを掛けた小柄な女だった。

「おお来たか、遅いで」

「申し訳ありません、長引いてしまって」

頭を下げる女を、幸助は手で示す。

「噂をすれば何とやらですな。鯉城さん、家内の志都子です。志都子、丁度鯉城さんにお前の話をしていた所なんだよ」

顔を上げた阿武木志都子と目が合う。

その途端、相手の顔が強張った。

おれも、あっという声を漏らしかけた。

目を瞠《みは》りこちらを見詰めるその顔は、三日前に「サモンドロウ」で会った女に相違なかった。

＊

弓枝《ゆみえ》が黒谷《くろだに》の病院で息を引き取ったのは、六年前の盂蘭盆会《うらぼんえ》の翌日、茹だるような八月の盛りだった。

最近疲れやすいと珍しく零した翌日、弓枝は買い出しの最中に倒れた。本人は貧血だと云っていたが、後日おれは医者から呼び出され、弓枝が血液の癌を患っていること、そしてもう手の施しようがないということを告げられた。

正直な話、何が起きているのかおれにはよく分かっていなかった。夫婦《めおと》になってまだ三年だからなのか、それとも、もう三年だからなのか、持って一年だと医者が口にしても、おれには弓枝のいない世界というものがどうしても想像出来なかった。

容体が急変したのは、夏風邪だと偽って入院させてから五日後のことだった。職場から駆け付けた時にはもう意識がなく、再び目を覚ますことは遂になかった。

驚く暇も、嘆く暇も、憤る暇も無かった。

身内だけの葬式や初七日を済ませても、どこかふわふわとした、他人事のような気持ちは常に胸の裡を漂い続けた。

劇的な変化でもあれば、また違ったのかも知れない。しかし、弓枝が死んでも毎朝日は昇り、隣近所の住人はそれぞれの職場に向かい、昼になれば街中に深草《ふかくさ》の空砲が鳴り響く。どこを見ても、おれの周りではこれまでと何も変わらない日常が淡々と続いていた。

しかし、そこには弓枝がいない。

夜はまだよかった。灯りさえ消してしまえば、何も見えないからだ。ただ、昼間はそうはいかない。外から差し込む白い光は、部屋の隅々まで明るく照らし上げ、そこにいた筈の人間の不在を顕《あら》わにしてしまう。

その空白が俺を責め立てた。

おれが弓枝にしてやれることは無かったのか。そもそも弓枝は、自らの境遇を理解していたのか。それとも、何も分からぬまま死んだのか。若し分かっていたのなら、おれはその悲哀の、怨悔の一端でも担ってやることは出来なかったのか。

分からない。何も分からない。

最早晴らしようのないその疑念から逃れるため、おれは仕事に没頭した。山のような仕事を抱え、浴びるように酒を飲み、正気でいる時間を、弓枝のことを思い出す瞬間を無くそうとした。

当然、身体を壊すのは時間の問題だった。

そんな生活を続けた数ヶ月後、署の階段を上っている途中で急に世界が渦巻き始め、おれは二階から一階まで三米《メートル》近く落下した。咄嗟に頭は庇ったものの、手摺に強打した左腕は尺骨《しゃっこつ》と橈骨《とうこつ》が粉々に砕け、激痛の内におれは意識を失った。

病院に運び込まれたおれが何とか日常生活を送れるようになるまでには、半年近くを要した。しかし、左手に力が込められない障碍《しょうがい》はどうしても残り、おれは刑事であることを諦めざるを得なかった。

世の表と裏、光と影の両面を知ってもなお、分かり易く世のため人のために尽くすこの仕事こそ、おれにとっての天職だと思っていた。その道を唐突に断たれ、おれは暫くの間動くことが出来なかった。暗闇のなかに放り出されたようで、どちらに進めば良いのか、そもそも足を踏み出して良いのかすら分からなかった。

そんなおれに探偵という新しい道を示してくれたのが、他ならぬ露木だったのだ。


一度身体を壊したせいか、おれの胃は殆どアルコールを受け付けなくなっていた。飲めないことはないのだが、全く美味さを感じられないのだ。

その反動という訳でもないのだろうが、半年に一度ほどの間隔で矢鱈《やたら》と酔っ払いたくなる日がある。何か切欠《きっかけ》がある訳でもない。ただ酔いたいがために酔うのだ。

おれがサモンドロウを訪ねたのは、そんないつもの衝動に突き動かされてのことだった。

サモンドロウは、蛸薬師《たこやくし》から新京極を少し上がった中筋町《なかすじちょう》で、鄙びた誠心院《せいしんいん》の真向いに煌びやかなネオン広告を掲げるビア・ホールだった。

元々服飾店だった店舗を改装しただけあって看板と内装はモダンだが、お世辞にも品の好い店とは呼べなかった。碌すっぽ掃除もしないためタイル敷きの床もマリンブルーの壁紙もすっかり汚れ、壁際にはいつも紗雪のような埃が積もっている。扱う酒類は赤提灯に毛が生えた程度で、値が張らないのは結構だが、客層も値段相応の者が多かった。

特に行き着けという訳ではなかった。足を踏み入れたのも今日で三度目だ。独りで酔っ払いたい時は、酒場も雑多で下品な店の方が落ち着くのである。

その晩、以前から引き受けていた失踪人捜索の報告書を纏めたおれは、事務所を閉じてサモンドロウに向かった。

テーブルが並んだ薄暗い店内には、ちらほらと客の姿が見受けられた。間延びしたジャズ小唄が流れるなか、鳥打帽を被った労働者風の男や丁稚風情の若者たちは銘々に腰掛け、詰まらなそうな顔でコップ酒を傾けていた。彼らの吹かす煙草からは濛々とした紫煙が立ち上り、天井の照明から光の筋を顕していた。

壁際を進んで、なるべく光の当たらない席を選ぶ。脱いだ外套を隣の椅子に掛け、入口に背を向けて腰を下ろした。

横顔に視線を感じた。首を鳴らす振りをしてそちらを見ると、二つ隣のテーブルに向かい合った男女の姿があった。その女が、こちらに目を向けていた。

女は店内だというのに外套も脱がず、頭には鍔の広い帽子を載せていた。狐色の襟巻きも着けたままで、白く粧《よそお》われた顔では黒いマスクが口元を隠していた。目元の雰囲気から察するに、歳の程は三十半ばといったところか。

対する男の方は、薄汚れたルパシカを着込んだ壮年の男だった。妙に四角張って黄色く浮腫《むく》んだ顔には、脂染みた髪が房になって張り付いている。そのとろんとした目付きや崩れかかった頰杖の姿勢からして、既に大分と酒盃を重ねた後のようだった。

二人のテーブルには手付かずのサンドイッチとグラスが二つ、それにウイスキーの罎が載っていた。サンドイッチ皿の脇に置かれた白い角封筒が、暗がりのなかで映えて見えた。

こちらとしても睦み合う姿が視界に入るのは願い下げだったが、今更席を変えるのも億劫だった。おれは女の目線を無視して後ろに凭《もた》れ掛かり、取り出した煙草を咥《くわ》えた。女は諦めたように顔を戻し、小声で男に何かを話し始めた。

どうにも詰問するような感じだった。耳を澄ませば何とか聞き取れそうな音量だったが、そこまでするのも野暮に思えた。

痩せたボーイが、小皿に盛られた向日葵《ひまわり》の種を運んできた。壁に掛かった黒板のメニューを眺め、アルゼンチンサンドとビールを注文する。

煙草を吹かしながら、灯りのなかで埃の舞う様を茫と眺めていると、例のテーブルから不意に切羽詰まったような声が聞こえた。

「それじゃ話が違う」

目だけ動かして二人の姿を捉える。身を乗り出すようにして、女が男に詰め寄っていた。男は頬杖を突き直し、にやにやと笑いながらその様を眺めていた。

女は慌てた様子で辺りを見廻した。おれは灰皿の縁に煙草を載せ、誰の声も届かなかった態で種を摘まんだ。望むと望まざるとに拘わらず、おれの耳は自ずと注意を払い始めていた。

「いい加減にして。貴方がやってるのは脅迫よ」

女は腰を落ち着けながら、押し殺した声で云った。

「はは、そ、そんな人聞きの悪いこと、い、云うなよ」

男は震える手をグラスに伸ばし、呂律の回っていない口に琥珀色の液体を流し込んだ。

「む、昔の馴染みで、ちょ、ちょ、一寸だけ追加のゆ、ゆ、融通を頼みたいだけじゃな、ないか」

「それは前にも聞きました。だからこれで最後だと」

お待たせしましたとボーイが料理を運んできた。女の声が、鉈《なた》で断ったように途切れる。おれは料金を支払い、煙草をひと喫《す》いしてからグラスにビールを注いだ。

ボーイが去って暫くしてから、男はうふふと甘えるような声で笑った。

「そ、そんな怖い声を出すんじゃな、ないよ。周りにか、顔をみ、み、見られるぜ」

女は口を閉ざしたまま男を睨んでいる。おれはビールを半分ほど飲み、アルゼンチンサンドに齧り付いた。炒めた挽肉と唐辛子や大蒜《にんにく》の酢油和えを、硬いパンで挟んだ品だ。生憎と、じっくり味わっていられるような状況ではなかった。

「とにかく、これきりにして下さい」

「お前がそう云うなら、し、仕方ない。別の人間にお願いするだ、だ、だけだ」

男はグラスを取り上げ、喘ぐようにして琥珀色の液体を飲み干す。

「に、二条の店で聞いたぜ。しゃ、しゃ、社長はしゅ、出張中なんだってな」

「店に来たんですか」

「お、お前に会いたかったんだよ」

男は陰気に笑い、空いたグラスにウイスキーを注いだ。

言葉を失くした態だった女が、不意に前屈みになった。その両手は、外套の上から己の胸を押さえていた。

「おい、ど、ど、どうした」

男の方も異変に気が付いたようだった。グラスを持ったまま首を伸ばし、訝しげに女の様子を窺っている。

女は殆どテーブルに顔を着けんばかりにして、呻き声を上げ始めた。

「お、おい。ど、どうしたってんだよ、きゅ、急に」

おれは立ち上がり、足早に近寄った。

男は椅子から跳び上がり、怯えた目をおれに向けた。おれはその脇を通り過ぎて、帽子の落ちた女の顔を覗き込んだ。

「な、なんだよ、あんた」

「大丈夫ですか」

返答は無い。おれは女のマスクを外し、息がしやすいように襟巻も緩めた。

女は目を瞑り、苦しそうな呼吸を繰り返していた。見たことのある顔ではないが、全体的なその雰囲気にはどこか見覚えのあるような気がした。しかし、それが誰なのかは咄嗟に思い出せない。

女の手は今も胸の辺りを強く押さえていた。おれは立ち尽くす男を振り返った。

「この人は心臓に病気を持っているのか」

「し、知らないよ、そん、そんなこと。な、なに、何者なんだ、あ、あ、あんたは。か、か、関係ないじゃ、な、ないか」

おれが立ち上がると、男は顔を強張らせて後退りし、そのまま背を向けて逃げ出した。咄嗟に腕を伸ばしかけたその時、後ろから女の呻き声が聞こえた。

「薬を、鞄のなかに、薬が」

横の椅子には藍色の手持ち鞄が置かれていた。近くに膝を突いて中身を探るが、薬壜の類いは見当たらない。唯一それらしい物といえば、ポケットのなかのアルミ紙に包まれた飴玉のような物だけだった。

女の身体を支え、椅子に凭れ掛からせる。

「これですか」

薄く目を開けた女が頷くのを確かめてから、おれは包装を破った。転がり出たのは、楕円形をした白い錠剤だった。

「一錠でいいですか」

女は微かに顎を引いた。摘まみ出した一粒の錠剤を、手に載せて差し出す。女は苦しそうにそれを摘まみ上げ、口に含んだ。水が要ると思ったが、女はそれ以上何も云わず、後ろに凭れ掛かったまま口を動かしていた。どうやら舌下錠だったようだ。

三分程そうしていると、容態も少しずつ落ち着いていった。女は大きく息を吐き、ゆっくりと身体を起こした。

「どなたか存じませんが、ご迷惑をお掛けしました。ありがとうございます」

女は血の気が失せた顔のまま頭を垂れた。汗に解《ほっ》れた髪が、その額に張り付いていた。

「お気になさらず。もうよろしいのですか」

「発作ですので、薬さえ嚥めば」

女はゆるゆると辺りを見廻す。男がいないことに気付いたようだった。

「お連れの方はさっさと逃げていかれましたよ」

女は暗然とした顔で頷き、そのままおれを見上げた。

「申し訳ありませんが、お水を頂いてもよろしいですか」

「持って来ましょう。少し待っていて下さい」

立ち上がり、厨房に向かう。暗さのせいか、他の客が今の騒動に気が付いた様子もなかった。間延びした楽曲の流れるなかで、相変わらず誰もが茫とした顔でグラスに口を着け、黙々と煙草を吹かしていた。

ボーイに冷水を用意させて取って返すと、女の姿は無くなっていた。真逆《まさか》と思いテーブルの下を覗いたが、倒れている訳でもなかった。

床に落ちた帽子も、鞄も無くなっていた。水滴が浮かんだこのグラスは、どうやらおれを体よく追い払うための口実だったようだ。自分の間抜け振りに、思わず苦笑が漏れた。

要らなくなった冷水を含み、手付かずのサンドイッチを一つ摘まみ上げる。皿の脇には、例の白封筒が残されたままだった。

ハムサンドを頬張りながら、封筒の中身を検めてみた。手の切れそうな二十円紙幣が四枚並んでいた。場違いなほどの大金だ。おれは少し考えてから、封筒をポケットに仕舞った。

自分の席に戻り、残ったアルゼンチンサンドを頬張ってビールを呷る。

頭のなかでは先ほどの遣り取りがぐるぐると巡り、酔いは遠ざかる一方だった。

諦めて席を立ち、外套を手に店を出た。

冷たい夜風を顔に浴びて、おれは漸く、女の顔に感じた雰囲気が弓枝のそれだったことに気が付いた。

＊

優れた将は、得意淡然失意泰然でなければならないという。つまり、感情を表に出してはいけないのだ。そう云う意味で、阿武木志都子は確かに経営者の器だった。

おれを見て動揺を顕わにした次の瞬間には、もう元の表情に戻っていた。幸助の隣で簡単な自己紹介を済ませた後は、恰《あたか》も初対面であるかのような丁寧さで、しかし飽くまで事務的に依頼の内容について語り出した。

「調査をお願いしたいのは田野井《たのい》商店という会社についてなのです。ご存知ですか」

おれは少し考えてから頷いた。こうなっては、合わせていくしかない。

「名前だけは聞いたことがあります。化学工業系の会社でしたか」

「はい。元々は上鳥羽《かみとば》の方で工業用石鹸の製造をされていた会社なのですが、息子さんに代替わりしてからは製薬にも興味を示されて、共同での研究を持ち掛けられているのです」

「しかし懸念がおありだと」

「詳しいことは分からないのですが、ここ最近で昔からの社員さんが多く辞めているという噂を耳にいたしまして」

おれは冷めつつある珈琲を含み、成る程と頷いた。

志都子が現われてから、幸助が口を開くことは無くなっていた。ソファに凭れ、志都子の説明に耳を傾けながら時折頷いているだけだった。

調査を引き受ける旨を告げ、具体的な期日や金額などについて話し合っていると、不意に社長机の電話が鳴った。

失礼と立ち上がり、幸助が受話器を取り上げる。

「私だが……うん、そうか」

受話器を押さえて志都子の名を呼んだ。

「蕪木《かぶらぎ》ホテルの支配人がご挨拶に来はったらしいけど、約束してるか」

「いえ、私は特に。貴方じゃないんですか」

「お客さんでしたら私はもう失礼しますが」

腰を浮かせるおれを、志都子はやんわりと押し留めた。

「いえいえ、それには及びません。貴方、申し訳ありませんけどご挨拶だけしてきて下さいませんか。恐らくパーティの件でしょう」

幸助はちらりとおれを見る。

「打ち合せか？　何を話せばええんや」

「向こうも御礼を云いに来たぐらいだと思います。詳しい段取りは総務で進めていますから」

幸助は曖昧に頷くと、受話器の向こうに自分が下りていく旨を告げた。

「鯉城さん、それじゃ申し訳ありませんが少しだけ失礼します」

「ええ、お気になさらず」

幸助は飄々とした顔で出ていった。

扉の閉まる音が、静まった部屋に響き渡る。おれは、改めて志都子の姿を検めた。

膝の上に両手を重ね、軽く目を伏せたその姿は、矢張りサモンドロウで発作に苦しんでいたあの女に相違なかった。

強い意志を表わすようにその口は真一文字に結ばれ、狭い山型の額の下では、切れ長の双眸が困惑気味に揺れ動いていた。幸助を行かせたということは、何か話があるのだろう。だが、その踏ん切りがつかないようだ。

　このまま黙りこくっている訳にもいかないので、おれの方から口火を切ることにした。

「サンドイッチの横に置いてあった封筒は私がお預かりしています。今度お返ししましょう」

　志都子は弾かれたように顔を上げた。

「悪く思わないで下さい。あそこに残していってもボーイの懐に入るだけですから」

「貴方は」

「妙な縁ですね、もう体調はよろしいんですか」

　志都子は観念したように息を吐き、毅然とした顔で背を伸ばした。

「その節はありがとうございました。また封筒のことも。ですがお返し頂かなくて結構です。お納めください」

「私に？　それは何故」

「依頼料と思って頂いて結構です。その代わり、あの晩のことは一切口外無用で願います。若し守って頂けない場合は」

　畳み掛けるような志都子を、おれは手で制した。

「待って下さい。貴女は勘違いをされています。私は探偵であって強請《ゆすり》屋じゃない」

「しかし」

「永久に忘れろと仰るのでしたら、勿論そうします。ただ」

　おれは咳払いして、喉に絡んだ痰を切る。

「万が一何かに困っておいでで手を貸して欲しいということでしたら、喜んでお引き受けします」

志都子の目が少しだけ大きくなった。しかし、その目線は直ぐに逸らされ、おれの期待は虚しく空を切った。

「結構です。永久にお忘れください」

志都子はそう呟き、幸助が戻って来るまで口を開くことは無かった。

*

田野井商店の調査は、思っていたよりも手早く済ませることが出来た。

明治の中頃より上鳥羽の花名《はなな》で紡績業向けのアンモニウム石鹸を製造していた田野井は、二年前の代替わりを機に他の商域へ手を伸ばし始めた。松脂やテレピン油などの化学工業域から、阿武木に倣ったとも思える西洋医薬品の輸入など手広く事業を展開し、その躍進ぶりは京都の商工界でも少なからず噂になっていた。来年には水無瀬《みなせ》に新しい工場も建てる予定で、協業先としては申し分もないように思われたが、果たしてその実態は志都子の懸念通りだった。

志都子が耳にしたという風聞は真実であり、代替わり以降、息子である現社長の方針に難色を示す古参社員は次々と馘首《かくしゅ》されていたのだ。その内の一人に接触した所、新規事業の失敗や協業先との揉めごとなど、杜撰《ずさん》な経営の実態が次々と明らかになっていった。肝心要の輸入業は既に行き詰まっており、新工場の建設資金も銀行融資ではなく出所の怪しい金であるとのことだった。

何にせよ、距離を取った方がいい会社であることは間違いない。おれは五日ばかりかけて田野井の悪評を詳《つまび》らかにし、直ぐにでも提出出来るよう書面の体裁に整えた。

尤も、志都子が設けた期日は二週間も先だった。難航しそうな仕事が意外と手早く片付き、数日で済むと思っていた仕事が二ヶ月以上を要する。それがこの仕事の常なのだ。

幸か不幸か、今のおれには他に抱えている仕事も無かった。しかも、ここ最近は大口の案件が続いたため、暫くは仕事を捜さずとも食うには困らない。要は、久しぶりの休暇という訳だ。

丸一日かけて机の抽斗に溜め込んでいた名刺や新聞記事の切り抜きを整理したのち、おれの足は自ずとサモンドロウに向かっていた。

今夜の目的は、当然酒ではなかった。


紗を下ろしたように紫煙の充ちた店内には、今日も四組ほどの客がぽつりぽつりとグラスを傾けていた。隅の蓄音機から流れているのは、以前と同じような、どうにも伸びきったジャズ小唄のレコードだった。

席を選ぶ振りをして、薄暗い店内を注意深く見廻す。

トランプに興じる四人組のなかに、おれは例の男の顔を見つけた。以前と同じ薄汚れたルパシカ姿で、頭には黒いベレー帽を載せていた。

帽子を目深に被ったまま、男が視界に入る席を選んで腰を落ち着ける。近くを通ったボーイにウイスキー・ソーダを注文し、煙草に火を点けて懐から取り出した今日の新聞を広げた。

顔を隠すために持参した物だったが、目の前に現れたのは阿武木の文字だった。

新しく売り出したジゴキスという強心薬に関する広告記事で、その隣には、心不全治療のために自身も常用している幸助の談話が載っていた。従来のジギタリス製剤と比べてより効果が見込まれるだけでなく、今までは一日三回食後の内服が必要だった所を、このジゴキスは朝晩の二回で足りるらしい。

おれには必要ないなと思いつつ、構え直した新聞の端から男たちの様子を窺った。

暫くの間観察を続けて分かったことは、連中が金を賭けてポーカーをしていること、そして男の名が球磨《くま》であるということだった。ひとゲームごとに各々の前に積まれた赤と青のコインが移動するのだが、球磨の負けは大分と嵩んでいるようだ。

「下りた」

手前に腰掛けた菜っ葉服の男が、卓上にカードを放る。隣の男もカードを晒した。

球磨は舌打ちして、残った一人に手札を突き付ける。

「な、な、情けねえなあ。俺はしょ、勝負だ」

相手はにやりと笑って、自分の手札を晒す。役は見えなかったが、目を瞠る球磨の顔から、勝負の結果は想像に難くなかった。

「ち、畜生、おも、お、面白くねえ」

「悪いな」

勝った男は、笑いながら卓上のチップを掻き集めた。球磨は苦々しげな顔で、グラスの底に残った琥珀色の液体を飲み干した。

「も、もう、もうワンゲームだ。は、早くカード配りな」

「待てよ、その前に負けた分の精算だろ？　この前の分も俺ァまだ貰ってないぜ」

のろのろと手を伸ばす球磨を、菜っ葉服の男が睨んだ。他の二人もそうだと同調する。

「俺もだ。おい球磨、いつまで待たせるんだよ」

球磨は怯んだ顔を一瞬覗かせたが、直ぐに卑屈な顔で笑い始めた。

「心配はい、い、要らねえよ。近い内にまた、まと、纏まった金が、は、入るんだ」

「株でも始めたのか」

「そんなんじゃね、ねえ。と、兎に角纏まった金だ。せん、先月の分だって、ちゃ、ちゃんと払っただろ」

「おい球磨、上手い話があるなら俺たちも混ぜろよな？」

身を乗り出す菜っ葉服の男に、球磨は陰気な顔で笑った。

「あ、生憎とこればっかりはどうにもならねえ。よ、よ、嫁の話だからなあ」

「嫁？　お前いつ嫁なんか取ったんだ」

「違う違う。で、出てった嫁だ。それが小金持ちになって、お、お、俺に融資してくれるんだ」

煙草の先から伸びきった灰が落ちた。ほろほろと崩れる灰を手で払い、おれはすっかり水っぽくなったウイスキーを一口啜った。

その後も球磨たちはポーカーを続けていが、一人去り二人去り、結局球磨がサモンドロウを辞したのは日付を跨ぐ頃になってからだった。

球磨は訳の分からないことをぶつぶつと呟きながら、扉を肩で押し開けて出ていった。

間を空けて店を出ると、千鳥足で南に向かう球磨の姿があった。おれはポケットに手を突っ込んだまま、少し離れてその後を追った。

夜更けの新京極には人影も少なかった。高く張られた電線が、吹き荒ぶ夜風に長く尾を引いて哭《な》いていた。

闇に滲む街灯の下には、点々と夜見世《よみせ》が開かれていた。おれはその内の一つに立ち寄り、手早く黒眼鏡を買った。

錦《にしき》の天満宮を過ぎた辺りで、球磨が脇の小路に入った。黒眼鏡を掛け、足早に同じ角を曲がる。

球磨はすぐそこにいた。こちらに背を向け、塀沿いの電柱にしゃあしゃあと小便をしていた。曲調のずれた鼻歌に併せて、アンモニアの臭いが仄かに漂ってきた。気が付かれた様子は無く、おれは暫くの間、奴の小便が終わるのをその直ぐ後ろで待っていた。

小便を終え再び歩き出そうとした球磨は、振り返り様に文字通り跳び上がった。おれはその腕を摑み、近くの板塀に身体ごと押し付けた。

「な、な、何です」

「さっきは面白そうな話をしてたな」

前腕で球磨の胸元を押さえる。球磨は顔を引き攣らせて身悶えした。

「な、なん、何の話で、ですか」

「しらばっくれるんじゃねえ。手前の女房が金を持ってるって話だ。詳しく教えて貰おうじゃねえか」

「く、詳しくも何も、それ、それを、どう、ど、どうしようって」

「阿武木だろう」

球磨は目を剝いた。

「ど、どう、どうして、そ、それ、それを」

「何でも知ってんだよ、おれは。何だ、阿武木の女房と手前は夫婦だったのか」

「そ、そ、そうです、そうです。め、めお、夫婦で暮らして、この京都で、十年近く前に」

「手前に愛想を尽かして出て行ったんだろ」

「いやあ、それはそのう」

おれは腕を動かして、球磨の喉元を強く押さえた。

「はっきり喋れよ。俺ァぐずぐずしたやつが大嫌いなんだ」

「や、や、止めて下さい。云います、云いますから」

目を白黒させて球磨が藻掻《もが》く。腕を少しだけ緩めると、球磨は喉元を押さえながら血の気の失せた顔でおれを見上げた。

「わ、私は球磨銀二《ぎんじ》と云いまして、げ、劇作家をしてるんです。ついこの間、と、とう、東京から戻ったばかりで、ああそうだ、『一光《いっこう》』ってぶ、舞台を知りませんか。あれは、わた、私が脚本《ホン》を書いたんですが」

「聞いたこともねえ」

「そ、そうですか、前に京都じゃ大ハネしたんですが。と、兎に角劇作家なんです」

「手前のことはどうでもいいんだよ。おれが知りてえのは、なんで阿武木の女房が手前に金を出してんのかってことだ」

「それは、そのう」

「強請《ゆす》ってんのか」

球磨は顔中に脂汗を流しながら、目を泳がせている。

「黙ってちゃ分かんねえだろ。それとも、歯の二、三本でも折られねえと喋れねえか、おい」

おれは球磨の胸倉を摑み、両手で締め上げた。球磨は足をばたつかせながら、金魚のように口をぱくぱくとさせている。

「ノズ、ノ」

「あん？」

「ノズガールを、しず、志都子はノズガールをやってたんですよ」

吊るし上げられた球磨は、顔を真っ赤にしてそう叫んだ。

その意味を解するのに、おれは数秒を要した。ノズガールとはノーズロースガール、即ち下着を穿かず歌劇《レヴュー》に出る踊り子を指す。

身体中が熱を帯び、襟元を摑む手に自ずと力が籠もった。

「女房を裸で踊らせて、手前は下らねえもん書き散らしてやがったのか」

息を溜め、目を白黒させている球磨を力任せに放り投げた。顔から地面に落ち、球磨は蛙が潰れるような声を上げた。

「手前みたいな野郎は棄てられて当然だ。今度あの人に近付いてみろ、只じゃ済まさねえからな」

球磨は土埃に塗《まみ》れながら起き上がり、脇目も振らずに新京極の方へ逃げていった。

上がった息を鎮め、おれは地面に唾を吐いた。全身の血が煮立ったような感覚だった。

煌びやかな舞台の上で、すらりとした四肢を伸ばす志都子の姿が脳裏を過った。若かりし頃の志都子をおれは知らない。自らを好色な視線に晒し続けて踊るその顔は、いつの間にか弓枝のそれに代わっていた。

陽炎のようなその情景を払うため、おれは頭を強く振った。黒眼鏡が鼻先にずれ、視界が少しだけ明るくなった。

遠くの方で、犬が立て続けに鳴いていた。おれは黒眼鏡のつるを摘まんで折り畳み、外套のポケットにしまった。

このまま家に帰る気持ちには到底なれなかった。

今からでも酒の飲める店を捜すため、おれは新京極の方に足を向けた。

*

翌日、おれは寝不足の頭を抱えたまま、報告書を携えて上妙覚寺町《かみみょうかくじちょう》にある阿武木薬業の本店を訪れた。

店舗兼社屋の建屋は混凝土《コンクリート》造の二階建てで、正面の硝子戸には金字で大きく店名が刷られていた。店先には色取り取りの幟《のぼり》が上がっており、滋養強壮、健康長寿の文字が風に揺れていた。

一階の店舗に入ると、若い店員がいらっしゃいましと帳場から笑顔を覗かせた。その奥には背の高い戸棚がずらりと並び、大小様々な箱や薬壜が並んでいた。品数が矢鱈に多いと思ったら、どれも背板と側板が鏡張りになっていた。これも志都子の知恵なのだと、いつぞやの新聞記事で読んだような気がした。

自ら名乗った上で、志都子に用がある旨を告げる。前以て訪問を報せてはいなかったが、直ぐに奥の応接室へ通された。

椅子に腰掛けて壁際の硝子棚に飾られた外用薬の個装箱を眺めていると、控えめなノックを経て志都子が姿を現わした。立ち上がるおれに一礼し、志都子は真向いに腰を下ろした。

「申し訳ありませんが阿武木は出ておりまして」

こちらを見据えるその瞳は、はっきりと警戒の光を帯びていた。

「勿論奥様で結構です。調査が完了しましたのでそのご報告に参上した次第です」

まあと志都子は目を丸くした。

「随分と速いんですのね」

「それだけ噂が立っていたということです。放っておいてもお耳には入ったことでしょう。詳しい話はこちらに纏めてあります」

鞄から報告書を取り出し、志都子に手渡す。頁を捲りながら素早く目を走らせていた志都子は、成る程と溜息を吐いた。

「思っていた以上でしたわ」

「お役に立てたのでしたら何よりです」

「大変参考になりました。あら、すみません。お勧めもせずに」

志都子は卓上の煙草入れをおれに向けて開いた。礼を述べて一本摘まみ、燐寸を擦る。

「そう云えば、新聞を拝見しました。新しい薬を売り出されるそうですね」

「ええ、ジゴキスというフランスの強心薬です。漸く国との交渉も落着しまして。従来のジギタリス製剤と比べてより効果が見込まれるお薬ですから、お医者様にも歓迎されることでしょう。鯉城様にはご関係の無いお話かも知れませんけども」

志都子は微笑みながら、硝子棚に目を遣った。一番下の棚板には、確かにDigoxisと赤字で書かれた白い個装箱が飾られていた。

「それにしても、お仕事が速くて本当に助かりました。内容が内容ですので、迂闊に頼むことも出来ず困っていたのです。直ぐに謝礼を用意いたします」

「畏れ入ります」

ところでと志都子は居住まいを正した。

「話は変わりますけれども、鯉城様は来週の土曜日の夜に何かご予定はありますか」

「いえ、特にはありませんが」

「良かった。実は、今年で弊社は創立百五十周年を迎えまして、その記念式典を河原町の蕪木ホテルで夕方の五時半から開催するのです。阿武木が、是非鯉城様にもお越し願いたいと申しておりまして。ご都合は如何でしょう？」

断る理由も無かった。おれは祝いの言葉と礼を述べて快諾した。

「では招待状を送らせて頂きますね。宛先はどうしましょう」

「寺町の事務所にお願い出来ますか。住所は以前お渡しした名刺に書いてあります」

「畏まりました。阿武木も喜びますわ」

莞爾と微笑む志都子と目が合った。胸の裡が波立つのが分かった。

「それでは、暫くお待ちください」

魔が差したのだろう。躊躇いが生じた時には、志都子に呼び掛ける言葉がおれの口を突いて出ていた。

「すみません。実はもう一つありまして」

志都子が驚いた顔で振り返った。気持ちを静めるため、おれは手元の煙草を深く喫った。

「貴女にお願いするのはお門違いなのでしょうが、私の方でも若しご協力頂けるならと思いお話しする次第です。と云いますのも、他ならぬ球磨氏の件でして」

志都子の顔が如実に張った。

「何と仰いました」

「球磨銀二氏です」

志都子の面貌から、感情の色が抜け落ちていった。おれは灰皿の縁に煙草を置き、慎重に言葉を選んだ。

「実は、球磨銀二という劇作家に脅迫されており何とかして欲しいという依頼が、私の許に持ち込まれたのです。調べてみますと、その球磨というのがあの晩サモンドロウにいた男だということが分かりました。貴女は球磨と関係がおありでしょう。ですから、奴について幾つか教えて貰いたいのです」

志都子の蒼褪めた顔に、おれは口にしたことを後悔し始めていた。しかし、今更後戻りは叶わない。前に進む他なかった。

「球磨が少し前までは東京にいて、その前は京都で夫婦暮らしをしていたことまでは分かりました。若しかしてその時の妻というのが」

「お止め下さい、済んだ話です」

叩きつけるような口調で、志都子はおれを遮った。

「ええそうです。球磨と私は、以前は住居を共にしておりました。ですがそれだけです。婚姻関係はございいません。それに、もう十年以上昔の話です。私からお話し出来るようなことは何もございません」

「では、球磨が上京する前にもう別れていらしたのですね」

志都子は訳が分からないという顔になり、嘲るような笑みを一瞬だけ覗かせた。

「別れるも何も、球磨は勝手に出て行ったんです。若い舞台女優を連れて」

「何ですって」

「置いていかれたんですよ、私は」

その顔に浮かぶのは、怒りでも憎しみでも無かった。こちらに向けられた眼差しも、通り過ぎていくような虚ろなものだった。

「球磨が人を脅していると仰いましたが、何かの間違いだと思いますよ。あの人、どうしようもないくらいに臆病者なんです。私以外にそんなことをする度胸があるとは思えませんわ」

志都子は小さく頭を下げ、応接室から出ていった。暫くして小切手を持ってきたのも志都子ではなく、佐村嬢だった。

おれはサモンドロウで回収した例の白封筒を彼女に預け、阿武木の店舗を後にした。

＊

その晩、露木から電話があった。早々に依頼を済ませて貰った御礼にと、夕刻に志都子が訪ねてきたらしい。

「鯉城のことを褒めていたよ。予想以上の速さだったし、報告書も分かり易かったってさ」

露木は朗らかな口調でそう云った。おれは平静を装い、そりゃ何よりだと答えた。

「あ、それとねえ、鯉城に謝っといてくれとも云われたんだけど」

「おれに？」

「そう、何かあったの？」

まあなと言葉を濁しはしたが、そんな小手先が通用する相手でないと思い直した。云い繕うことを早々に諦め、おれは咳払いした。

「どうも厄介ごとに巻き込まれているみたいだったから、良ければ力を貸すと云ったんだ。ただ、要らん世話だったらしい」

「それはこの信用調査に絡んで？」

「いいや、別件だ」

一拍空けて、露木はそうと呟いた。断ち切ったようなその一瞬の間に、おれは肝を冷やした。そして、露木がおれの胸の裡を読んだであろうことを覚悟した。

露木がおれの名を呼んだ。

「大丈夫かい」

何の話だと云おうとした。しかし、おれが口を開くより先に、露木は、大丈夫だとは思うけどねと朗らかに笑った。

おれは、胸の裡でひとつの蠟燭が消えたような気がした。

「無邪気な恋に落ちるほど、おれももう若くはない」

少し間を空けて、露木はそうかなと呟いた。怒っているのか笑っているのか、どちらにも取れるような声だった。

＊

一之船入町《いちのふないりちょう》に建つ蕪木ホテルは、事務所から歩いて五分程度の距離だった。

届いた招待状には、午後五時開場、五時半開宴とあった。壁掛の時計が五時に近付いたのを確認して、おれは事務所を出た。昨日と比べて温順な往来には、薄紫の夜気に混じって微かに花の香が漂っていた。

市電の軌道に沿って河原町二条の辻で曲がり、道なりに進むと直ぐ左手に蕪木ホテルの庭園が現われる。

頭文字を取ってK・Kホテルとも呼ばれる京都蕪木ホテルは、明治の初めから河原町御池《かわらまちおいけ》の一角に甍《いらか》を誇る、京都には珍しい豪奢な迎賓ホテルだった。

元々は洋風の木造旅館だったのだが、海外からの観光客が増えるに連れて増改築を重ね、今や広大な庭に池泉や別館を抱いた、煉瓦石造り三階建ての広壮なホテルとなっている。内部には二十余りの客室の他、食堂や宴会場、それに欧米の客に向けた撞球場なども用意されているらしい。凡そおれのような人間には縁の無い場所だった。

河原町に面した正門には、客を送り届けた後と思しき俥《くるま》が大勢屯《たむろ》していた。そのなかにはちらほらと乗合自動車の姿も見受けられ、倖夫たちの冷ややかな目線に晒されていた。

正面玄関から入り、二階の宴会場へ向かう。

帽子をホテルマンに預けてから受付に並ぶと、見知った佐村嬢が立っていた。莞爾《にっこり》と笑顔を見せる彼女に招待状の封筒を示し、なかに入る。

喧騒に充ちたホールは、七分ほどの入りだった。

奥には金屏風の敷かれた壇が用意され、天井からは「阿武木薬業　創立百五十周年記念式典」と書かれた大看板が下がっていた。

シャンデリアの灯が反射する木目調の床には、間隔を空けてテーブルがずらりと並べられていた。それぞれに皿や料理が並んでいるが、椅子が無い所を見ると、これが噂に聞く立食パーティというやつなのだろう。退かされた椅子は左右の壁際に並べられていた。

会場を見廻した限りでは、客は壮年から老年の男が多いようだった。人は増える一方で、幸助や志都子がどこにいるのかは分からなかった。

壁際で開宴を待っていると、暫くして司会と思しき燕尾服の男が壇の近くでマイクに向かって口上を述べ始めた。

煙草を燻《くゆ》らしながら、人混みの向こうに視線を漂わせる。拍手が起こり、黒紋付の幸助が壇上に姿を現わした。壇の脇には志都子の姿もあった。

幾つもの照明に照らされた幸助は深々と一礼をして挨拶を述べ始めた。しかし、お世辞にも流暢とは云えない口上で、幸助が吃《ども》る度に客の間からは遠慮の無い失笑が漏れていた。

顔を赤らめ滝のような汗を流すその姿は、正直見るに堪えなかった。思わず目を逸らすと、壇の傍には、そんな冷笑など気にも掛けない様子で、真っ直ぐに幸助を仰ぎ見る志都子の姿があった。十分ほど掛けて漸く挨拶が終わった後は、ふらふらと壇から降りる幸助に向けて、志都子は誰よりも大きな拍手を送っていた。

続いて壇上に現れたのは、薬業組合の会長を務めるという白髭の老人だった。乾杯挨拶のため、ボーイがビールの注がれたグラスを客に配り始める。おれも一つを受け取り、打って変わって流暢な来賓の挨拶に耳を傾けた。

老人は阿武木薬業の躍進を称えた上で、それも偏《ひとえ》に志都子の活躍に因るものだと慇懃な言葉で褒め称えた。しかし、そのままの流れで脇に目を遣ると、先月上梓されたという幸助の自家版句集について皮肉った。忽ち会場が揺れるような爆笑が起こった。幸助は困ったような笑顔で周囲に頭を下げる一方、志都子は穏やかな笑みを浮かべ、しかし真っ直ぐに壇上の老人を見据えていた。

老会長はそんな志都子の眼差しには気付かなかったのか、機嫌良さそうに阿武木の益々の発展を祈念すると述べ、乾杯の挨拶を締め括った。おれも形だけグラスを掲げ、少しだけビールを含む。すっかり温くなったビールは、随分と苦かった。

酒が入り始めたせいか、ホールの喧騒は先程よりも大きくなっていた。幸助と志都子は壇の近くで多くの客に囲まれており、挨拶をしようにも暫くの間は近寄れそうもなかった。

おれはハムのサンドイッチを三つばかり頬張り、壁際でちろちろとビールを舐めていた。矢張りこういった連中は鼻が効くのか、おれに声を掛けてくるような輩は独りもおらず、気楽なものだった。

どれほどそうしていただろうか。不意におれの名を呼ぶ声がした。首を巡らせると、顔を朱色に染めた幸助がこちらにやってくる所だった。既に大分と飲まされているようだ。

「よくおいで下さいました。家内から聞きましたが、早速例の件を調べて下さったそうで。ありがとうございます」

「いえ。こちらこそご挨拶が遅れまして、この度は誠におめでとうございます」

近くを通り過ぎたボーイの盆から冷水のグラスを取り、おれは幸助に差し出した。

「なかなか大変そうですね」

幸助はそれを美味そうに飲み干して、大きく息を吐き出した。

「済みませんね。どうもこういう場は不得手でして。我ながら酷い挨拶やった。お恥ずかしい限りです」

「そんなことはありません、大変結構なご挨拶でしたよ」

近くのテーブルにグラスを戻していた幸助が、驚いた顔で振り返った。

「本当ですか？」

「勿論です。上辺《うわべ》ばかりのものより、余程心が籠っていたように感じました」

「いやあ、お世辞でもそう云って貰えると報われます。あの挨拶も、あれと私で考えたものでしてね。家内はもうご挨拶に伺いましたか？」

「いえ、こちらから折を見て伺います。どうぞお気になさらず」

「そうですか。では、どうぞ最後までゆっくりしていって下さい」

幸助と別れ、再び壁に凭れかかる。

蠢《うごめ》く雑踏を眺めながら茫としていると、誰かの喚くような声が遠くに聞こえた。

入口近くで、二人のボーイが何者かが入ろうとするのを押し留めていた。

扉の陰に白いルパシカが覗き、咄嗟に目を凝らす。怒声をぶつけているのは、球磨銀二に間違いなかった。近くのテーブルに飲み差しのグラスを置き、おれは素早くそちらに向かった。

「だ、だから俺はしょ、招待客だって云ってるだ、だ、だろうが」

目元を朱く染めた球磨は、唾を撒き散らしながらボーイに食って掛かっていた。

「ですから、申し訳ございませんが招待状が無い方にはお入り頂けないのです」

「持ってくるのをわ、わ、忘れたんだ。し、志都子に云え。ぎん、銀二が来たってよう」

押し入ろうとする球磨をやんわりとボーイが拒み、その繰り返しだった。騒ぎに気が付いた数名の客が、遠巻きに醜態を眺めていた。

割って入ろうとした矢先、兄さんという声が響いた。振り返ると、こちらに向かって来る志都子の姿があった。

「ご免なさいね。その人は通して貰っていいのよ。兄さんったら招待状を忘れたんですか。あれだけ持ってきて頂戴とお願いしたのに」

交互にボーイを見遣ってから、志都子は球磨に向き直った。おれだけでなく、球磨も志都子の意図を摑みかねているような顔だった。

「どうした志都子」

荒い息を吐きながら、幸助もやって来た。志都子はぎこちない様子で振り返り、球磨を手で示した。

「ご紹介しますわ。二従兄《ふたいとこ》の球磨銀二です」

幸助は目を丸くした。

「従兄って、ご親族の方は皆亡くなったはるんやなかったのか」

「ついこの間まで台湾にいらしたんです。それが丁度日本に帰ってこられて、このあいだ偶然街中で再会したものだからお呼びしたんですよ。ねえ兄さん？」

「ええ、く、球磨銀二です。志都子が、せ、世話になっていまして」

水を向けられた球磨は、にやにやと笑い出した。訝しげな目付きを引っ込めて、幸助は手を差し出した。

「そうでしたか。阿武木幸助です。こちらこそご挨拶が遅くなりまして失礼をしました」

球磨はその手を握り返し、幸助と志都子の顔を交互に見た。志都子は固い顔のまま、黙ってその様を見詰めていた。

「ご挨拶はまた改めて。大したおもてなしも出来ませんが、どうぞゆっくりしていて下さい」

「ええ、あり、ありがとう。積もる話も、あ、あ、ありますが、そ、それはま、また」

球磨は目礼を残し、酒を供するカウンターの方へふらふらと歩いていった。幸助は不思議そうな顔でその背を見詰めていたが、志都子に促されて言葉を交わしながら客の集まる方へ戻っていった。遠巻きの観衆も、興味を失った顔で三々五々に散っていった。

おれは球磨の後を追った。

バーテンダーの控えるカウンターでアイスフロート・ウイスキーを受け取った球磨は、壁際の椅子に腰掛け、嬉々とした顔で啜り始めた。

初めは叩き出してやろうと思っていたが、そうすると厭が応でも場が荒れるだろう。それは避けた方がよいと考え、おれは少し離れた壁際から球磨の観察を続けることにした。

それから三十分もしない内に、球磨は四杯のアイスフロート・ウイスキーを空にした。すっかり酔い潰れ、椅子に凭れ掛かったまま水蛸のようにぐにゃぐにゃとしている球磨の手からはグラスが落ち、残っていたウイスキーが絨毯に琥珀色の染みを作っていた。

あそこまで酔い潰れたら変に騒ぎ出すこともないだろうかと思っていると、髪を短く刈ったボーイが、冷水のグラスを手に球磨の許へ歩み寄った。

ボーイは何かしら声を掛けているが、眠りこけた様子の球磨に反応は無かった。肩を軽く叩いても同じだったため、彼は球磨から離れて、近くを通った初老のホテルマンを呼び止めた。

不意に、客のなかから幸助が姿を現わした。球磨に寄るボーイの傍で立ち止まり、ホテルマンを交えて何か言葉を交わしている。おれがそちらに向かおうとした矢先、ボーイは幸助に頭を下げ、何かを手渡した。幸助は頷き返すと、球磨を一瞥してから再び客の方へ戻って行った。

ボーイは、ホテルマンと共に球磨を両脇から支え、椅子から立ち上がらせようとしていた。

「手伝おう。どこへ連れて行くんだ」

彼らに駆け寄りながら、おれは声を掛けた。

「いえ、どうぞお気遣いなく。ありがとうございます」

やんわりと断るボーイに、おれは構わないと首を振った。

「社長から手伝うように云われているんだ」

「ああ、そうでしたか」

おれを阿武木の社員と勘違いしたボーイは、あっさりと頷いた。

「社長がお連れするようにと云ったのか」

「いえ、奥様でございます。ではお手数ですが、扉を開けて頂けますでしょうか。ここから出て右手奥です。控室にお連れするようにとのことでしたので」

扉を開けてロビーに出る。人熱《ひといき》れで充ちたホールに比べて、新鮮な冷気が心地よかった。

少し遅れてホテルマンたちが出てくる。両脇から支えられた球磨は呻き声を上げるばかりで、足も殆ど動いてはいない。

右手に進んだ廊下の先に、木製の扉が現れた。そちらですと、背後でボーイが云った。

控室は十畳ばかりの洋間だった。

中央に大きなテーブルが配置され、その向こうの壁際には丸椅子付の鏡台が設えられている。左手には三人ばかりが座れそうな革張りのソファが並んでいた。鏡台の上には鉄製の花瓶が置かれ、黒く無骨な枝に砂糖菓子のような白梅が綻《ほころ》んでいた。

ボーイたちはゆっくりと球磨を運び、ソファに座らせた。こちらでお休みくださいとホテルマンが声を掛けたものの、返ってきたのは言葉にならない唸り声だけだった。

控室から会場に戻ると、気遣わしげな顔の志都子がやって来た。

「少しだけお手伝いさせて頂きました」

おれを見て驚く志都子に、先んじて口を開いた。

「それはまた、お手数をお掛けしました」

慇懃な礼をして、ボーイとホテルマンが立ち去る。完全に姿が見えなくなったことを確認してから、おれは志都子に向き直った。

「どうして奴がここに」

一瞬だけ目を泳がせた志都子は、直ぐに諦めた顔で私が呼んだのですと答えた。

「仕方がありませんでした。どこで聞き付けたのか店に電話を掛けてきて、自分も入れろと云うのです。只でお酒が飲めると思ったのでしょう。当然断ろうと思いましたが、押し掛けられても困るので、仕方なく招待状を送ったのです。代わりに、必ずこちらの云う通りにするようにと」

「あんな奴に振り回される必要はない。私の方で往《い》なしておきます」

志都子は草臥《くたび》れた顔で微笑んだ。

「ありがとうございます、でも大丈夫ですわ。あの人の様子はどうでしたか」

「この三十分で四杯のウイスキーを空けていました。案の定、今は控室のソファで潰れています」

まったくと志都子は呆れた顔で息を吐いた。

「ご迷惑をおかけしました。未だ時間もありますから、楽しんでいって下さい。それでは失礼します」

志都子は目礼を残し、急ぎ足に客の方へ戻っていった。

控室に行き球磨を締め上げることも考えたが、あの様子ではおれが誰かも分からないだろう。忌々しいが暫くは放っておくしかない。

時計を見ると七時を廻った所だった。中締めは八時に予定されていた筈だ。挨拶だけ済ませてさっさと退散しようと思っていたが、球磨の姿を見た以上そういう訳にもいかなかった。

人気も少ない後方の椅子に腰掛け、新しい煙草を咥える。正装の客たちは未だ飽きもせずビールを飲み、名刺の交換に耽《ふけ》っていた。おれは立ち上る紫煙越しに、忙しない人々の姿を眺めていた。

初めに異変を感じたのは、ボーイたちの姿だった。

蕪木ホテルは、京都でも一流に分類される宿館だ。従業員は当然厳しく躾《しつ》けられている筈なのだが、どういう訳か七時四十分を廻った辺りから足音も構わず走り回って同僚に何かを耳打ちする姿が目に付いた。

椅子から離れ、外の様子を覗《うかが》う。ロビーでは、ホテルマンやボーイたちが困惑した表情で足早に行き来していた。向かう先は出て右手の廊下——球磨が連れ込まれた控室の方向だった。

ロビーに出て柱の陰に身を隠すと、医者は未だかという焦った声が近くに聞こえた。何かあったのは間違いないようだ。

辺りを憚《はばか》らない足音と共に、白衣に袖を通した短軀の老人が、ボーイの先導で階段を上がってきた。この近くに医院を開く、有明《ありあけ》という顔馴染みの医師だった。おれは柱の陰から出て、急ぎ足にそちらへ駆け寄った。

「こんばんは先生、急患ですか」

「おお鯉《こい》城君。君もおったんか」

余程急《せ》かされたのか、禿頭を汗だらけにした有明はぜえぜえ云いながら足を止めた。おれは手を伸ばし、小脇に抱えている鞄を引き取った。有明は済まんなと唸り、引っ張り出した手巾《ハンカチ》で顔中を拭った。

「客の一人が倒れたゆうもんやから、慌てて駆けつけたんや。君も仕事か？」

「そのようなものです」

案内のボーイは訝しげな一瞥を寄越したが、咎めることはしなかった。

ロビーを横切り廊下を進む。件《くだん》の控室の前には、職長らしき黒服の男と、共に球磨を連れ出した例のボーイが浮足立った様子で待っていた。

誰にも止められることなく、有明に続いて控室に入る。

テーブルを廻った所でおれは足を止めた。

声を漏らさなかったのは、無意識の内に凡その事態を予想していたからだろうか。

鏡台の前には、球磨が仰向けに倒れていた。硝子玉のようなその瞳は瞬くことも無く、虚ろな目線を天井に向けていた。

有明はおれの手から鞄を取り、さっさとその傍らに膝を突いた。取り出した細い懐中電灯を点け、覗き込むようにして球磨の目を照らす。

「こらあかんわ」

有明はあっさりと云ってのけた。黒服とボーイの表情に大きな変化は無かった。外で待っていたのだから、既に手の施しようがないことは理解していたのだろう。

有明は鞄から聴診器を取り出し、球磨のルパシカを捲って胸に当てた。血色の悪い皮膚には、肋《あばら》の骨がくっきりと浮かんでいた。微かな鼓動でも拾おうと、有明は暫くの間聴診器を這わせていたが、矢張り無駄な努力のようだった。

おれは黒服たちに向き直った。

「遺体を発見したのは？」

ボーイはおどおどとした様子で黒服の顔を窺った。黒服は険しい顔のまま、私とこの者ですと答えた。

「様子を見に来たのか」

「左様でございます。奥様から、折を見て様子を見て来て欲しいとのご依頼を受けまして。七時半を過ぎた頃にこの者とお訪ねしたのですが、ノックをしてもお返事が無く、お断りした上で扉を開けましたところ、このような次第だったという訳でございます」

「その時からこの場所に？」

「はい。幾らお呼びしてもお返事が無く、その、呼吸もしていらっしゃいませんでした。ですから直ぐに有明先生をお呼びしたのです」

自分たちに非は無いということを強調するためか、黒服は語気を強めてそう云った。

後ろでああと呟く有明の声が聞こえた。振り返ると、有明は屍体の首筋に手を入れて頭部を検めていた。

「見てみ。ここに血ィ滲んでるわ。どうも外傷性の脳損傷みたいやなァ」

腰を屈めて木目調の床を見る。頭の触れていた箇所には、確かに血痕が残っていた。後頭部の黒髪も、少し濡れているようだった。屍体を動かしたせいか、酒飲み特有の饐《す》えたような甘ったるい臭いが、むわりと湧き起こった。

「それはつまり、転んで頭を打ったということですか」

「えらい酔うてはったみたいやしな」

そっと頭部を戻した有明は、立ち上がって今後のことを黒服と話し始めた。

屍体の近くには、鏡台に付いた丸椅子が転がっていた。球磨はこれに足を取られたのだろうか。

そして横転し、頭を強く打った。その時の衝撃が原因なのか、花瓶の白梅は幾つもの花を床に散らしていた。

改めて室内を見廻したが、先程と比べて変わった箇所は見当たらなかった。四角柱の形をしたその花瓶も、記憶のなかの位置からは動いていないように思われた。

慌ただしい足音と共に、年嵩の男たちが控室に姿を現わした。黒服は有明を伴い、緊張した面持ちでその二人に事態の説明を始める。おれはそれぞれの胸に付いた名札から、それが支配人と保安部長であることを知った。

おれは屍体から離れ、所在無さげな顔で壁際に控えているボーイに寄った。

「このことを、幸助氏と志都子夫人は知っているのか」

「はい、先ほど別の者が報せに行った筈なのですが」

語尾を濁しながら、ボーイは廊下を見遣った。誰も阿武木の関係者が来ないことを不審に思っているのだろう。

騒ぎとならないよう中締めを待っているのかと思った矢先、廊下の方から騒めきが聞こえ始めた。時計を確認すると八時を少し廻った所だった。中締めが済み、客が帰り始めたのだ。

暫くすると、血相を変えた志都子と幸助が控室に駆け込んできた。その後ろには、阿武木の社員らしき男が続いていた。

変わり果てた球磨の姿に、誰もが棒立ちになった。戦慄《わなな》く志都子と目が合う。おれは黙って頭を下げた。

支配人が固い声で悔やみの言葉を述べ、遠回しに警察へ連絡せねばならない旨を幸助に告げた。

「それは、そうでしょうな」

大きく息を吐いた幸助の顔は、すっかり蒼褪めていた。支配人は黒服に警察への通報を命じてから、今度は志都子に向き直った。

「こちらは奥様の御親族の方と伺いましたが、ご家族へのご連絡は如何いたしましょう」

「長らく音信不通でしたので私も詳しいことは分からないのです。二従兄とは云っても、随分と昔に数度会っただけですから」

困惑気味な志都子の回答は、支配人にとっても予想外のようだった。傍らの保安部長と言葉を交わし、険しい顔のまま幸助たちを別室へ案内しようとした。

その時だった。幸助が呻き声を上げ、徐《おもむろ》に身体を折り曲げた。そして次の瞬間には、その口から様々な物の混じった黄褐色の液体が大量に吐き出された。

「あなた!?」

志都子が廻した手も間に合わず、幸助は自ら吐き出した汚物のなかに膝を突く。棒立ちになる支配人や阿武木の社員を突き飛ばして、おれは倒れかけた幸助の身体を支えた。

血の気が引いた顔色は紙のようだった。幸助は目を瞑ったまま、只管《ひたすら》短く荒い呼吸を繰り返していた。毛穴という毛穴から汗が噴き出し、その顔は水から上がったばかりのようにぬらぬらと光っていた。

通報に際しての説明のためか、有明は黒服と一緒に出て行ってしまった。呼び戻してくれと云いかけたおれの耳に、心配ないという幸助の掠れた声が引っ掛かった。

「……一寸飲み過ぎただけや」

薄く開かれた双眸は、隣で膝を突く志都子に向けられていた。志都子は何かを云いかけて口を噤《つぐ》み、戦慄く幸助の手を両手で握り締めた。

騒ぎを聞きつけたのか、扉口からはボーイやホテルマンが幾つも顔を覗かせている。おれは幸助を抱きかかえたまま、医者を呼べと怒鳴った。志都子は幸助に顔を近付け、その手を握り締めたまま必死に何かを話し掛けている。

今まで感じていなかった吐瀉物の饐えた臭いが、急に漂い始めた。

阿武木幸助が搬送先の東山病院で没したのは、翌未明のことだった。

＊

荒々しく開いた扉の向こうには、人相の良くない二人組の男が立っていた。

向かって右の、剝き栗のような頭をした短軀の男は知った顔だった。警察部時代の同僚で、今は中立売署の司法主任を務める間宮《まみや》という男だ。恐らく左の若者は部下なのだろう。

おれは立ち上がり、値踏みするような目付きで事務所を見廻している闖入者《ちんにゅうしゃ》にソファを示した。

「久しぶりだな間宮。仕事の依頼か」

間宮は鼻を鳴らし、ポケットに手を突っ込んだままソファに腰を落とした。若者がその隣に腰を落ち着けるのを待って、おれも真向いに腰掛けた。茶を用意するほどの相手でもないだろう。

「なんや、えらい儲かってるらしいやないか」

開口一番、間宮は昔と変わらぬ粘っこい声で云った。

「露木伯のボンと連《つる》んで色々やってんねやろ。悪い噂はよう聞くで」

「それは結構。それで、中立売署の司法主任がおれに何の用だ」

間宮は鼻白んだ顔を見せたが、やがて詰まらなそうな口調で阿武木の件やと云った。間宮の言葉を受けて、信楽《しがらき》と名乗った隣の彼は、一昨日東山病院で落命した阿武木幸助の件で訊きたいことがある旨を手短に述べた。

平静を装いながらも、おれは少なからず驚いていた。てっきり球磨の件だと思っていたからだ。

幸助の死は、当然おれも知っていた。

あの晩、おれは志都子に付き添って東山病院まで出向き、その待合室で訃報に触れた。本人が飲み過ぎただけだと云っていたので、真逆命に係わるとまでは思っていなかった。幸助も心不全の治療中だったようだから、その辺りが関係しているのかも知れないと思ったが、詳しい話は結局訊けず終いだった。志都子は同行した阿武木の総務部長と共に診療室へ入り、それ以降は会えていないのだ。

太い紙巻煙草を咥えて、間宮は燐寸を擦った。信楽刑事は手帖を取り出し、筆記の構えを取った。

「その場にはお前もおったらしいな」

「偶々《たまたま》パーティに呼ばれたんだ」

「嫁はんの親戚も死んだんやろ？」

「そうらしいな。詳しいことは知らんが」

球磨の件で追及が始まるのかと思ったが、間宮はふうんと呟き、意外にもあっさりと引き下がった。

「それより、なんでお前みたいな奴が阿武木のパーティに呼ばれてんねや」

「幸助氏から仕事の依頼を受けていた。その縁だ」

間宮はへえと顎を上げた。白々しい態度だ。次に何と云ってくるのかは聞くまでもなかった。

「その仕事ゆうのは何や」

「云える訳がないだろ」

おれは言下に云い切って、後ろに凭れ掛かった。間宮の目が薄くなった。

「昔の馴染みやないか。それとも、俺には云えへんような仕事なんか？」

「何とでも云え。そもそも、何で警察がそんなことを知りたがるんだ。幸助氏の死因に不審な点でもあるのか」

間宮はゆっくりと腕を伸ばし、灰皿に灰を叩き落とした。室内には、信楽の走らせる鉛筆の音だけが響いている。

「ジギタリス中毒」

咥え直した紙巻きを深く喫ってから、間宮は低い声で云った。

「何だって」

「明日か明後日にでも新聞に載るやろ。阿武木の死因はジギタリス中毒やった。どうも容態が可怪《おか》しいから血ィ抜いて調べてみたら、ジギタリスの血中濃度が基準値の倍以上やったんやと。ただ、それが分かった時にはもう手の施しようがあらへんかったゆう訳や」

おれは言葉を失った。飲み過ぎが原因では無かったのだ。

「なんや急に黙りくさって。心当たりでもあるんか」

「莫迦を云うな。いや、幸助氏は心不全の治療で、ジゴキスってジギタリス製剤を常用していた筈だ。その噛む量を間違えたのか」

「せや、ジゴキスや。ただ、どうもそういう訳ではなさそうでなァ。阿武木の鞄に薬入れてる専用のケースがあってんけど、夜の分は手付かずで残されとったんや」

「それは」

「お前でも可怪しい思うやろ？　ほしたらなァ、パーティの参加者で仰山《ぎょうさん》ジゴキス持ってた奴がもう一人おってん。嫁はんや」

「それはお前、あの人も心臓には持病を抱えていた筈だ。強心薬を持っていたって可怪しくはないだろう」

「ひと箱丸々もか？　ジゴキスは内服薬やぞ。発作ん時に噛む頓服薬とは違《ちゃ》うねんから、そないに数は要らん筈やないか」

漸く間宮の云わんとすることを理解して、おれは脱力した。

「だったらお前は、志都子夫人が幸助氏に一服盛ったって云うのか。莫迦莫迦しい、そんな訳がないだろう」

「そう思うか」

「当たり前だ」

「せやたら、なんで死のうとしたんや」

「なに？」

「昨日の夜、阿武木志都子は自殺を図った」

おれは再び言葉を失った。最後まで喫い切った吸殻を灰皿に棄て、間宮は剃り残しの目立つ顎をひと撫でした。

「俺と信楽で木賊山町《とくさやまちょう》の自宅を訪ねたその直ぐ後やった。風呂んなかで手首を切ったんや。女中が気付いたから命は助かったけど、あと少し遅かったら旦那の後を追うてたかも知れんな」

おれはただ、そうかと呟いた。衝撃が面に現れないようにする余裕など、到底無かった。間宮は後ろに背を預け、そんなおれの様子を見詰めていた。

「じゃあ無事なんだな」

「ただ何にも語りよらん。後ろ暗いこと無かったら死んだりはせんわな。なァ？」

間宮は思い出したように信楽の肩を小突いた。信楽は律儀にはいと答えた。

「それで、おれへの依頼内容を訊きに来たって云う訳か。無駄足だったな。関係は無い」

「それを判断すんのは俺や。お前は洗い浚《ざら》い喋ったらええねや」

間宮に引き下がりそうな気配は無かった。おれとしても、これ以上の時間の浪費は避けたかった。

おれの頭のなかでは、志都子の自殺未遂という事実が膨らみ続けていた。

「分かった。お前の立場は理解しているが、おれだって顧客の情報をそう簡単に漏らす訳にはいかない。だから、先ずは志都子夫人か阿武木の社員と相談させてくれ」

「話さんでくれ云うに決まってるやろ」

「それがおれにも納得出来る理由だったら、お前も諦めてくれ。ただ、そうじゃない場合は勿論正直に話す。約束だ」

「信用せえゆう方が無理な話やな」

「昔の馴染みじゃないか」

巌《いわ》のような顔を顰《しか》め、間宮は鼻を鳴らした。

*

間宮たちを帰らせた後で、おれは間を措《お》かず阿武木薬業の本店に電話を入れた。佐村嬢ならば事情を教えてくれるかも知れないというおれの淡い期待は、応対にでた男性社員の冷たい声に打ち砕かれた。余程素性を明かして志都子の件を尋ねようかとも思ったが、得策だとは思えなかった。

おれは受話器を戻し、上着を摑んで事務所を出た。陽は翳り始めていたが、少し歩いただけで汗ばむ程の陽気だった。

向かう先は蕪木ホテルである。

間宮の話を聞いて、真っ先に浮かんだのは球磨の死に顔だった。

志都子は、毒とも成り得る多量の強心薬をパーティ会場に持ち込んでいたという。果たしてそれは、球磨を亡き者をするためではなかったのか。そして、それが何か誤って幸助の許に辿り着いてしまったのではないかとおれは考えた。

この推測を確かめるためには、先ず球磨の死について調べなければならない。間宮に探りを入れた感触では、幸助の死のせいでそれ程注目されている訳でもなさそうだった。

フロントで名刺を示し、屍体発見にも立ち会った件のボーイに用がある旨を告げた。阿武木に雇われている身上を明かすと、直ぐに奥から上役らしき男が現われ、おれを別室に案内した。

暫く待たされたのち、ボーイは保安部長に伴われて姿を現わした。

「此度はとんだことで」

席に着くや否や、保安部長は神妙な面持ちで口を開いた。黙って頷きながらも思ったのは、一体何についての哀悼の意なのだろうかということだった。

「それで、阿武木さんからのご依頼とのことですが」

「球磨氏の件も含め、会社としては記録に残しておかなければならないそうなのですが、どうもそれどころでは無いらしくてですね。それで私の所にお鉢が廻ってきた次第です」

保安部長は手元の名刺に目を落とし、成る程と呟いた。その様子から察するに、少なくとも幸助の件は既に聞き及んでいるようだった。

おれは取り出したペンと手帖を構えた。

「兎に角、そういう訳でホテル側が球磨氏を発見した時の様子を今一度詳しく伺いたいのです。私と一緒に球磨氏を控室へ運んだのも君だったたな」

はいとボーイは不安そうな面持ちで頷いた。

「奥様からお声が掛かり、あの方を指されて『お疲れの様子だから控室にご案内して』と」

「それだけか？」

「はい。ああ、その時には酔い覚ましも」

紙面にペンを走らせながら、おれは酔い覚ましと繰り返した。

「自社のお薬だそうで、包装紙に包まれた四粒の錠剤でした」

「君はそれを球磨氏に？」

「いえそれが、そのう、お渡ししようと思ったのですが、既に大分とお酒をお召し上がりのご様子でなかなか受け取って頂けず、どうしたものかと思っておりましたら丁度阿武木社長がいらっしゃいまして、どうしたのだと。それで事情をご説明しましたら、自分が渡しておこうと云って頂きまして」

ペンを持つ手に力が籠もった。

思い出した。あの晩、目の前のボーイと言葉を交わした幸助は、確かに何かを受け取っていた。あれが「酔い覚まし」だったのだ。

「君は、それが志都子夫人から手渡された物だということも云ったのか」

「勿論です。『ああ、ウチの酔い覚ましやな』と仰っていました」

鼓動が徐々に速くなっていくのが分かった。痰が喉に絡み、おれは強く咳払いした。

球磨を経由して志都子と幸助が繋がった――繋がってしまったのだ。

それ以降のことは、全て既知の情報だった。それでも一応屍体を発見するまでの流れを書き留めたおれは、最後に一番気になっていた事柄を尋ねた。

「因みに、直接酔い覚ましを渡せなかったことは志都子夫人に報告したのか」

ボーイの顔が曇った。訊かずとも凡《およ》そ答えは分かっていたが、その反応で予想は確信に変わった。

「いや、それが昨日奥様からご連絡を頂きまして、あれはどうなったのかと。それで正直にお話ししたのですが、そのう」

「何か問題があったのか」

「その、酷くお叱りを受けまして」

殊勝な顔をしているが、その双眸には不服そうな色が滲んでいた。彼からすれば、叱られる筋合いなどないのだろう。

だが、これぱかりは已《や》むを得ない。若し一連の行動が無かったのなら、幸助が命を落とすことは無かったのだ。

事務所に戻った頃には、すっかり陽も落ちていた。

昼間の陽気は疾《と》うの昔に消え失せ、吹き荒ぶ夜風は身を削ぐような苛烈さだった。

蒸気煖房のスイッチを捻り、ネクタイを緩めながら椅子に腰を落ち着ける。

何故幸助はジギタリス中毒で死んだのか。

何故志都子は自殺を図ったのか。

謎と呼ぶのも変な話だが、それらの事象には一応の説明を与えることが出来る。

しかし、それだけだ。

謎が解消されたからと云って、前に進める訳ではない。今の志都子を救うことは出来ない。

おれは暫くの間、頭のなかで種々の方策を練り続けた。

しかし、幾ら頭を捻っても良い案が浮かばない。

気が付けば、息苦しいほどの熱気だった。おれは思い切って立ち上がり、壁際の電話機に向かった。

受話器に手を伸ばす——が、摑めなかった。おれのなかの何かが、それを拒んでいた。自ずと腕の力が抜け、のろのろと下がっていった。

今度ばかりは、露木を頼る訳にはいかなかった。

ここで、いつものように露木の智慧を借りることは簡単だ。そして奴ならば、きっとおれが思いつきもしなかった妙案を授けてくれることだろう。

だが、それでは駄目なのだ。この件は、何としてもおれ自身の力で解決をしたかった。

腕を伸ばし、電灯のスイッチを切る。卓上ライトの小さな光を残して、室内が暗転した。おれは机に戻り、再び椅子に腰掛けた。

低い蒸気の音に混じって、窓の外では風の音が強く鳴っていた。摘まみ出した煙草を咥えて燐寸を擦る。立ち上る紫煙越しに薄い闇を見詰めながら、おれはひたすら推論の構築を頭のなかで繰り返していた。

編み上げては解き、積み上げては崩す。

無数に繰り返したそんな模索の先に漸く一本の光明を見出したのは、夜も白み始めた頃だった。

数時間ぶりに立ち上がり、大きく筋を伸ばす。凝り固まっていた全身の筋肉が、みしみしと悲鳴を上げた。

窓辺に寄って、すっかり結露した硝子を掌で拭った。

濡れた窓硝子の向こうでは、折しも大粒の牡丹雪が降り始めたところだった。

*

今出川御門前で市電を下りると、降り積もる雪はいよいよ勢いを増していた。

水気の多い綿雪は直ぐには融けず、おれの帽子と外套を瞬く間に白く染め上げた。厚みを増し始めた衾雪《ふすまゆき》を踏み締めて、おれは同志社大学の門を潜った。

真白い構内では、蝙蝠傘を差した数名の生徒が俯きがちに歩いていた。どの校舎も森《しん》として、降り頻《しき》る雪が音という音を吸い込んでいるようだった。

暫く進むと、白い紗の掛かった行く手に目指す礼拝堂が姿を現わした。

煉瓦造りの堅牢な外観で、急傾斜な切妻屋根の下には、鮮やかなアーチ窓が並んでいる。雪天に突き出した煙突からは、今も白い煙が濛々と吐き出されていた。

丁度礼拝が終わったのか、石段を上がった木製の扉からは大勢の人影がぞろぞろと姿を現わした。おれはその場に立ち、傘を開いて三々五々に散っていく人々の顔を検めた。

老いも若きも、男も女も、皆満ち足りた表情を浮かべていた。幸せそうなその顔のなかに、おれが捜す人の姿はなかった。

最後の一人を見送って、おれは石段を上がった。軒下で全身の雪を払い、靴底の雪も落としてから、蔦《つた》模様の彫られた大きな扉を開ける。

人熟《ひといき》れの名残が仄かな暖気となって、凍てつくおれの顔をゆっくりと溶かしていった。

扉の向こうには、静謐な空間が広がっていた。吊り照明の茫とした灯りに照らされる屋内には、木製の長椅子が列を成して並んでいた。

ざっと視線を巡らせる。なかほどの長椅子の端に、壁際の陰に融け込んでしまいそうな洋装の人影があった。

阿武木志都子に相違なかった。

脱いだ外套を手に、そちらへ向かう。一列後ろの長椅子に腰を下ろしても、その背中は微動だにしなかった。

捜しましたよと、おれは声を掛けた。

「黙ってご自宅から抜け出したそうですね。会社は大騒ぎでした」

長い間を空けて、志都子はそうと呟いた。洞穴の奥から響くような、深く虚ろな声だった。

「どうしてこの場所がお分かりになったのですか」

「罪を犯した者が行く場所と云えば、寺か教会でしょう。ですから佐村さんから貴女が行きそうな場所を教えて貰い、片っ端から訪ねていたら運良く四つめでこうしてお目に掛かれた次第です」

「そうですか。でも、駄目みたいですよ」

「何がですか？」

志都子は顎を上げて、前方の説教台に顔を向けた。

「何も聞こえないし、何も起こらない。苦しい時にだけ縋りつくような人間には、救いの手なんて差し伸べられる筈もないんです」

「どうでしょうね。私は無宗教ですが、人によって分け隔てをするようなものは神と呼べないのではありませんか。それに、若し貴女が救って貰いたくてこの場にいるのならば、私は安心してこの場から去ることが出来ます」

志都子は顔を伏せ、小さく笑った。冷たく乾いた笑い声だった。

「鯉城様は何でもお見通しなんですね」

「そう思いますか」

「ええ、本当に」

志都子はのろのろと顔を上げ、再び説教台に目を遣った。

「神様の近くなら、私のような罪びとにも直ぐに天罰が下るだろうと思ったのです。だけど、そんな自分勝手な考えも駄目なんでしょう。だから私は、こうして未だ生きています」

「貴女は球磨銀二を殺そうとした。そうですね」

志都子からの返答は無かった。しかし、それでも構わなかった。

「貴女が採ったのは毒殺だ。しかし、そのために用意したのは所謂毒物ではなく、強心薬のジゴキスだった。ジギタリス製剤は治療域が非常に狭いので、毒としても使うことが出来ます。ジギタリス中毒が引き起こす心不全は、傍目には酒浸りの不養生に因った心臓発作だと映るでしょうし、万が一死因を調べられたとしても、死人に口無しです、球磨は酒の飲み過ぎで心臓が弱っており、自分の渡したジゴキスを常用していた、それで今回は酔って服用量を間違えたのだと後から説明することだって出来る。だから貴女は、パーティの途中で球磨を控室へ連れ出すようボーイに頼み、その際に『噛ませて欲しい』と云って酔い覚ましと偽ったジゴキスを手渡した」

証拠はあるんですかと、志都子が囁くように云った。

「ありません。ですから違う所があったら教えて欲しいのです。現に、私にはどうしても分からないことがある。何故貴女は、わざわざパーティの最中に球磨を殺す必要があったのですか。その方法を採るのなら、サモンドロウのような酒場の片隅でこっそりとやった方が絶対に良かった筈でしょう。それにも拘わらず、どうして貴女はこんな人目に付き易い場所を選んだのですか」

それだけが、どうしてもおれには分からなかった。敢えてあの状況を選んでも、志都子には何の利点も無い筈なのだ。

尤も、答えが返ってくるとは思っていなかった。案の定長い沈黙が続き、諦めて口を開きかけた矢先、人の目がと呟く志都子の声がおれの耳朶を打った。

「人の目が無いと駄目だったんです」

咄嗟にその意味を探ったが、理解出来る回答には繫がらなかった。おれが黙っていると、志都子はゆるゆると首を振った。

「鯉城様、疫病神というのは確かに存在するのです。私にとって球磨は、全くの疫病神でした。大酒飲みで働こうともせず、本当に、何度出て行こうと思ったことか。その度、俺にはお前しかいないと泣き付かれ、結局有耶無耶《うやむや》に終わってしまう。その繰り返しでした。その時分は阿武木の壬生工場で働いていたのですが、毎日毎日陽が昇る前に工場へ出て、一日中立ちっ放しで働き、夜が更けてから家に帰るんです。それでもあの人の酒代は嵩む一方で、私は色々な仕事をしました。この人と一緒にいても碌なことにならない。それは分かっていたんです」

笑ってしまいますわと志都子は自嘲気味に続けた。

「だって、今の主人と出逢いましたのは、球磨が私を置いて出て行った翌日だったんですもの。色々あったのですが、お義父さま……先代のお眼鏡にも適い、それ以降は、自分でも驚くぐらいにとんとん拍子で話が進んでいきました。本当に、あの人から離れた途端にですよ？」

「球磨が目の前に現れた時、貴女はどう思いました」

「驚きました。でもそれだけです。鯉城様もご存知の通り、お金に困ったあの人は私を頼ろうとして、断ると脅してきました。色々な仕事をしたと申し上げましたが、そのなかには、とても人様にお話し出来ないような仕事もあったのです。球磨はそれを世間に暴き立てると云いました」

「それで、貴女はお金を払った」

「仰る通りでございます。私だけならばどう嘲られようと構いませんが、それで阿武木の名を汚すことだけは、どうしても避けたかったのです。尤も、球磨にそこまでする勇気があったとは思えませんでしたが」

「だったら何故」

一拍の間を空けて、思い出してしまったからですと志都子は云った。

「記憶というのは恐ろしいものですね。海の砂を篩《ふるい》にかけた時のように、厭な思い出は網目から落ちていって、後に残るのはきらきらとして綺麗な、楽しかった思い出だけ。だから振り返ると、恰も本当は楽しかったかのように思えてしまうんです。私もそうでした。球磨には妙に涙脆い所があるんですよ。仕事から帰ると、あの人はその日書いた分の原稿を卓袱台に広げて、私に読み聞かせるんです。あの人が残した少しだけのお酒を飲みながら、自分で書いた癖に感極まっておいおい泣くあの人を見ているのが、私の毎晩の習慣みたいなものでした」

楽しかったと、志都子は呟いた。

「球磨から呼び出される度に、その思いはどんどんと強くなっていきました。こんなことを続けてもいいことなんて無いと頭では分かっているのに、もう一度あの頃みたいに、球磨と生きていくのだっていいんじゃないかと思い始めている自分がいました。だからもう、私にはあれ以上二人きりで球磨と会うことは出来なかったんです」

風船が割れたように、志都子は突然笑い出した。

「そんなことを、そんな邪《よこしま》なことを考えるから罰が当たったったんです。私は、あの人を殺してしまったんです」

笑い声は途切れがちになり、やがて志都子は椅子の背を摑んで、床へ頽《くずお》れた。嗚咽を漏らすその姿に、心が波立っていくのを感じた。おれは奥歯を嚙み締め、阿武木幸助の名を口にした。

「ボーイは貴女の言伝《ことづて》通りに錠剤を嚥ませようとしたが、既に酔い潰れていた球磨は受け取ろうとしなかった。そこに現われた幸助氏は事情を訊き、それならば折を見て自分が渡そうと申し出た。しかし、元来お酒に強くなかった幸助氏は、言葉通りにそれが酔い覚ましだと信じて、致死量のジゴキスを自分で服用してしまった。そしてジギタリス中毒で命を落とした。貴女は東山病院で夫の死因を知り、そして手渡した錠剤が幸助氏へ渡っていたことをボーイから訊き出したことで、自分の計画が考え得る限り最悪の結末を迎えたことを知ってしまった」

志都子は両手で顔を覆い、殆ど声を上げることなく泣いていた。

躊躇いの気持ちが無いこともなかった。しかし、もう決めたのだ。

おれは口を開き、強い口調でこう云った。

「それは間違っています」

強い風に吹かれたように、志都子は振り返った。これまでにも涙を流し続けてきたのだろう。赤く泣き腫らしたその瞳は、抜き身の刃を思わせる凶暴な光を孕んでいた。

「いま、何と仰いました」

「貴女は、幸助氏が誤って錠剤を口にしたと思っている。ですが、私はそうでないと考えています。彼は手元の錠剤が酔い覚ましなどではなく、致死量のジゴキスだと分かっていた。分かった上で、敢えて嚥み下した。阿武木幸助は自殺を図ったのです」

「莫迦なことを云わないで下さい！」

口元を戦慄かせながら、志都子が立ち上がった。

「あの人がどうして自殺など、そんな訳がないでしょう……！」

「理由ならある。球磨銀二を殺したのは幸助氏だからです」

志都子は絶句した。

「考えてもみて下さい。ジゴキスは阿武木薬業の目玉製品であり、幸助氏自身も常用していた筈だ。仮令《たとえ》剝き出しの錠剤だったとしても、どうして外観でそうと気が付かなかったのでしょう？　それに、ボーイが球磨と向かい合っている所に偶々幸助氏が通り掛かったというのも引っ掛かります。百歩譲ってそれはいいとしても、何故幸助氏は自らそれを球磨に渡そうなどと申し出たのか？　彼は阿武木薬業を代表する、あの式典の主催者なのです。幾ら気遣いに長《た》けていても、明らかにそれを発揮すべき場ではないことぐらい、いち企業の長ならば当然分かっていた筈ではありませんか」

「しかし、それでもあの人は」

「幸助氏は、貴女と球磨の関係が決して額面通りのものではないということに気が付いていたのです。パーティ会場で球磨に相対した時、平静を装いつつも貴女の表情は矢張り強張っていた。私ですら気付いたのです。長年連れ添った幸助氏が、それを見抜けなかったとは思えません。そんな貴女の反応に引っ掛かっていた幸助氏は、その後も貴女と球磨の観察を続けていました。そして、致死量のジゴキスを酔い覚ましだと偽って球磨に嚥ませようとしていることを知って、その疑念は確信に変わった。揺るぎない貴女の殺意を知り居ても立ってもいられなくなった幸助氏は、その理由を知るため、客の目を盗んで球磨のいる控室に向かったのです」

「それは真逆」

「球磨の死因は、脳挫傷に伴う頭蓋内出血です。酔って鏡台の椅子に躓《つまず》いたためだと思われていますが、果たして本当にそうなのか。確かに奴は、自分の足で歩けない程に酩酊していました。それだけ酔い潰れていたのだから、理性の制御なぞ当然望めません。そんな球磨が幸助氏の問い掛けに対してどのような返答をしたのかは想像に難くない。貴女の過去を開《あ》けっ広《ぴろ》げに語り、嘲り、剰《あまつさ》えそれを種に強請っていた事実まで口にしたとすれば、幸助氏はどう反応したでしょう。その答えは、控室の床《ゆか》にありました」

床と志都子は繰り返す。

「鏡台の傍には丸椅子が転がり、更には花瓶の白梅が散っていました。球磨が転んだ時の衝撃でそうなったようにも思えますが、それならば花瓶ごと倒れる筈。あの花瓶は鉄製で、しかも四角柱の形をしていましたね」

志都子は声にならない悲鳴を上げた。

「激情に駆られた幸助氏は、鏡台の花瓶を掴み、球磨を後ろから殴りつけた。角ではなく側面で殴ったのならば、余程精密に調べない限りその傷は床に強打した痕と変わりはありません。差してあった白梅はその時に飛んで、花も床に散ったのです」

喉だけでなく、口のなかも乾いていた。おれは唇をひと舐めし、血の気の失せた志都子を見据えたまま、最後の仕上げに取り掛かった。

「動かなくなった球磨を見て、幸助氏は我に返りました。恐れ戦《おのの》きながらも俯せの屍体を仰向けにして、花瓶の血を拭い、飛んだ梅の枝を花瓶に戻すなどしてから、幸助氏は控室を後にしました。しかし、貴女もお分かりの通り、阿武木幸助という男は人を殺して平然としていられるような人間ではなかった。時が経つに連れて自分が犯した罪の重さに耐えきれなくなった彼は、その懐中に、致死量のジゴキスがあったことを思い出したのです」

志都子は虚脱した面持ちで、その場に立ち尽くしていた。おれは長く息を吸い込み、胸の裡に残る思いを言葉に替えて吐き出した。

「幸助氏は、末期の場にあっても飽くまで酒を飲み過ぎたのだと主張していました。その意図はお分かりでしょう。貴女に罪が無いとは云いません。しかし、遺された人には遺された人の役割がある。私はそう考えます」

おれに出来るのはここまでだった。貴女は強い人だからというひと言だけ呑み込んで、おれは立ち上がった。

目礼を残し、扉へ向かう。

鯉城様と声が掛かった。

思わず振り返ると、志都子がこちらを向いていた。

これで最後になるだろう。おれも、涙に濡れた志都子の眼差しを正面から見詰め返した。そこから溢れ出る感情が何であるのかは、おれには分からなかった。

一瞬の沈黙ののち、志都子は嗄《か》れた声でありがとうございましたと云った。

そのひと言だけで十分だった。おれは軽く頷き、今度こそその場から離れた。

扉を開けると、外界は遍《あまね》く白一色だった。大きく吸った息は、幾万の刃となっておれの喉と肺を苛んだ。

帽子を被り直し、小脇の外套に袖を通す。

世界は白い。どこまでも白い。

絶え間なく降り続く雪は目に見える物の全てを覆い、おれの進むべき道までも隠してしまったようだった。

*

気が付くと、寺町二条に戻っていた。

いつの間にか雪は止んでいた。どれだけ歩き続けたのか、おれは粉砂糖を振りかけられたように全身が雪塗れだった。

鼠色の空。くすんだ白壁のビル。懐かしき我が家。同志社礼拝堂を出てからは、二時間近くが経っていた。

目に付く外套の雪を払い、靴底で固まった雪も踏み落としてから、おれは入口の扉を押し開ける。路上の雪に陽が反射するのか、階段脇の名札は表からの明かりで鈍く光っていた。鯉城探偵事務所というその文字列を一瞥し、おれは階段に足を掛けた。

歩き続けていれば、動いてさえいれば気持ちも晴れるだろうと思った。しかし、結局おれが得た物といえば、両腿に鉛でも詰め込まれたような疲労感だけだった。

殺風景な廊下の先に事務所の扉が見えた。ここの曇り硝子にも、鯉城探偵事務所と金字で縦に刷られている。

探偵。

やり場のない怒りと寂しさの入り混じった奇妙な感情が、皮肉な笑みと成って浮かんできた。小さく息を吐いて擱手《ノブ》に手を伸ばした矢先、扉は向こうから開かれた。

「やあ鯉城、おかえり」

現われたのは、露木だった。


蒼硝子の眼鏡を掛けた露木は、クリーム色のチョッキにマロンのネクタイを締め、銀の握りが付いた杖を突いていた。久々に――本当に久々に見る露木の外出姿だった。

莞爾《にっこり》と笑うその姿に、おれは文字通り言葉を失っていた。本当に驚いた時というのは、声の一つも上げられないものなのだ。

「勝手に上がらせて貰ったよ。どこに行っていたんだい？」

「いや、お前こそどうして」

どうして岡崎の屋敷でなく、この事務所に露木がいるのか。何とかそれだけ絞り出したおれに、露木は片眉を動かした。

「矢っ張り忘れてる！　朔日《ついたち》は親父が来るから匿って欲しいってお願いしたじゃないか。覚えてない？」

「それは、ああ、そう云えばそうだったか」

思い返せば、阿武木の件を紹介された時にそんなことを頼まれていたような気もした。今の今まで、完全に忘れていた。

「済まん、うっかりしていた。でもお前、どうやってこんな雪のなかを」

「溝呂木が車を用意してくれたんだよ。本降りになる前に来られてよかったけど、来てみたら肝心の鯉城がいないんだもの。念のために鍵を持って来ておいてよかった」

露木はチョッキのポケットから鍵を取り出して掲げてみせた。事務所の開設時に渡した時の物だろう。未だぴかぴかと輝く、この扉の鍵だった。

屈託ない露木の笑顔を前にして、ふと心が緩んだ。開きかけた口を再び噤んだのは、事務所の隅に控える三季《みき》の姿に気が付いたからだった。

自らの気持ちを持て余し、おれは咄嗟に外套の釦《ボタン》を外した。何を躊躇っているのか。しかし、今更口に出すべきではないような気もした。

帽子に手を掛けて壁の方を向く。背後からおれを呼ぶ露木の声がした。

「ねえ鯉城、疲れてなかったら散歩にでも行かない？」

黒い瑪瑙《めのう》のような目に微笑を浮かべ、露木は窓の外に目を遣った。

「ほら、雪も止んでいるみたいだしさ」

おれは少し考える——ふりをして、小さく顎を引いた。

未だ汚れていない白雪を踏みしめ、おれと露木は鴨川に出た。真白い河原には、未だ誰の足跡も刻まれていなかった。

どちらともなく、おれたちは北に向かって歩き始めた。

「外の空気は矢っ張り違うねえ」

眠っているような黒い河面を眺めながら、露木は興奮気味に云った。屋敷の外に出られたことが、嬉しくて仕方のない様子だった。

「お前とこうして外を歩いていると、何だか妙な感じだな」

「そう？」

「貴船《きふね》の川床《かわどこ》に雪達磨でも置いてあるみたいな感じだ」

露木はからからと笑った。

「なんだいそりゃ。変な物が紛れ込んでいるって云いたいの？」

「見知った景色のなかに、普段は絶対いないお前がいるからな。それより、親父さんの方はいいのか」

「まあね。でも、今頃溝呂木は親父にこっ酷く叱られているんだろうな。何か土産でも買っていってあげるか」

どれがいいかなと呟いていた露木は、何気ない口調のまま続けた。

「それで鯉城、何かあったの」

踏み出した一歩が、おれの意思とは関係なく顫えた。

矢張り、見抜かれていたようだ。おれは前を向いたまま、そう思うかと返した。

「だって、随分草臥れた顔をしていたから。それに、三季の前じゃ何だか話し難そうだったし」

「悪いな。寒いなか気を使わせて」

「構やしないよ。僕は、こうして鯉城と一緒に散歩するのが夢だったんだ」

本当だよと付け足して、露木は足下の雪を蹴り上げた。

「阿武木の件？」

「知ってるのか」

「社長がパーティの後で倒れたことは新聞でね。死んだんでしょう？　それからも何かあったの」

「まあ色々とな」

吐き出した吐息は、白い筋と成って消えていく。露木は物問いたげな顔を覗かせたが、食い下がることはしなかった。

丸太町橋を潜ると、視界が一気に開けた。遥かに望む鞍馬《くらま》の峰々は、すっかり雪化粧を済ませていた。

「難しい事件だったの」

露木が再び口を開いた。おれは外套のポケットに手を突っ込み、その質問を頭のなかで色々な方向へ転がしてみた。

「……阿武木志都子は、自分が夫を殺したと思っていた。だから死のうとした。それが勘違いであると分からせるためには、別の可能性を示すしかなかった」

頰を張られたような勢いで、露木はこちらを向いた。大きく瞠《みは》ったその目には、信じられない物を見るような鋭い光が素早く駆け抜けていった。

志都子は、自分の放った毒の矢が誤って幸助を射貫いたのだと信じ込んでいた。それが間違っていることを納得させるため、おれは幸助が球磨を殺害し、その後、志都子の毒で以て自決したのだと説明した。

しかし、本当にそうなのだろうか。

図ったように幸助がボーイからジゴキスを回収したこと、それに酔い覚ましとジゴキスを間違える筈がないことからも、球磨の死に幸助が関わっていることは間違いないだろう。しかし、幸助は本当に球磨を撲殺したのか。

あの状況で先ず考えるべきは、球磨の死は事故であったというものだ。幸助が強く押したのか、それとも揉み合いになったのか、兎に角球磨は床に頭を強打して、脳挫傷に伴う頭蓋内出血で動かなくなった。その時の衝撃で、鏡台の丸椅子と花瓶も倒れた。証拠隠滅のために、幸助が後から床に散った枝を拾ったのならば、状況は今と何ら変わらない。

だが、おれはそれ以上踏み込もうとは思わなかった。球磨の傷痕を詳しく調べるよう、間宮に進言することもしなかった。それは偏《ひとえ》に、幸助は明確な殺意で以て球磨を殺したのだとした方が、志都子を納得させる方便に適していたからだ。

愕然とした面持ちのまま、露木はその場に立ち尽くしていた。

「でも、鯉城は事件を解決したんでしょう……？」

「お前みたいに謎を解いた訳じゃない。おれは、事実に極力矛盾のしない、自分にとって都合のいい物語を創っただけだ」

「でも、それは」

「刑事を辞めて、おれはお前が紹介してくれたこの仕事に就いた。何だかんだ云っても、頭と身体を使って困っている人に手を差し伸べるこの役柄が、おれは気に入っていたんだ。でも、道を踏み外しちまった」

「そんな、そんなことはないよ」

露木は強く首を振った。

「真実が人を救うとは限らないじゃないか」

縋るようなその眼差しが、今のおれには辛かった。おれは顔を逸らし、幾つもの巖《いわ》が転がる川縁に目を移した。

雲が流れ、薄曇りの空に仄かな陽が差し始めた。刷毛《はけ》で擦《なす》ったような雲の絶え間からは、澄み切った青空が覗いていた。

どれほどそうしていただろう。不意に露木がおれの名を呼んだ。

「都合のいい物語だって云うのなら、鯉城には正しい答えも分かっているの」

「ああ、一応な」

「だったら、未だ分からないじゃないか」

「……どういう意味だ」

「鯉城の見抜いた真相が間違っていて、都合がいいって思った推理の方が正しかった可能性もあるってことだよ」

おれは露木を振り返った。こちらに向けられた蒼硝子越しの瞳からは、そう信じて疑わない意思の強さが溢れ出ていた。

「そんなことは」

「やってみなくちゃ分からないだろう」

露木は強い口調でおれを遮った。

「僕にはこれしかないんだ。今までだってそうしてきたじゃないか」

だからと続けた露木の必死な顔が、不意に歪んだ。

「どんな事件だったのか教えてよ」

露木の白い頬を、ひと筋の涙が伝った。おれは、どうしてお前が泣くんだと笑おうとした。しかし、口を突いて出たのはひと言だけの感謝の気持ちだった。

おれたちは再び歩き出した。

いつの間にか雲が流れ、鞍馬の峯の手前には突き抜けるような瑠璃色の空が広がっていた。

目に染みるあの青空の下に辿り着く頃には、この長い事件の一部始終も語り終えていることだろう。

おれは露木に肩を寄せて、サモンドロウでの出来事から語り始めた。

〔著者紹介〕1991年生まれ。同志社大学卒。2015年に「監獄舎の殺人」で第12回ミステリーズ！新人賞を受賞後、2018年に刊行した『刀と傘　明治京洛推理帖』が第19回本格ミステリ大賞受賞＆〈ミステリが読みたい！　2020年版〉国内篇第1位という栄誉に輝く。その他『雨と短銃』『幻月と探偵』『京都陰陽寮謎解き滅妖帖』などの作品を発表している。

本書は書き下ろし作品です。

焔《ほむら》と雪《ゆき》　京都探偵物語《きょうとたんていものがたり》

二〇二三年八月二十日　印刷
二〇二三年八月二十五日　発行

著者　伊《い》吹《ぶき》亜《あ》門《もん》

発行者　早川浩

発行所　株式会社　早川書房

郵便番号　一〇一 - 〇〇四六
東京都千代田区神田多町二ノ二
電話　〇三 - 三二五二 - 三一一一
振替　〇〇一六〇 - 三 - 四七七九九
https://www.hayakawa-online.co.jp
定価はカバーに表示してあります

Printed and bound in Japan

印刷・星野精版印刷株式会社　製本・株式会社フォーネット社

ISBN978-4-15-210264-5 C0093